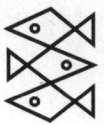

›Orangen sind nicht die einzige Frucht‹ erzählt die höchst besondere, ja geradezu bizarre Geschichte einer Kindheit und Jugend in England. Die Heldin dieses Romans wächst bei Stiefeltern auf, die der Pfingstbewegung angehören. Als Auserwählte wurde sie adoptiert, um im Kampf gegen den feindlichen Rest der Welt zu bestehen und als missionarisches Kind das sündige Diesseits im Namen Gottes zu läutern. Um jede Verirrung vom einzig rechten Weg zu bannen, wird Jeanette der Besuch der Schule untersagt, und sie bleibt in einer spießigen, bigotten Welt gefangen. Als sie dann doch die Schule besuchen muß, kommen ihr allmählich erste Zweifel an den religiösen Lehren des Elternhauses. Gemieden von ihren Mitschülern und von den Lehrern schief angesehen, gerät Jeanette vollends ins Zwielicht, als eine momentane, durch eine Mandelentzündung verursachte Taubheit von der Mutter damit erklärt wird, daß das Kind »voll des Geistes« sei.

Daß sie ihr eigenes Leben finden muß, wird Jeanette erst allmählich deutlich. Sie verliebt sich in ein älteres Mädchen, und am Sonntag predigt der Pfarrer von der Kanzel, daß Menschen mit derart abartigen Neigungen den Dämonen anheimfallen. Sie möchte der erstickenden Atmosphäre des Elternhauses entkommen, und eines Tages nimmt sie Reißaus und findet ihren ersten Job als Aushilfe in einem Beerdigungsinstitut.

Jeanette Winterson erzählt die Geschichte einer Befreiung mit großem Einfühlungsvermögen und sarkastischem Witz. Als ›Orangen sind nicht die einzige Frucht‹ Mitte der achtziger Jahre in England erschien, wurde die Autorin über Nacht zum Star der englischen Literaturszene. Sie erhielt den begehrten Whitbread-Preis für den besten Erstling der Saison, und die BBC entdeckte in dem Roman den Stoff für eine Fernsehserie.

Jeanette Winterson, geboren 1959 in Lancashire, studierte Anglistik am St. Catherine's College in Oxford und lebt heute in London. Im *Fischer Taschenbuch Verlag:* ›Verlangen‹ (Bd. 11716), ›Das Geschlecht der Kirsche‹ (Bd. 11634) und ›Auf den Körper geschrieben‹ (Bd. 12730).

Jeanette Winterson

Orangen sind nicht die einzige Frucht

Roman

Aus dem Englischen
von Brigitte Walitzek

Fischer Taschenbuch Verlag

Veröffentlicht im Fischer Taschenbuch Verlag GmbH,
Frankfurt am Main, November 1998

Lizenzausgabe mit freundlicher Genehmigung
der S. Fischer Verlag GmbH, Frankfurt am Main
Die englische Originalausgabe erschien 1985
unter dem Titel ›Oranges are not the only Fruit‹
bei Pandora Press, London
© Jeanette Winterson 1985
Für die deutsche Ausgabe:
© S. Fischer Verlag GmbH, Frankfurt am Main 1993
Druck und Bindung: Clausen & Bosse, Leck
Printed in Germany
ISBN 3-596-14205-9

FÜR PHILIPPA BREWSTER,
DIE DER ANFANG WAR

»Werden dicke Schalen verwendet,
muß die oberste Schicht sorgfältig abgeschöpft werden,
da sich ansonsten ein Schaum bildet,
der das Aussehen beeinträchtigt.«

The Making of Marmalade
von Mrs. Beeton

»Orangen sind nicht die einzige Frucht«

Nell Gwynn

GENESIS

Wie die meisten Menschen lebte ich lange bei meiner Mutter und meinem Vater. Mein Vater liebte es, sich Ringkämpfe anzusehen, meine Mutter liebte es, sie auszutragen; egal gegen wen. Sie war in der weißen Ecke, und damit hatte es sich.

An den windigsten Tagen hängte sie die größten Laken auf die Leine. Sie *wollte*, daß die Mormonen an die Tür klopften. In einer Labour-regierten Industriestadt stellte sie vor den Wahlen ein Bild des konservativen Kandidaten ins Fenster.

Sie hatte noch nie etwas von gemischten Gefühlen gehört. Es gab Freunde, und es gab Feinde.

Feinde waren: Der Teufel (in seinen vielen Formen)
                 Die von Nebenan
                 Sex (in seinen vielen Formen)
                 Schnecken
Freunde waren: Gott
                 Unser Hund
                 Tante Madge
                 Die Romane von Charlotte Brontë
                 Schneckenbekämpfungsmittel

und ich, zu Anfang; ich war dazugeholt worden, um ihr in ihrem Kampf gegen den REST DER WELT zur Seite zu stehen. Sie hatte eine mysteriöse Einstellung zur Zeugung von Kindern, was nicht etwa daran lag, daß sie es nicht tun konnte, sondern vielmehr daran, daß sie es nicht tun wollte. Sie war sehr verbittert darüber, daß die

Jungfrau Maria ihr zuvorgekommen war. Also tat sie das Nächstbeste und besorgte sich ein Findelkind. Mich.

Ich kann mich an keine Zeit erinnern, in der ich nicht gewußt hätte, daß ich etwas Besonderes war. Wir hatten zwar keine Weisen aus dem Morgenland, weil sie nicht daran glaubte, daß es weise Männer gab, aber wir hatten Schafe. Zu meinen frühesten Erinnerungen gehört die, zu Ostern auf einem Schaf zu sitzen, während sie mir die Geschichte des Opferlamms erzählte. Wir bekamen es jeden Sonntag, mit Kartoffeln.

Der Sonntag war der Tag des Herrn, der betriebsamste Tag der ganzen Woche; wir hatten eine Musiktruhe mit einer imposanten Mahagoniverkleidung und einem fetten Bakelitknopf, an dem man drehen konnte, um die Sender einzustellen. Normalerweise hörten wir das Unterhaltungsprogramm, aber sonntags immer BBC World Service, damit meine Mutter die Fortschritte unserer Missionare verfolgen konnte. Unsere Missionskarte war sehr eindrucksvoll. Auf der Vorderseite waren alle Länder zu sehen, und auf der Rückseite gab es eine Zahlentabelle, die einem alles über die einzelnen »Stämme und ihre Eigentümlichkeiten« verriet. Mein Liebling war die Nummer 16, »Die Buzule der Karpaten«. Sie glaubten, daß du Kopfschmerzen bekamst, wenn eine Maus deine abgeschnittenen Haare fand und sich daraus ein Nest baute. Wenn das Nest groß genug war, konntest du sogar verrückt werden. Soviel ich wußte, war noch nie ein Missionar bei ihnen gewesen.

Sonntags stand meine Mutter immer früh auf und ließ vor zehn Uhr niemanden ins Wohnzimmer. Es war ihr Ort für Gebet und Meditation. Sie betete immer im Stehen, wegen ihrer Knie, so wie Bonaparte seine Befehle

14

immer vom Pferd aus gab, wegen seiner Größe. Ich bin der festen Überzeugung, daß die Beziehung, die meine Mutter zu Gott hatte, viel mit Stellung und Rang zu tun hatte. Sie war durch und durch Altes Testament. Sie hatte nicht viel übrig für das sanfte Lamm Gottes, sie war draußen auf dem Feld, in vorderster Front mit den Propheten, und mit einem ausgeprägten Hang zum Schmollen unter Bäumen, wenn die gebührende Vernichtung sich nicht einstellen wollte. Was aber doch relativ oft geschah, ob durch ihren Willen oder den des Herrn, kann ich nicht sagen.

Sie betete immer auf die gleiche Art und Weise. Zuallererst dankte sie Gott dafür, daß er es ihr vergönnt hatte, diesen weiteren Tag zu erleben, dann dankte sie Gott dafür, daß er die Welt diesen weiteren Tag verschont hatte. Dann sprach sie von ihren Feinden, was bei ihr einem Katechismus am nächsten kam.

Sobald »Die Rache ist mein, spricht der Herr« durch die Wand in die Küche dröhnte, stellte ich den Kessel auf. Die Zeit, die ich brauchte, um das Wasser zum Kochen zu bringen und den Tee aufzubrühen, entsprach ungefähr dem letzten Punkt auf ihrer Liste, der Krankenliste. Sie war sehr berechenbar. Ich gab die Milch dazu, sie kam herein, trank einen gewaltigen Schluck und sagte eins von drei Dingen:

»Der Herr ist gütig« (mit stählernem Blick in Richtung Hof).

»Nennst du das hier etwa Tee?« (mit stählernem Blick in meine Richtung).

»Wer war der älteste Mann in der Bibel?«

Für Nr. 3 gab es natürlich eine Reihe von Variationen, aber es war immer eine Bibelquizfrage. Wir hatten in der Kirche jede Menge Bibelquize, und meine Mutter wollte immer, daß ich gewann. Wenn ich die Antwort wußte, stellte sie mir noch eine Frage, wenn ich sie nicht wußte, wurde sie böse, aber nie für lange, weil wir ja den World Service einschalten mußten. Es war immer dasselbe; wir setzten uns neben die Musiktruhe, sie mit ihrem Tee, ich mit Block und Bleistift, vor uns die Missionskarte. Die ferne Stimme aus der Mitte des Geräts berichtete über Aktivitäten, Bekehrungen und Probleme. Zum Schluß folgte immer eine Bitte um IHRE GEBETE. Ich mußte alles mitschreiben, damit meine Mutter am selben Abend ihren Kirchenbericht abstatten konnte. Sie war die Missionsbeauftragte. Der Missionsbericht war für mich immer eine schwere Prüfung, weil unser Mittagessen davon abhing. Wenn alles gutgegangen war, also keine Toten und jede Menge Bekehrungen, machte meine Mutter einen Braten. Wenn die Gottlosen sich nicht nur als widerspenstig, sondern gar als mörderisch erwiesen hatten, verbrachte meine Mutter den Rest des Vormittags damit, sich eins der Gospelalben von Jim Reeves anzuhören, und wir mußten uns mit weichgekochten Eiern begnügen, in die wir Toaststreifen hineintunkten. Ihr Mann war nicht besonders anspruchsvoll, aber ich wußte, daß diese Aussicht ihn deprimierte. Er hätte den Braten sogar selbst gemacht, wäre meine Mutter nicht der festen Überzeugung gewesen, daß sie in unserem Haus die einzige war, die eine Pfanne von einem Klavier unterscheiden konnte. Sie hatte unrecht, soweit es uns betraf, aber recht, soweit es sie selbst betraf, und das war nun einmal das, was wirklich zählte.

Irgendwie brachten wir diese Vormittage hinter uns, und am Nachmittag gingen sie und ich mit dem Hund spazieren, während mein Vater sämtliche Schuhe putzte. »Man erkennt die Leute an ihren Schuhen«, sagte meine Mutter. »Sieh dir die von Nebenan an.«

»Der Alkohol«, sagte meine Mutter grimmig, während wir an dem Nachbarhaus vorbeigingen. »Deshalb kaufen sie alles in Maxi Balls Ramschladen. Der Teufel selbst ist ein Säufer« (manchmal dachte meine Mutter sich ihre Theologie selbst aus).

Maxi Ball war der Besitzer eines Kaufhauses, seine Kleider waren billig, aber sie hielten nicht, und sie rochen nach Industriekleber. Die Verzweifelten, die Gleichgültigen, die Ärmsten wetteiferten samstagmorgens darum, sich herauszupicken, was immer sie konnten, und um den Preis zu feilschen. Meine Mutter wäre lieber verhungert, als sich bei Maxi Ball sehen zu lassen. Sie hatte mir einen abgrundtiefen Abscheu vor dem Laden eingeimpft. Da so viele Leute, die wir kannten, dort einkauften, war das nicht gerade fair von ihr, aber sie war nie besonders fair; sie liebte und sie haßte, und sie haßte Maxi Ball. Einmal war sie im Winter gezwungen gewesen, zu Maxi Ball zu gehen und sich ein Korsett zu kaufen, und noch am selben Sonntag, bei der Kommunion, löste sich eines der Fischbeinstäbchen und bohrte sich mitten in ihren Bauch. Eine ganze Stunde lang konnte sie nicht das geringste tun. Als wir nach Hause kamen, riß sie das Korsett in Stücke und verwendete die Fischbeinstäbchen als Stützen für unsere Geranien, bis auf eins, das sie mir gab. Ich habe es immer noch, und jedes Mal, wenn ich versucht bin, an den falschen Ecken und Enden zu sparen, denke ich an dieses Fischbeinstäbchen und sehe mich vor.

Meine Mutter und ich gingen den Hügel hinauf, der sich am Ende unserer Straße erhob. Wir lebten in einer Stadt, die den Tälern gestohlen worden war, einem dichtgedrängten Ort voller Schornsteine und kleiner Geschäfte und Häuser, die Rücken an Rücken standen, ohne Gärten dazwischen. Die Hügel umgaben uns auf allen Seiten, und unserer ging in das Penninische Gebirge über, hin und wieder von einer Farm oder einem Überbleibsel aus dem Krieg durchbrochen. Früher hatte es eine Menge alte Panzer gegeben, aber die Stadtverwaltung hatte sie entfernen lassen. Die Stadt war ein fetter Klecks, und die Straßen erstreckten sich von diesem Klecks ausgehend in das Grün hinein, immer höher hinauf. Unser Haus stand fast am oberen Ende einer langen, sich hinziehenden Straße. Einer gepflasterten Straße mit holprigen Kopfsteinen. Wenn man bis zur Spitze des Hügels klettert und hinunterblickt, kann man alles sehen, genau wie Jesus auf dem Berg, außer, daß es nicht sehr verlockend ist. Weiter rechts war der Viadukt, und hinter dem Viadukt Ellisons Gelände, auf dem einmal im Jahr der Rummel stattfand. Ich durfte immer unter der Bedingung hingehen, daß ich meiner Mutter ein Glas schwarze Erbsen mitbrachte. Schwarze Erbsen sehen aus wie Kaninchenkacke, und sie schwimmen in einer dünnen Soße aus Fleischbrühe und Gewürzen. Sie schmecken wunderbar. Die Zigeuner machten schrecklich viel Unordnung und blieben die ganze Nacht auf, und meine Mutter sagte, sie seien Ehebrecher, aber im großen und ganzen kamen wir sehr gut miteinander aus. Sie drückten ein Auge zu, wenn gelegentlich einmal ein kandierter Apfel verschwand, und manchmal, wenn nicht viel los war und man nicht genug Geld hatte, ließen sie einen trotzdem eine Runde Autoscooter fahren. Wir trugen zwischen den Wohnwagen immer Kämpfe aus, die Kinder, die so waren wie ich, von der Straße, gegen die

Lackaffen aus der Avenue. Die Lackaffen waren bei den Pfadfindern und nahmen nicht am Schulessen teil. Einmal, als ich meine schwarzen Erbsen holen wollte, um nach Hause zu gehen, griff die alte Frau nach meiner Hand. Zuerst dachte ich, sie würde mich beißen. Sie betrachtete meine Handfläche und lachte ein bißchen. »Du wirst nie heiraten«, sagte sie, »du nicht, und du wirst nie zur Ruhe kommen.« Sie nahm kein Geld für die Erbsen und sagte, ich solle schnell nach Hause laufen. Ich lief und lief und versuchte zu verstehen, was sie gemeint hatte. Ich hatte sowieso nicht ans Heiraten gedacht. Ich kannte zwei Frauen, die überhaupt keinen Ehemann hatten; aber sie waren alt, so alt wie meine Mutter. Sie hatten einen Zeitungsladen, und manchmal gaben sie mir mittwochs einen Bananenriegel zu meinem Comic dazu. Ich konnte sie gut leiden und sprach oft mit meiner Mutter über sie. Eines Tages fragten sie mich, ob ich Lust hätte, mit ihnen ans Meer zu fahren. Ich rannte nach Hause, sprudelte die Neuigkeit hervor und war schon damit beschäftigt, meine Spardose zu leeren, um mir einen neuen Spaten zu kaufen, als meine Mutter ein für allemal »Nein« sagte. Ich verstand nicht, weshalb, und sie wollte es mir nicht erklären. Ich durfte nicht einmal zurückgehen, um zu sagen, daß ich nicht durfte. Dann bestellte sie meinen Comic ab und sagte, ich könne ihn mir in einem anderen Geschäft abholen, das weiter entfernt war. Darüber war ich sehr traurig. Bei Grimsby's bekam ich nie einen Bananenriegel. Ein paar Wochen später hörte ich, wie sie es Mrs. White erzählte. Sie sagte, die beiden hätten sich auf unnatürliche Leidenschaften verlegt. Ich dachte, sie meine damit, daß sie Chemikalien in ihre Süßigkeiten taten. Meine Mutter und ich kletterten den Hügel hinauf, bis die Stadt unter uns zurückfiel und wir den Gedenkstein ganz oben auf der Spitze erreichten. Hier oben war der Wind immer sehr heftig, so daß meine Mutter zusätzliche Hutnadeln benutzen mußte. Meistens trug sie ein Kopftuch, aber nicht am Sonntag. Wir setzten uns auf den Sockel des Steins, und sie dankte dem Herrn, daß wir den Aufstieg geschafft hatten. Dann extemporierte sie über die Natur der Welt, die Torheit ihrer Völker und den unausweichlichen Zorn Gottes. Danach erzählte sie mir eine Geschichte über irgendeinen braven Menschen, der die Früchte des Fleisches verschmäht und statt dessen für den Herrn gewirkt hatte ...

Da war zum Beispiel die Geschichte vom »bekehrten Schornsteinfeger«, einem schmutzigen, verderbten Menschen, der Trunksucht und dem Laster verfallen, der den Herrn fand, als er das Innere eines Rauchfangs auskratzte. Er blieb im Zustand der Verzückung so lange in diesem Rauchfang, daß seine Freunde schon dachten, er sei ohnmächtig geworden. Nach vielen Mühen überredeten sie ihn dazu, wieder herauszukommen; sein Gesicht, so erklärten sie, obwohl vor lauter Ruß und Dreck kaum sichtbar, leuchtete wie das eines Engels. Er fing an, die Sonntagsschule zu leiten und starb irgendwann später, bestimmt für die himmlische Glückseligkeit. Es gab noch viele andere; am besten gefiel mir der »Halleluja-Riese«, eine Laune der Natur, zwei Meter fünfzig groß, durch die Gebete der Gläubigen auf einen Meter fünfundachtzig geschrumpft.

Hin und wieder erzählte meine Mutter mir die Geschichte ihrer eigenen Bekehrung; sie war sehr romantisch. Manchmal denke ich, wenn der Groschenheftverlag Mills and Boon in seiner Politik auch nur das kleinste bißchen revivalistisch wäre, wäre meine Mutter ein Star.

Eines Abends war sie zufällig in Pastor Spratts Kreuzzug der Himmlischen Herrlichkeit hineinspaziert. Er fand in einem Zelt auf irgendeinem ungenutzten Grundstück statt, und jeden Abend sprach Pastor Spratt vom Schicksal der Verdammten und vollführte Wunderheilungen. Er war sehr beeindruckend. Meine Mutter sagte, er hätte ausgesehen wie Errol Flynn, bloß heilig. Viele Frauen fanden in dieser Woche den Herrn. Ein Teil von Pastor Spratts Charisma stammte aus seiner Zeit als Werbeleiter in der Eisengießerei Rathbone. Er wußte alles über Köder. »Was haben Sie denn gegen Köder?« sagte er, als der *Chronicle* ihn mit einem Anflug von Zynismus fragte, wieso er die Frischbekehrten mit Topfpflanzen beschenkte. »Wir sind schließlich aufgerufen, Menschenfischer zu sein.« Als meine Mutter den Ruf hörte, überreichte man ihr eine Ausgabe der Psalmen und forderte sie auf, zwischen einem Weihnachtskaktus (nicht blühend) und einem Maiglöckchen zu wählen. Sie entschied sich für das Maiglöckchen. Als mein Vater am nächsten Abend hinging, trug sie ihm auf, sich auf jeden Fall den Kaktus geben zu lassen, aber als er endlich an die Reihe kam, waren sie alle weg. »Er kann sich einfach nicht durchsetzen«, sagte sie oft, und nach einer kurzen Pause: »Gott segne ihn.«

Pastor Spratt quartierte sich für den Rest seiner Zeit beim Kreuzzug der Himmlischen Herrlichkeit bei ihnen ein, und in dieser Zeit entdeckte meine Mutter ihr nicht mehr nachlassendes Interesse an der missionarischen Arbeit. Der Pastor selbst verbrachte den größten Teil seiner Zeit draußen im Dschungel und anderen heißen Gegenden, um die Heiden zu bekehren. Wir haben ein Foto von ihm, umgeben von schwarzen Männern mit Speeren. Es steht neben dem Bett meiner

Mutter. Meine Mutter hat eine große Ähnlichkeit mit William Blake; sie hat Visionen und Träume, und sie kann einen Strohkopf nicht immer von einem König unterscheiden. Gott sei Dank kann sie nicht malen.

Eines Abends machte sie einen Spaziergang und dachte über ihr Leben und darüber nach, was möglich war. Sie dachte an all das, was sie nicht sein konnte. Ihr Onkel war Schauspieler gewesen. »Ein wundervoller Hamlet«, sagte der *Chronicle*.

Aber Glanz und Tand verwandeln sich in Jahre, und dann sind die Jahre dahin. Onkel Will war als armer Mann gestorben, sie war dieser Tage auch nicht mehr so jung, und die Menschen waren nicht gut. Sie liebte es, französisch zu sprechen und Klavier zu spielen, aber was haben diese Dinge schon zu bedeuten?

Es war einmal eine kluge und schöne Prinzessin, die so empfindsam war, daß der Tod einer Motte sie viele Wochen lang betrüben konnte. Ihre Familie wußte sich keinen Rat mehr. Ratgeber rangen die Hände, weise Männer schüttelten die Köpfe, tapfere Könige zogen enttäuscht von dannen. So geschah es viele Jahre lang, bis die Prinzessin eines Tages, als sie im Wald spazierenging, auf die Hütte einer buckligen alten Frau stieß, die die Geheimnisse der Magie kannte. Dieses alte Geschöpf erkannte in der Prinzessin eine Frau von großer Energie und Findigkeit.

»Meine Liebe«, sagte sie, »du läufst Gefahr, von deiner eigenen Flamme verzehrt zu werden.«

Die Bucklige erzählte der Prinzessin, sie sei alt und sehne sich nach dem Tod, könne aber nicht sterben, weil sie so viele Verpflichtungen habe. Sie war verantwortlich für ein kleines Dorf einfacher Menschen, denen sie Ratgeberin und Freundin war. Hätte die Prinzessin vielleicht Lust, ihre Nachfolge anzutreten? Ihre Pflichten wären:

1 Die Ziegen melken
2 die Menschen unterweisen
3 Lieder für ihre Feste komponieren

Unterstützt würde sie dabei von einem dreibeinigen Hocker und allen Büchern, die der Buckligen gehörten, sowie – und das war überhaupt das Allerbeste – vom Harmonium der alten Frau, einem Instrument von hohem Alter und vier Oktaven. Die Prinzessin versprach zu bleiben und vergaß den Palast und die Motten ganz und gar. Die alte Frau dankte ihr und starb auf der Stelle.

Meine Mutter, die an jenem Abend spazierenging, träumte einen Traum und bewahrte ihn ins Tageslicht hinein. Sie würde ein Kind haben, es unterweisen, es aufbauen, es dem Herrn widmen:
ein missionarisches Kind,
ein Kind im Dienst Gottes,
ein Segen.

Und so kam es, daß sie an einem ganz bestimmten Tag, irgendwann später, einem Stern folgte, bis er sich über einem Waisenhaus niederließ, und in diesem Haus gab es eine Krippe, und in der Krippe ein Kind. Ein Kind mit vielen Haaren.

Sie sagte: »Dieses Kind ist mein vom Herrn.«

Sie nahm das Kind mit sich, und sieben Tage und sieben Nächte weinte das Kind, aus Angst und aus Nichtwissen. Die Mutter sang für das Kind und erstach die Dämonen. Sie wußte, wie eifersüchtig der Geist auf das Fleisch ist.

Solch warmes, zartes Fleisch.

Ihr Fleisch jetzt, ihrem Kopf entsprungen.

Ihre Vision.

Nicht das Rucken unterhalb des Hüftknochens, sondern Wasser und das Wort.

Sie hatte jetzt einen Ausweg, für viele zukünftige Jahre.

Wir standen auf dem Hügel, und meine Mutter sagte: »Diese Welt ist voller Sünde.«

Wir standen auf dem Hügel, und meine Mutter sagte: »Du kannst die Welt verändern.«

Als wir nach Hause kamen, saß mein Vater vor dem Fernseher und sah sich den Kampf zwischen »Crusher Williams« und dem einäugigen Jonney Stott an. Meine Mutter war wütend; sonntags deckten wir den Fernseher immer zu. Wir hatten ein TATEN DES ALTEN TESTAMENTS-Tischtuch, das wir von einem Mann bekommen hatten, der Häuser entrümpelte. Es war sehr beeindruckend, und wir verwahrten es in einer speziellen Schublade, die ansonsten nichts enthielt, nur ein Stück Tiffany-Glas und ein Pergament aus dem Libanon. Ich weiß nicht, wieso wir das Pergament aufbewahrten. Wir hatten gedacht, es sei ein Teil des Alten Testaments, aber es war der Pachtvertrag für eine Schaffarm. Mein Vater hatte das Tuch nicht einmal zusammengefaltet, und ich konnte gerade noch »Moses empfängt die Zehn Gebote« zusammengeknüllt unter der Beinschraube erkennen. »Das wird Ärger geben«, dachte ich und verkündete meine Absicht, zum Tamburinunterricht zur Heilsarmee hinunterzugehen.

Armer Dad, er war nie ganz gut genug.

An jenem Abend predigte in unserer Kirche ein Gastpfarrer, Pastor Finch aus Stockport. Er war Experte auf dem Gebiet der Dämonen und hielt eine beängstigende Predigt darüber, wie leicht es ist, von Dämonen besessen zu werden. Hinterher war uns allen sehr unbehaglich zumute. Mrs. White sagte, ihrer Meinung nach seien ihre Nachbarn besessen, sie würden alle Merkmale an den Tag legen. Pastor Finch sagte, daß die Besessenen zu unkontrollierbaren Wutausbrüchen und plötzlichen Anfällen wilden Gelächters neigen und immer, immer, sehr gerissen sind. Der Teufel selbst, erinnerte er uns, kann als Engel des Lichts in Erscheinung treten.

Nach dem Gottesdienst gab es ein gemeinsames Essen; meine Mutter hatte zwanzig Windbeutel und ihren üblichen Berg Käse-und-Zwiebel-Sandwiches gemacht.

»Eine gute Frau läßt sich an ihren Sandwiches erkennen«, verkündete Pastor Finch.

Meine Mutter errötete.

Dann drehte er sich zu mir um und sagte: »Wie alt bist du, kleines Mädchen?«

»Sieben«, antwortete ich.

»Ah, sieben«, murmelte er. »Wie segensreich, die sieben Tage der Schöpfung, der siebenarmige Leuchter, die sieben Siegel.«

(Sieben Igel? Ich war beim »Lesen unter Anleitung« noch nicht bis zur Geheimen Offenbarung vorgedrungen und dachte, er meine damit irgendwelche alttestamentarischen Tiere, die ich übersehen hatte. Ich verbrachte Wochen mit dem Versuch, sie zu finden, für den Fall, daß sie bei irgendeinem Bibelquiz drankommen würden.)

»Ja«, fuhr er fort, »wie segensreich«, und dann bewölkte sich seine Stirn. »Und wie verflucht.« Bei diesem Wort fuhr seine Faust auf den Tisch hinunter und katapultierte ein Käsesandwich in den Klingelbeutel; ich sah, wie es passierte, war aber derartig fasziniert, daß ich völlig vergaß, jemandem Bescheid zu sagen. Sie fanden es eine Woche später beim Treffen der Schwesternschaft. Der ganze Tisch war verstummt, bis auf Mrs. Rothwell, die stockstaub und sehr hungrig war.

»Der böse Geist kann SIEBENFACH zurückkehren.« Seine Augen wanderten über den Tisch. (Kratz, machte Mrs. Rothwells Löffel.)

»SIEBENFACH.«

(»Will jemand dieses Stück Kuchen haben?« fragt Mrs. Rothwell.)

»Die Besten können zu den Schlimmsten werden« – er nahm meine Hand – »Dieses unschuldige Kind, diese Blüte der göttlichen Verheißung.«

»Nun, dann esse ich es«, verkündete Mrs. Rothwell.

Pastor Finch warf ihr einen bösen Blick zu, aber er war kein Mann, der sich so leicht aus der Fassung bringen ließ.

»Diese kleine Lilie könnte eine Behausung des Teufels sein.«

»Eh, Roy, sachte«, sagte Mrs. Finch besorgt.

»Unterbrich mich nicht, Grace«, sagte er mit fester Stimme. »Ich meine das schließlich nur als Beispiel. Gott hat mir eine Gelegenheit gegeben, und was Gott uns gegeben hat, dürfen wir uns nicht anmaßen zu vergeuden.«

»Es ist bekannt, daß selbst die gottesfürchtigsten Männer plötzlich vom Übel erfüllt werden können. Wieviel mehr also eine Frau, und wieviel mehr erst ein Kind. Eltern, achtet bei euren Kindern auf die Anzeichen. Männer, achtet auf eure Frauen. Der Name des Herrn sei gepriesen.«

Er ließ meine Hand los, die jetzt ganz zerknautscht und feucht war.

Er wischte die eigene an seinem Hosenbein ab.

»Du solltest dich nicht so verausgaben, Roy«, sagte Mrs. Finch. »Hier, nimm einen Windbeutel, es ist Sherry drin.«

Mir war auch ein bißchen unbehaglich zumute, deshalb ging ich ins Zimmer der Sonntagsschule. Dort gab es Figuren aus Filz, mit denen man Szenen aus der Bibel zusammenstellen konnte, und ich fing gerade an, mich mit einer Neufassung von Daniel in der Löwengrube zu vergnügen, als Pastor Finch hereinkam. Ich versteckte meine Hände in meinen Taschen und senkte den Blick auf den Fußboden.

»Kleines Mädchen«, fing er an, dann fiel sein Blick auf meine Filzfiguren.

»Was ist das?«

»Daniel«, antwortete ich.

»Aber das ist doch ganz verkehrt«, sagte er, völlig entgeistert. »Weißt du denn nicht, daß Daniel gerettet wurde? In deinem Bild wird er von den Löwen aufgefressen.«

»Tut mir leid«, antwortete ich, wobei ich mein bestes, heiligstes Gesicht aufsetzte. »Eigentlich wollte ich Jonas und den Wal machen, aber es gibt keine Wale aus Filz. Ich tue einfach so, als ob die Löwen Wale wären.«

»Du hast aber gesagt, daß es Daniel ist.« Er war mißtrauisch.

»Ich habe mich vertan.«

Er lächelte. »Dann wollen wir es mal richtig machen, ja?«, und er tat die Löwen sorgfältig in die eine und Daniel in die andere Ecke. »Wie wäre es mit Nebukadnezar? Wollen wir als nächstes die Szene ›Staunen in der Morgendämmerung‹ machen?« Und er fing an, die Filzfiguren auf der Suche nach einem König zu durchwühlen.

»Hoffnungslos«, dachte ich, Susan Green hatte sich letzte Weihnachten auf das Tableau der drei Weisen aus dem Morgenland übergeben, und in jeder Schachtel waren immer nur drei Könige.

Ich ließ ihn allein weitersuchen. Als ich in die Halle zurückkam, fragte jemand, ob ich Pastor Finch gesehen hätte.

»Er ist in der Sonntagsschule und spielt mit den Filzfiguren«, antwortete ich.

»Zügele deine Phantasie, Jeanette«, sagte die Stimme. Ich hob den Kopf. Es war Miss Jewsbury; sie redete immer so, ich glaube, es lag daran, daß sie Oboe unterrichtete. Es macht den Mund irgendwie anders.

»Zeit, nach Hause zu gehen«, sagte meine Mutter. »Ich glaube, du hast für einen Tag genug Aufregung gehabt.«

Komisch, was andere Leute alles für aufregend halten. Wir machten uns auf den Weg, meine Mutter, Alice und May (»für dich Tante Alice, Tante May«). Ich trödelte hinter ihnen her und dachte an Pastor Finch und wie gräßlich er war. Seine Zähne standen vor, und seine Stimme war piepsig, obwohl er versuchte, sie tief und streng klingen zu lassen. Arme Mrs. Finch. Wie hielt sie es nur bei ihm aus? Dann erinnerte ich mich an die Zigeunerin. »Du wirst nie heiraten.« Vielleicht war das gar nicht mal so schlecht. Wir gingen durch die Factory Bottoms, um nach Hause zu kommen. Hier lebten die Ärmsten von allen, festgeschmiedet an die Fabriken. Es gab Hunderte von Kindern und räudigen Hunden. Die von Nebenan hatten früher auch hier gewohnt, gleich neben der Kleisterfabrik, aber dann hatte ein Cousin oder irgendwer ihnen ein Haus hinterlassen, gleich neben unserm. »Ein Werk des Teufels, wie es im Buch steht«, sagte meine Mutter, die der festen Überzeugung war, daß diese Dinge uns geschickt werden, um uns zu prüfen.

Ich durfte nicht allein durch die Factory Bottoms gehen, und an jenem Abend, als der Regen anfing, glaubte ich zu wissen, wieso nicht. Falls die bösen Geister irgendwo lebten, dann hier. Wir kamen an einem Geschäft vorbei, in dem es Halsbänder gegen Flöhe und alle Arten von Gift zu kaufen gab. Es hieß Schädlingsbekämpfung Arkwright; ich war einmal drin gewesen, als wir eine Kakerlakenplage hatten. Mrs. Arkwright machte gerade die Kasse; sie entdeckte May beim Vorbeigehen und schrie, sie solle reinkommen. Meine Mutter war nicht sehr begeistert, aber dann murmelte sie irgend etwas über Jesus und seinen Umgang mit den Zöllnern und Sündern und schob mich als erste in den Laden.
»Wo bist du denn die ganze Zeit gewesen, May?« fragte Mrs. Arkwright, die sich die Hände an einem Lappen abwischte. »Ich hab dich mindestens einen Monat nicht gesehen.«
»Ich war in Blackpool.«
»Hoho, bist du zu Geld gekommen, oder was?«
»Dreimal hintereinander Bingo.«
»Nein!«
Mrs. Arkwright war beeindruckt und neidisch zugleich.

Die Unterhaltung ging eine Zeitlang auf diese Weise weiter, Mrs. Arkwright beklagte sich darüber, daß die Geschäfte schlecht gingen, daß sie den Laden wahrscheinlich zumachen mußte, daß mit Ungeziefer kein Geld mehr zu machen war.

»Hoffen wir, daß wir einen heißen Sommer kriegen, das lockt sie aus den Löchern.«

Meine Mutter war sichtlich unglücklich.

»Erinnert ihr euch noch an die Hitzewelle vor zwei Jahren? Damals hatte ich alle Hände voll zu tun. Schaben, Wanzen, Ratten, egal was, ich hab's vergiftet. Nein, es ist nicht mehr so wie früher.«

Ein oder zwei Augenblicke bewahrten wir ein respektvolles Schweigen, dann hüstelte meine Mutter und sagte, jetzt müßten wir aber wirklich gehen.

»Einen Moment noch«, sagte Mrs. Arkwright. »Die hier sind für das Küken.«

Sie meinte mich, und nachdem sie eine Weile hinter der Theke herumgewühlt hatte, brachte sie mehrere Blechdosen in allen möglichen Formen zum Vorschein.

»Es kann seine Murmeln oder was weiß ich reintun«, erklärte sie.

»Danke«, sagte ich lächelnd.

»Eh, es ist in Ordnung, das Küken«, lächelte sie mir zu, und nachdem sie ihre Hand fest an meiner abgewischt hatte, ließ sie uns aus dem Laden.

»Sieh doch, May«, sagte ich und hielt die Dosen hoch.

»Tante May«, fauchte meine Mutter.

May begutachtete sie mit mir zusammen.

»›Silberfische‹«, las sie. »»Großzügig hinter Waschbecken, Toiletten und anderen feuchten Stellen verteilen.‹ Oh, sehr schön. Und was ist das hier? ›Läuse, Bettwanzen etc. Garantiert wirksam, sonst Geld zurück.‹«

Dann waren wir zu Hause. Gute Nacht, May, Gute Nacht, Alice, der Herr sei mit euch. Mein Vater war schon im Bett, weil er Frühschicht hatte. Meine Mutter würde noch stundenlang aufbleiben.

Solange ich die beiden kenne, ist meine Mutter immer um vier ins Bett gegangen und mein Vater um fünf aufgestanden. Das war irgendwie ganz schön, weil es bedeutete, daß ich mitten in der Nacht herunterkommen konnte, ohne daß ich mich einsam fühlen mußte. Oft machten wir uns Eier mit Speck, und sie las mir ein Stück aus der Bibel vor.

Meine Ausbildung begann folgendermaßen: sie brachte mir mit Hilfe des Buchs Deuteronomium das Lesen bei, und sie erzählte mir alles über das Leben der Heiligen, und daß sie im Grunde genommen schrecklich böse waren, und unaussprechlichen Begierden hingegeben. Jedenfalls nicht zur Anbetung geeignet; dies war noch so eine Irrlehre der katholischen Kirche, und ich durfte mich auf keinen Fall von den glatten Zungen der Priester verleiten lassen.

»Aber ich kenne doch gar keine Priester.«

»Das Motto eines Mädchens lautet: ALLZEIT BEREIT.«

Ich lernte, daß es regnet, wenn Wolken mit einem hohen Gebäude zusammenstoßen, beispielsweise einem Kirchturm oder einer Kathedrale; der Aufprall durchlöchert sie, und jeder, der darunter steht, wird naß. Deshalb hieß es früher, als die einzigen hohen Gebäude, die es gab, gleichzeitig heilig waren, daß Reinlichkeit gleich nach Gottesfurcht kommt. Je gottesfürchtiger eine Stadt, desto mehr hohe Gebäude gab es dort, und desto häufiger regnete es.

»Deshalb sind diese heidnischen Gegenden alle so trokken«, erklärte meine Mutter, ihr Blick verlor sich in der Ferne, und ihr Bleistift bebte. »Armer Pastor Spratt.« Ich lernte, daß alles in der natürlichen Welt ein Symbol des Großen Kampfes zwischen Gut und Böse ist. »Denk an die Mamba«, sagte meine Mutter. »Auf kurzen Strekken ist die Mamba schneller als ein Pferd.« Und sie zeichnete das Wettrennen auf ein Stück Papier. Sie meinte damit, daß das Böse für kurze Zeit triumphieren kann, aber nie für sehr lange. Darüber waren wir sehr froh und sangen unser Lieblingslied, *Rüstet euch, ihr Christenleute.*

Ich bat meine Mutter, mir Französisch beizubringen, aber ihr Gesicht bewölkte sich, und sie sagte, das könne sie nicht.

»Wieso nicht?«

»Es wäre fast mein Untergang gewesen.«

»Was meinst du damit?« drängelte ich, sooft ich konnte. Aber sie schüttelte nur den Kopf und murmelte irgend etwas in der Art, daß ich noch zu jung sei, daß ich bald genug selbst dahinterkommen würde, daß es sehr unerfreulich sei.

»Eines Tages«, sagte sie schließlich, »werde ich dir von Pierre erzählen.« Dann machte sie das Radio an und kümmerte sich so lange nicht um mich, daß ich wieder ins Bett ging.

Oft fing sie an, mir eine Geschichte zu erzählen und ging dann mittendrin zu etwas anderem über, so daß ich nie erfuhr, was aus dem Paradies auf Erden wurde, als es aufhörte, vor der Küste Indiens zu liegen, und ich steckte fast eine ganze Woche bei ›sechs mal sieben ist zweiundvierzig‹ fest.

»Wieso gehe ich eigentlich nicht in die Schule?« fragte

ich sie. Ich war neugierig auf die Schule, weil meine Mutter sie immer als BRUTSTÄTTE bezeichnete. Ich wußte nicht, was sie damit meinte, aber ich wußte, daß es etwas Schlimmes war, genau wie UNNATÜRLICHE LEIDENSCHAFTEN. »Sie würden dich nur vom rechten Weg abbringen«, war die einzige Antwort, die ich bekam.

Ich dachte in der Toilette über all diese Dinge nach. Die Toilette war draußen, und ich haßte es, wenn ich nachts hingehen mußte, wegen der Spinnen, die aus dem Kohlenschuppen rüberkamen. Mein Dad und ich schienen ständig auf der Toilette zu sein, ich saß dabei auf meinen Händen und summte vor mich hin, und er stand wahrscheinlich. Meine Mutter wurde immer sehr böse.

»Komm endlich wieder rein, so lange kann das doch nicht dauern.«

Aber die Toilette war der einzige Ort, an den man sich zurückziehen konnte. Wir schliefen alle im selben Zimmer, weil meine Mutter uns nach hinten heraus ein Badezimmer anbaute, und irgendwann, sobald sie die Trennwand hochgezogen hatte, ein kleines Zimmerchen für mich. Aber sie kam nur sehr langsam voran, weil sie, wie sie sagte, zu viele andere Dinge im Kopf hatte. Manchmal kam Mrs. White vorbei, um ihr beim Mörtelmischen zu helfen, aber das endete immer damit, daß die beiden sich Johnny Cash anhörten oder ein neues Flugblatt über »Taufe durch Vollständige Immersion« verfaßten. Irgendwann wurde sie tatsächlich fertig, aber das sollte noch drei Jahre dauern.

In der Zwischenzeit ging mein Unterricht weiter; mit Hilfe der Schnecken und der Samenkataloge meiner Mutter lernte ich eine Menge über Gartenbau und Gartenschädlinge, und mit Hilfe der Prophezeiungen in der Geheimen Offenbarung und einer Zeitschrift mit dem Titel *Die Reine Wahrheit*, die meine Mutter jede Woche bezog, bekam ich Einsicht in den Gang der Geschichte.

»Elias ist in unsere Mitte zurückgekehrt«, erklärte sie.

Und so lernte ich, die Zeichen und Wunder zu deuten, die der Ungläubige möglicherweise nie verstehen wird.

»Das wirst du brauchen, wenn du draußen auf dem missionarischen Feld bist«, erinnerte sie mich.

Dann, eines Morgens, als wir früh aufgestanden waren, um Iwan Popow hinter dem Eisernen Vorhang zu hören, plumpste ein dicker brauner Umschlag durch den Briefschlitz. Meine Mutter dachte, es seien Dankesschreiben all jener, die an unserem Kreuzzug zur Heilung der Kranken im Rathaus teilgenommen hatten. Sie riß ihn auf, und ihr Gesicht wurde lang.

»Was ist?« fragte ich.

»Es geht um dich.«

»Was ist denn mit mir?«

»Ich muß dich in die Schule schicken.«

Ich flitzte auf die Toilette und setzte mich auf meine Hände; die BRUTSTÄTTE – endlich.

EXODUS

»Warum willst du, daß ich hingehe?« fragte ich sie am Abend vorher.

»Weil ich, wenn du nicht gehst, ins Gefängnis komme.« Sie griff nach dem Messer. »Wieviel Scheiben willst du?«

»Zwei«, sagte ich. »Was machst du drauf?«

»Sülze, und sei gefälligst dankbar.«

»Aber wenn du ins Gefängnis kommst, kommst du auch wieder raus. Der heilige Paulus war auch dauernd im Gefängnis.«

»Ich weiß« (sie schnitt das Sandwich mit fester Hand durch, so daß nur ein ganz kleines bißchen Sülze an den Seiten herausquoll). »Aber die Nachbarn wissen es nicht. Iß jetzt und sei still.«

Sie schob den Teller vor mich. Er sah gräßlich aus.

»Wieso gibt es keine Pommes?«

»Weil ich keine Zeit habe, dir welche zu machen. Ich muß noch ein Fußbad nehmen und deine Bluse bügeln, und dabei habe ich mit den vielen Bitten um Gebete noch nicht einmal angefangen. Außerdem sind keine Kartoffeln da.«

Ich ging ins Wohnzimmer und überlegte mir, was ich tun könnte. Ich hörte, wie meine Mutter in der Küche das Radio anschaltete.

»Und nun«, sagte eine Stimme, »bringen wir eine Sendung über das Familienleben der Schnecken.«

Meine Mutter stieß einen Schrei aus.

»Hast du das gehört?« wollte sie von mir wissen, während sie den Kopf durch die Küchentür steckte. »Das

37

Familienleben der Schnecken, es ist eine Ungeheuer-
lichkeit, es ist genauso, als würde man sagen, daß wir
von den Affen abstammen.«
Ich dachte darüber nach. Mr. und Mrs. Schnecke an
einem verregneten Mittwochabend bei sich zu Hause;
Mr. Schnecke döst geruhsam vor sich hin, Mrs. Schnecke
liest ein Buch über schwierige Kinder. *»Ich mache mir solche Sorgen, Herr Doktor. Er ist so still, er kommt einfach nicht
aus seinem Schneckenhaus heraus.«*
»Nein, Mom«, antwortete ich, »so ist es nicht.«
Aber sie hörte mir nicht zu. Sie war in die Küche zurückgegangen, und ich hörte, wie sie vor dem Hintergrund
des statischen Knisterns leise vor sich hinmurmelte,
während sie den World Service suchte. Ich ging ihr
nach. »Der Teufel ist in der Welt, aber nicht in diesem
Haus«, sagte sie, den Blick auf das Bild des Herrn ge-
richtet, das über dem Herd hing. Es war ein etwa zwanzig mal zwanzig Zentimeter großes Aquarell, das Pastor
Spratt für meine Mutter gemalt hatte, bevor er mit
seinem Kreuzzug der Himmlischen Herrlichkeit nach
Wigan und Afrika ging.
Es trug den Titel »Der Herr beim Füttern der Vögel«,
und meine Mutter hatte es über den Herd gehängt, weil
sie den größten Teil ihrer Zeit dort verbrachte, um
Sachen für die Gläubigen zu kochen. Es sah inzwischen
ein bißchen mitgenommen aus, und der Herr hatte
einen Eigelbklecks auf dem einen Fuß, aber wir trauten
uns nicht, ihn wegzumachen, weil wir Angst hatten, daß
dann auch die Farbe abgehen würde.
»Ich habe die Nase voll«, sagte sie. »Geh weg.«
Und sie machte die Küchentür zu und schaltete das
Radio aus. Ich konnte hören, wie sie *Ein feste Burg ist
unser Gott* vor sich hinsummte.

»Das wäre also das«, dachte ich.
Und das war es auch.

Am nächsten Morgen ging es bei uns zu wie in einem Taubenschlag. Meine Mutter zerrte mich aus dem Bett, schrie, es sei schon halb acht, sie habe keine Minute geschlafen, mein Dad sei ohne sein Essen zur Arbeit gegangen. Sie kippte einen Kessel mit kochendheißem Wasser in den Spülstein.
»Warum bist du denn nicht ins Bett gegangen?« fragte ich.
»Weil es sich nicht gelohnt hat, wo ich drei Stunden später wieder mit dir aufstehen muß.«
Sie ließ einen Strahl kaltes Wasser in das heiße laufen.
»Du hättest ja ausnahmsweise früher ins Bett gehen können«, schlug ich vor, während ich mich aus dem Oberteil meines Schlafanzugs herauskämpfte. Eine alte Frau hatte ihn für mich gemacht und hatte das Loch für den Kopf genauso groß gemacht wie die Ärmellöcher, so daß ich ständig wunde Ohren hatte. Einmal war ich drei Monate lang taub, weil ich es an den Mandeln hatte: das war auch keinem aufgefallen.
Eines Abends lag ich in meinem Bett und dachte über die Herrlichkeit des Herrn nach, als mir plötzlich auffiel, daß das Leben sehr still geworden war. Ich war wie üblich in der Kirche gewesen, hatte so laut gesungen wie immer, aber seit einiger Zeit hatte ich den Eindruck gehabt, daß ich die einzige war, die Geräusche von sich gab.
Ich hatte angenommen, daß ich mich in einem Zustand der Verzückung befand, was in unserer Kirche nichts Ungewöhnliches war, und später stellte sich heraus, daß

meine Mutter dasselbe angenommen hatte. Als May sie gefragt hatte, wieso ich keine Antworten mehr gab, hatte meine Mutter gesagt: »Es ist der Herr.«

»Was ist der Herr?« May war verwirrt.

»Er wirkt auf geheimnisvolle Weise«, erklärte meine Mutter und ging voran.

Und so verbreitete sich, ohne daß ich etwas davon wußte, in unserer Kirche die Neuigkeit, daß ich mich in einem Zustand der Verzückung befand und niemand mich ansprechen sollte.

»Was meint ihr, wieso es dazu gekommen ist?« wollte Mrs. White wissen.

»Ach, das ist nicht weiter verwunderlich, sie ist schließlich sieben«, sagte May und ließ eine wirkungsvolle Pause eintreten. »Es ist eine heilige Zahl, seltsame Dinge geschehen in den Siebenern, seht euch Elsie Norris an.«

Elsie Norris, »Zeugnis-Elsie«, wie sie genannt wurde, war eine große Ermutigung für unsere Kirche. Wann immer der Pastor ein Zeugnis für die Güte des Herrn verlangte, sprang Elsie auf und rief: »Hört, was der Herr diese Woche für mich getan hat.«

Sie brauchte Eier, der Herr hatte welche geschickt.

Sie hatte Magenkrämpfe, der Herr hatte sie von ihr genommen.

Sie betete jeden Tag zwei Stunden;
einmal um sieben Uhr morgens
und einmal um sieben Uhr abends.

Ihr Hobby war die Numerologie, und sie las das Wort Gottes nie, ohne vorher die Würfel zu werfen, um sich von ihnen leiten zu lassen.

»Ein Würfel für das Kapitel, ein Würfel für den Vers«, lautete ihr Motto.

Irgend jemand fragte sie einmal, was sie mit Büchern der Bibel machte, die mehr als sechs Kapitel hatten.

»Ich habe meine Methoden«, antwortete sie kühl, »und der Herr hat seine.«

Ich konnte sie gut leiden, weil sie viele interessante Dinge in ihrem Haus hatte. Sie hatte eine Orgel, bei der man Pedale betätigen mußte, wenn man wollte, daß sie ein Geräusch von sich gab. Wenn ich sie besuchte, spielte sie immer *Herr Jesu, Licht der Heiden*. Sie bearbeitete die Tasten und ich die Pedale, weil sie Asthma hatte. Sie sammelte ausländische Münzen, die sie in einem Glasgefäß aufbewahrte, das nach Leinöl roch. Sie sagte, es erinnere sie an ihren verstorbenen Mann, der in der Kricketmannschaft von Lancashire mitgespielt hatte.

»Stan von der eisernen Hand, haben sie ihn immer genannt«, sagte sie jedes Mal, wenn ich sie besuchte. Sie konnte sich nie daran erinnern, was sie den Leuten schon erzählt hatte. Sie konnte sich auch nie daran erinnern, wie lange sie ihren Früchtekuchen schon hatte. Einmal bot sie mir fünf Wochen lang immer wieder dasselbe Stück an. Ich hatte jedoch insofern Glück, als sie sich auch nie daran erinnerte, was die Leute zu ihr gesagt hatten, und so lehnte ich jede Woche mit derselben Entschuldigung ab.

»Magenkrämpfe«, sagte ich.

»Ich werde für dich beten«, sagte sie.

Das beste war jedoch, daß sie eine Collage der Arche Noah hatte. Sie zeigte Vater und Mutter Noah, die sich aus dem Fenster beugten und auf die Flut hinabblickten, während die anderen Noahs versuchten, eins der

Kaninchen einzufangen. Meine größte Freude war ein herausnehmbarer Schimpanse, der aus einem Scheuerschwamm gemacht war; am Ende meines Besuchs durfte ich immer fünf Minuten damit spielen. Ich hatte alle möglichen Variationen, aber für gewöhnlich ersäufte ich ihn.

Eines Sonntags gab der Pastor allen bekannt, daß ich voll des Geistes sei. Er sprach zwanzig Minuten über mich, und ich hörte kein einziges Wort; ich saß einfach nur da und las in meiner Bibel und dachte, was für ein langes Buch sie doch war. Natürlich waren alle durch diese scheinbare Bescheidenheit erst recht überzeugt.

Ich glaubte, daß niemand mit mir redete, und die anderen glaubten, daß ich nicht mit ihnen redete. Aber an dem Abend, an dem ich erkannte, daß ich nichts mehr hörte, ging ich nach unten und schrieb auf einen Zettel: »Mutter, die Welt ist sehr still.«

Meine Mutter nickte und las in ihrem Buch weiter. Sie hatte es erst an diesem Morgen per Post von Pastor Spratt bekommen. Es war eine Beschreibung des missionarischen Lebens und trug den Titel *Auch andere Kontinente kennen ihn.*

Es gelang mir nicht, sie auf mich aufmerksam zu machen, also nahm ich mir eine Orange und ging wieder ins Bett. Ich mußte es selbst herausfinden.

Jemand hatte mir zu meinem Geburtstag eine Blockflöte und ein Liederbuch geschenkt. Ich stopfte mir die Kissen in den Rücken und spielte ein paar Zeilen von *Auld Lang Syne.*

Ich konnte sehen, daß meine Finger sich bewegten, aber trotzdem war kein Ton zu hören.

Ich versuchte es mit *Jingle Bells*.
Nichts.
In meiner Verzweiflung fing ich an, den Rhythmus von
Ol' Man River zu trommeln.
Nichts.
Und nichts, was ich bis zum nächsten Morgen tun
konnte.
Am nächsten Morgen sprang ich aus dem Bett, fest ent-
schlossen, meiner Mutter zu erklären, was mit mir los
war.
Das Haus war leer.
Mein Frühstück stand auf der Anrichte, und daneben
lag ein Zettel.

»Liebe Jeanette,
sind im Krankenhaus, um für Tante Betty zu beten. Ihr
Bein ist sehr schlimm.

Alles Liebe, Mutter.«

Also verbrachte ich den Tag so gut ich konnte und beschloß irgendwann, einen Spaziergang zu machen. Dieser Spaziergang war meine Rettung. Ich begegnete
Miss Jewsbury, die die Oboe spielte und den Chor der
Schwesternschaft leitete. Sie war sehr klug.
»Aber sie ist nicht heilig«, hatte Mrs. White einmal gesagt. Miss Jewsbury muß wohl Hallo gesagt haben, und
ich muß nicht geantwortet haben. Sie war längere Zeit
nicht in der Kirche gewesen, weil sie mit dem Sympho-
nieorchester der Heilsarmee eine Tournee durch die
Midlands gemacht hatte, und von daher wußte sie
nicht, daß ich angeblich voll des Geistes war. Sie stand
vor mir und klappte ihren Mund, der wegen der Oboe
sehr groß war, auf und zu und zog die Augenbrauen bis
in die Mitte ihrer Stirn. Ich nahm ihre Hand und zerrte

sie ins Postamt. Dort nahm ich einen der Kugelschreiber und schrieb auf die Rückseite eines Kindergeldformulars:

»Liebe Miss Jewsbury,
ich kann nichts hören.«

Sie sah mich entsetzt an, nahm mir den Kugelschreiber aus der Hand und schrieb: »Was macht Deine Mutter dagegen? Wieso bist Du nicht im Bett?«

Inzwischen war auf dem Kindergeldformular kein Platz mehr, deshalb mußte ich WEN BENACHRICHTIGT MAN IN EINEM NOTFALL? zu Hilfe nehmen.

»Liebe Miss Jewsbury«, schrieb ich.

»Meine Mutter weiß nichts davon. Sie ist bei Tante Betty im Krankenhaus. Ich war letzte Nacht im Bett.«

Miss Jewsbury starrte und starrte. Sie starrte so lange, daß ich schon wieder nach Hause gehen wollte. Dann schnappte sie sich meine Hand und schleppte mich ins Krankenhaus. Als wir dort ankamen, waren meine Mutter und noch ein paar andere um Tante Bettys Bett versammelt und sangen Kirchenlieder. Meine Mutter sah uns, machte ein überraschtes Gesicht, stand aber nicht auf. Miss Jewsbury berührte ihren Ellbogen und machte ihre Nummer mit Mund und Augenbrauen. Meine Mutter schüttelte den Kopf. Schließlich brüllte Miss Jewsbury so laut, daß sogar ich es hörte: »Dieses Kind ist nicht voll des Geistes«, schrie sie, »es ist taub.«

Alle im Krankenhaus drehten sich um und sahen zu mir herüber. Ich wurde sehr rot und starrte Tante Bettys Wasserkaraffe an. Das Schlimmste war, nicht zu wissen, was los war. Dann kam ein Arzt zu uns, der sehr ärgerlich war, und dann fuchtelten er und Miss Jewsbury wie wild mit den Armen herum. Die Gläubigen hatten sich wieder ihren Notenblättern zugewandt, so als wäre nichts geschehen.

Der Arzt und Miss Jewsbury schleiften mich in ein kaltes Zimmer voller Geräte, wo ich mich hinlegen mußte. Der Arzt beklopfte mich an verschiedenen Stellen und schüttelte immer wieder den Kopf.

Und alles war absolut still.

Dann kam meine Mutter und schien zu verstehen, was vor sich ging. Sie unterschrieb ein Formular und kritzelte für mich einen Zettel.

»Liebe Jeanette, es ist nichts weiter, Du bist nur ein bißchen taub. Warum hast Du mir nichts davon gesagt? Ich gehe jetzt und hole Deinen Schlafanzug.«

Was hatte sie vor? Wieso ließ sie mich hier allein? Ich fing an zu weinen. Meine Mutter machte ein entsetztes Gesicht, kramte in ihrer Handtasche herum und gab mir eine Orange. Ich schälte sie, um mich zu trösten, und als die anderen sahen, daß ich mich ein bißchen beruhigt hatte, sahen sie sich gegenseitig an und gingen fort.

Seit meiner Geburt hatte ich immer angenommen, daß die Welt nach sehr einfachen Prinzipien funktionierte. Wie eine größere Version unserer Kirche. Jetzt merkte ich, daß selbst die Kirche manchmal verwirrt war. Das war ein Problem. Aber keins, mit dem ich mich auseinandersetzen wollte, noch viele Jahre nicht. Mein augenblickliches Problem war, was mit mir passieren würde. Das Victoria-Krankenhaus, in dem ich lag, war groß und beängstigend, und ich konnte nicht einmal mit einiger Aussicht auf Erfolg singen, weil ich nicht hören konnte, was ich sang. Es gab nichts zu lesen, außer ein paar zahnärztlichen Informationen und einer Gebrauchsanweisung für das Röntgengerät. Ich versuchte, aus den Orangenschalen einen Iglu zu bauen, aber er fiel immer wieder in sich zusammen, und selbst wenn er einmal stehenblieb, hatte ich keinen Eskimo, den ich hineintun konnte, also mußte ich mir eine Geschichte darüber ausdenken »Wie der Eskimo aufgefressen wurde«, was mich nur noch trauriger machte. Es ist immer dasselbe mit diesen Ablenkungen; sie nehmen einen zu sehr gefangen.

Dann kam meine Mutter zurück, und eine Krankenschwester stopfte mich in meinen Schlafanzug und brachte uns beide auf die Kinderstation. Sie war gräßlich. Die Wände waren hellrosa, und auf den Vorhängen waren Tiere. Aber keine richtigen Tiere, sondern aufgeplusterte Kuscheldinger, die mit bunten Bällen spielten. Ich dachte an das Walroß, das ich mir gerade ausgedacht hatte. Es war böse, es hatte den Eskimo aufgefressen; aber es war immer noch besser als die hier. Die Krankenschwester hatte meinen Iglu in den Mülleimer geworfen.

Mir blieb nichts anderes übrig, als über mein Schicksal nachzudenken und stillzuliegen. Ein paar Stunden später kam meine Mutter noch einmal und brachte mir meine Bibel, ein Malbuch der Bibelgesellschaft und ein Stück Knetgummi, das die Schwester mir wegnahm. Ich verzog das Gesicht, und sie schrieb auf eine Karte: »Nicht gut, könntest es schlucken.« Ich sah sie an und schrieb zurück »Ich will es nicht schlucken, ich will damit spielen. Außerdem ist Knete nicht giftig, das steht hinten drauf«, und ich hielt ihr die Packung unter die Nase. Sie runzelte die Stirn und schüttelte den Kopf. Ich drehte mich hilfesuchend zu meiner Mutter um, aber sie kritzelte gerade einen langen Brief an mich. Die Schwester fing an, mein Bett aufzuschütteln

46

und steckte die anstößige Knete in die Tasche ihres Kittels. Ich konnte sehen, daß nichts sie umstimmen würde.

Ich schnüffelte; Desinfektionsmittel und Kartoffelpüree. Dann piekste meine Mutter mich in die Rippen, legte ihren Brief auf den Nachttisch und leerte eine riesige Tragetüte Orangen in die Schale neben meinem Wasserkrug. Ich lächelte kläglich, in der Hoffnung auf ihre Unterstützung, aber sie tätschelte mir nur den Kopf und schaukelte davon. Ich war also allein. Ich dachte an Jane Eyre, die viele Schicksalsprüfungen bestehen mußte und immer tapfer war. Meine Mutter las mir immer daraus vor, wenn sie traurig war; sie sagte, das Buch gebe ihr Kraft. Ich nahm ihren Brief in die Hand: das übliche mach-dir-keine-Sorgen, alle-werden-dich-besuchen, Kopf-hoch, und das Versprechen, eifrig am Badezimmer zu arbeiten und sich nicht von Mrs. White ablenken zu lassen. Daß sie mich bald besuchen würde, und falls nicht, würde sie ihren Mann schicken. Daß ich am nächsten Tag operiert würde. An dieser Stelle angelangt, ließ ich den Brief auf mein Bett sinken. Am nächsten Tag! Und wenn ich starb? So jung und so begabt! Ich dachte an meine Beerdigung, an all die Tränen. Ich wollte mit meiner Monsterpuppe und meiner Bibel begraben werden. Sollte ich schriftliche Anweisungen hinterlassen? Konnte ich mich darauf verlassen, daß die anderen sich daran halten würden? Meine Mutter wußte alles über Krankheiten und Operationen. Der Arzt hatte ihr gesagt, eine Frau in ihrem Zustand dürfe eigentlich nicht herumlaufen, aber sie hatte ihm geantwortet, ihre Zeit sei noch nicht gekommen, und außerdem wüßte sie wenigstens, wo sie dann hinkäme, im Gegensatz zu ihm. Meine Mutter hatte in einem Buch gelesen, daß mehr Leute unter der Narkose sterben, als beim Wasserskilaufen ertrinken.

»Wenn der Herr dich zurückholt«, hatte sie zu May gesagt, bevor sie sich die Gallensteine herausnehmen ließ, »weißt du, daß es daran liegt, daß er noch Arbeit für dich hat.« Ich kroch unter die Decken und betete darum, zurückgeholt zu werden.

Am Morgen meiner Operation lächelten die Schwestern und zupften mein Bett noch einmal glatt und stapelten die Orangen zu einem symmetrischen Turm. Zwei haarige Arme hoben mich hoch und banden mich auf eine kalte Bahre. Die Rollen quietschten, und der Mann, der mich schob, ging viel zu schnell. Korridore, Doppeltüren und zwei Augenpaare, die mich über den Rand straff sitzender, weißer Masken ansahen. Eine Schwester hielt meine Hand fest, während irgend jemand eine Maske über meine Nase und meinen Mund stülpte. Ich atmete tief ein und sah eine lange Linie von Wasserskiläufern ins Wasser fallen und nicht wieder hochkommen. Dann sah ich überhaupt nichts mehr.

»Wackelpudding, Jeanette.«

Ich hatte es *gewußt*. Ich war gestorben, und die Engel gaben mir Wackelpudding. Ich schlug die Augen in der festen Erwartung auf, Flügelpaare zu sehen.

»Komm schon, iß«, sagte die Stimme aufmunternd.

»Bist du ein Engel?« fragte ich hoffnungsvoll.

»Nicht ganz, ich bin Arzt. Aber sie ist ein Engel, nicht wahr, Schwester?«

Der Engel errötete.

»Ich kann hören«, sagte ich zu niemandem im besonderen.

»Iß deinen Wackelpudding«, sagte die Schwester.

Womöglich hätte ich den Rest der Woche allein vor mich hinschmachten müssen, hätte Elsie nicht herausgefunden, wo ich war und angefangen, mich zu besuchen. Meine Mutter konnte erst am Wochenende kommen, das wußte ich, weil sie darauf wartete, daß der Klempner kam, um ihre Installationen zu inspizieren. Elsie kam jeden Tag und erzählte mir Witze, um mich zum Lächeln zu bringen, und Geschichten, damit ich mich besser fühlte. Sie sagte, daß Geschichten einem helfen, die Welt zu verstehen. Sie versprach mir, daß sie mir, wenn ich wieder bei Kräften war, die Grundlagen der Numerologie beibringen würde. Ein Prickeln der Erregung lief durch mich hindurch, weil ich wußte, daß meine Mutter das ganz bestimmt mißbilligen würde. Sie sagte, es grenze an Wahnsinn.

»Ach was«, sagte Elsie. »Hauptsache, es funktioniert.«

Und so hatten wir beide unseren Spaß, während wir planten, was wir tun würden, sobald es mir wieder besser ging.

»Wie alt bist du, Elsie?« wollte ich wissen.

»Ich erinnere mich an den Ersten Weltkrieg, mehr sage ich nicht dazu.« Dann erzählte sie mir, wie sie einen Krankenwagen ohne Bremsen gefahren hatte.

Meine Mutter besuchte mich schließlich doch relativ oft, aber in der Kirche war eine Menge zu tun. Sie bereiteten die Weihnachtskampagne vor. Wenn sie nicht selbst kommen konnte, schickte sie meinen Vater, meistens mit einem Brief und ein paar Orangen.

»Die einzige Frucht«, sagte sie immer.

Fruchteis, Fruchtsalat, Fruchtsaft, Tuttifrutti. Teufelsfrucht, Passionsfrucht, faule Frucht, verbotene Frucht, Frucht am Sonntag.

Orangen sind die einzige Frucht. Ich füllte meinen kleinen Eimer mit Schalen, und die Schwestern leerten ihn ungnädig aus. Ich versteckte die Schalen unter meinem Kopfkissen, und die Schwestern schimpften und seufzten.

Elsie Norris und ich aßen jeden Tag eine Orange; jede von uns eine Hälfte. Elsie hatte keine Zähne, also nukkelte und mampfte sie. Ich ließ meine Orangenscheiben wie Austern tief in meinen Hals gleiten. Die Leute starrten uns an, aber das war uns egal.

Wenn Elsie weder in der Bibel las noch Geschichten erzählte, verbrachte sie ihre Zeit mit den Dichtern. Sie erzählte mir alles über Swinburne und seine Sorgen, und über die Bedrängnis von William Blake.

»Kein Mensch hört auf einen Exzentriker«, sagte sie. Wenn ich traurig war, las sie mir *Goblin Market* von einer Frau namens Christina Rossetti vor, die einmal eine in Spiritus eingelegte Maus in einem Glasgefäß überreicht bekam, als Geschenk.

Aber von allen, die Elsie liebte, war W. B. Yeats ihr der Liebste. Yeats, sagte sie, kannte die Bedeutung der Zahlen und die große Wirkung der Phantasie auf die Welt.

»Was wie eine ganz bestimmte Sache aussieht«, sagte sie zu mir, »kann gut und gerne etwas ganz anderes sein.« Ich mußte an meinen Iglu aus Orangenschalen denken.

»Wenn du lange genug über etwas nachdenkst«, erklärte sie mir, »ist es sehr wahrscheinlich, daß dieses Etwas eintrifft.« Sie tippte sich an die Stirn. »Es hängt alles von hier oben ab.«

Meine Mutter glaubte, wenn man lange genug um etwas betete, würde dieses Etwas eintreten. Ich fragte Elsie, ob das dasselbe sei.

»Gott ist in allen Dingen«, sagte sie nachdenklich, »also ist es immer dasselbe.«

Ich hatte das Gefühl, daß meine Mutter wahrscheinlich nicht damit einverstanden wäre, aber sie war nicht da, und deshalb spielte es keine Rolle.

Ich spielte Mensch-ärgere-dich-nicht mit Elsie, und das Galgenspiel, und sie fing damit an, mir kurz vor dem Ende der Besuchszeit ein Gedicht vorzulesen. Eins enthielt diese Zeilen:

> Alle Dinge fallen und werden neu erbaut
> Und jene, die sie neu erbauen, sind heiter.

Das verstand ich, weil ich wochenlang an meinem Iglu aus Orangenschalen gearbeitet hatte. Manche Tage waren eine große Enttäuschung, andere fast ein Triumph. Er war ein Akt der Balance und der Vision. Elsie war mir eine ständige Ermutigung und sagte, ich solle mir nichts aus den Schwestern machen.

»Mit Knete wäre es einfacher gewesen«, jammerte ich eines Tages.

»Aber weniger interessant«, sagte sie.

Als ich endlich aus dem Krankenhaus entlassen wurde, war mein Gehör wieder hergestellt und mein Selbstvertrauen (dank Elsie) wieder intakt.

Ich mußte ein paar Tage bei Elsie wohnen, bis meine Mutter aus Wigan zurückkam, wo sie für die Gesellschaft für die Verlorenen die Buchhaltung erledigte.

»Ich habe ein neues Musikstück entdeckt«, sagte sie im Bus. »Es enthält ein Intermezzo für sieben Elefanten.«

»Wie heißt es?«

»*Die Schlacht von Abessinien.*«

Die natürlich ein sehr berühmter Ausdruck viktorianischen Empfindens ist, genau wie Prinz Albert.

»Sonst noch was?«

»Nein, eigentlich nicht, der Herr und ich haben im

Augenblick nicht viel miteinander zu tun. Es kommt und geht, also habe ich ein bißchen renoviert, solange ich noch kann. Nichts Großartiges, nur ein bißchen Farbe auf die Fußleisten, aber wenn ich beim Herrn bin, habe ich für andere Sachen keine Zeit.«

Als wir im Haus waren, tat sie plötzlich sehr geheimnisvoll und sagte, ich solle im Wohnzimmer warten. Ich konnte sie rascheln und vor sich hinmurmeln hören, dann hörte ich etwas quietschen. Schließlich stieß sie unter viel Geächze die Tür auf.

»Der Herr möge mir verzeihen«, japste sie, »aber das Ding ist eine verdammte Plage.«

Und sie ließ eine große Kiste auf den Tisch plumpsen.

»Mach schon auf.«

»Was ist denn drin?«

»Frag nicht, mach auf.«

Ich riß das Papier ab.

Es war eine kuppelförmig gewölbte Holzkiste mit drei weißen Mäusen drin.

»Schadrach, Meschach und Abed-Nego im Feuerofen.«

Sie entblößte ihr Zahnfleisch zu einem breiten Lächeln.

»Ich habe die Flammen selbst gemalt.«

Die hintere Wand der Kiste war ein grell-oranges Meer in der Form flammender Zungen.

»Es könnte sogar Pfingsten darstellen«, sagte ich.

»O ja, es ist sehr vielseitig«, stimmte sie mir zu.

Die Mäuse kümmerten sich nicht darum.

»Die hier habe ich auch gemacht.« Sie kramte in ihrer Tasche herum und brachte zwei Sperrholzfiguren zum Vorschein. Beide waren sehr bunt angemalt, aber es war nicht zu verkennen, daß die eine himmlisch war, weil sie Flügel hatte. Elsie sah mich triumphierend an.

»Nebukadnezar und der Engel des Herrn.«

Der Engel hatte unten kleine Schlitze, so daß man ihn oben auf die Kuppel stecken konnte, ohne die Mäuse zu stören.

»Toll«, sagte ich.

»Ich weiß«, nickte sie und ließ ein Stück Käse neben dem Engel in die Kiste fallen.

Am Abend machten wir uns ein paar Rosinenbrötchen und setzten uns an den Kamin. Elsie hatte einen alten Kamin mit Bildern von berühmten Männern und von Florence Nightingale auf den Kacheln. Robert Clive aus Indien war da, und Palmerston, und Sir Isaac Newton mit einem angesengten Kinn, das daher stammte, daß das Feuer manchmal zu hoch loderte. Elsie zeigte mir ihre heiligen Würfel, die sie vor vierzig Jahren in Mekka gekauft hatte. Sie verwahrte sie in einer Schachtel, die sie hinter der Wand des Kamins versteckte, für den Fall, daß Diebe kamen.

»Es gibt Leute, die mich für närrisch halten, aber es gibt mehr Dinge zwischen Himmel und Erde, als man auf den ersten Blick erkennt.« Ich schwieg und wartete.

»Es gibt diese Welt«, sagte sie und schlug zur Veranschaulichung mit der Faust gegen die Wand, »und es gibt diese Welt«, sie hämmerte sich an die Brust. »Wenn du willst, daß sowohl die eine wie auch die andere einen Sinn ergibt, mußt du beide wahrnehmen.«

»Das verstehe ich nicht«, seufzte ich und überlegte mir, was ich als nächstes fragen könnte, um dahinterzukommen, aber sie war mit offenem Mund eingeschlafen, und außerdem mußten die Mäuse gefüttert werden.

Vielleicht komme ich dahinter, wenn ich in die Schule gehe, war mein einziger Trost, als die Stunden vertickten und Elsie nicht wach wurde. Und als sie dann doch wach wurde, schien sie ihre Erklärung des Universums völlig vergessen zu haben und wollte einen Tunnel für die Mäuse bauen. Aber ich fand auch in der Schule nicht viele Erklärungen; alles wurde bloß immer komplexer. Nach drei Jahren fing ich an zu verzweifeln. Ich hatte ein bißchen Volkstanz und die Grundlagen des Nähens gelernt, aber das war auch schon so ungefähr alles. Volkstanz bedeutete dreiunddreißig rachitische Kinder in schwarzen Turnschuhen und grünen Turnhosen, die versuchten, mit Miss Schritt zu halten, die immer nur mit Sir tanzte und nie auch nur einen Blick an uns verschwendete. Die beiden verlobten sich kurz darauf, aber das nutzte uns auch nicht viel, weil sie nämlich anfingen, an Turniertänzen teilzunehmen, was bedeutete, daß sie unsere Stunden dazu benutzten, ihre Beinarbeit zu verbessern, während wir zu den Instruktionen einer Schallplatte auf dem Grammophon auf und ab schlurften. Die Drohungen waren das Schlimmste; dazu gezwungen zu sein, sich mit jemandem, den man haßte, an den Händen zu halten. Wir stampften durch die Gegend, verdrehten uns gegenseitig die Finger und versprachen uns namenlose Schrecken, sobald die Stunde vorbei war. Da ich es leid war, mich schikanieren zu lassen, entwickelte ich mich zu einer richtigen Expertin im Erfinden der fundamentalsten Folterungen unter dem Deckmantel süßer Heiligkeit. »Was, ich, Miss? Nein, Miss. Oh, Miss, das war ich nicht!« Aber ich war es, ich war es immer. Das Schrecklichste, was man den Mädchen antun konnte, war die Drohung, sie in die Jauchegrube hinter der Eisengießerei Rathbone zu tauchen. Für die Jungs alles, was mit ihren Schniepeln zu tun hatte. Und so hockte ich drei Jahre später im Schuhbeutelzimmer und hatte Depressionen. Das Schuhbeutelzimmer war dunkel und stank, es stank immer, sogar am Anfang eines Schuljahres.

»Füße kann man eben nicht abschaffen«, hörte ich den Hausmeister säuerlich sagen.

Die Putzfrau schüttelte den Kopf; sie hatte mehr Gerüche vertrieben, als sie warme Mahlzeiten gegessen hatte. Sie hatte sogar im Zoo gearbeitet, »und Sie wissen ja, wie diese Tiere stinken«, aber die Füße hatten sie geschafft. »Dieses Zeug hier frißt sich durch jede Fußbodenversiegelung«, sagte sie und schwenkte eine rote Büchse, »aber gegen Füße kommt es nicht an.«

Nach einer Woche oder so fiel uns der Geruch kaum noch auf, und außerdem war das Schuhbeutelzimmer ein gutes Versteck. Die Lehrer betraten es nie, außer, wenn sie uns beaufsichtigen mußten, und selbst dann blieben sie immer ein paar Schritte von der Tür entfernt stehen. Der letzte Schultag vor den Ferien … ein paar Tage vorher hatten wir einen Ausflug in den Zoo von Chester gemacht. Das bedeutete, daß alle in ihren besten Sonntagskleidern antraten und miteinander wetteiferten, wer die saubersten Socken und die eindrucksvollsten Sandwiches hatte. Dosengetränke waren für uns das Höchste, weil die meisten von uns nur Orangengetränk aus Pulver in Tupperware-Flaschen dabei hatten. Die Tupperware-Flaschen wurden immer heiß und verbrannten uns den Mund.

»Du hast ja braunes Brot« (drei Köpfe schieben sich über die Lehne des Sitzes). »Wieso? Es sind Stücke drin, bist du Vegetarier?«

Ich versuche, unbeteiligt zu tun, während meine Brote begrabscht werden. Die allgemeine Sandwich-Inspektion geht von Sitz zu Sitz weiter, begleitet von neidischem Gemurmel und kreischendem Gelächter. Susan

Green hatte kalte Fischstäbchen auf ihren Sandwiches, weil ihre Familie sehr arm war und Reste essen mußte, auch wenn sie gräßlich waren. Das letzte Mal hatte sie nur braune Soße drauf gehabt, weil nicht einmal Reste da waren. Das Inspektorat entschied, daß Shelley die besten hatte. Ganz weiße Brötchen mit Curryeiern und einem Zweig Petersilie drauf. Und sie hatte eine Dose Limonade dabei. Der Zoo selbst war nicht aufregend, und wir mußten die ganze Zeit in Zweierreihen gehen. Unser Krokodil schlängelte sich hin und her, ruinierte neue Schuhe im Sand und Sägemehl, schwitzte und klebte aneinander. Stanley Farmer fiel in den Flamingoteich, und niemand hatte Geld, um Tierfigürchen zu kaufen. Also trabten wir eine Stunde zu früh zu unserem Bus zurück und schaukelten nach Hause. Drei Plastiktüten mit Kotze und Hunderte von Bonbonpapieren waren unser Andenken für den Fahrer. Es war alles, was wir entbehren konnten.

»Nie wieder«, seufzte Mrs. Virtue, als sie uns auf die Straße scheuchte. »Nie wieder werde ich mich so einer Blamage aussetzen.«

Im Augenblick war Mrs. Virtue damit beschäftigt, Shelley dabei zu helfen, ihr Partykleid für den Sommer fertigzumachen. »Die beiden haben sich verdient«, dachte ich.

Ich tröstete mich mit dem Gedanken an das Ferienlager, in das unsere Kirche jeden Sommer fuhr. Dieses Jahr würden wir sehr weit weg fahren, nach Devon. Meine Mutter war sehr aufgeregt, weil Pastor Spratt versprochen hatte, auf einem seiner seltenen Besuche in England vorbeizuschauen. Er sollte die erste Sonntagsmesse im Evangeliumszelt ein Stück außerhalb von Cullompton halten. Im Augenblick machte Pastor

Spratt mit seiner Ausstellung eine Tournee durch Europa. Er entwickelte sich immer schneller zu einem der berühmtesten und erfolgreichsten Missionare, die unsere Kirchengruppe je ausgesandt hatte. Stammesangehörige aus Gegenden, die wir nicht einmal aussprechen konnten, schickten Dankesbriefe an unsere Zentrale, in denen sie den Herrn priesen und über ihre Errettung frohlockten. Zur Feier seiner zehntausendsten Bekehrung hatte der Pastor die Erlaubnis und die Mittel erhalten, einen längeren Urlaub zu machen und mit seiner Sammlung von Waffen, Amuletten, Götzenbildern und primitiven Methoden der Empfängnisverhütung umherzureisen. Die Ausstellung hieß »Gerettet durch die Gnade allein«. Ich hatte nur die Ankündigung gesehen, aber meine Mutter kannte alle Einzelheiten. Abgesehen von Pastor Spratt hatten wir eine sorgfältige Kampagne für die Farmersleute von Devon geplant. In der Vergangenheit hatten wir immer dieselben Techniken benutzt, egal ob wir in einem Zelt oder in einer Gemeindehalle waren, und egal in welcher Gegend wir uns befanden. Dann hatten die Organisatoren unserer Kampagne von der Zentrale einen sogenannten Aktionskasten erhalten, in dem es hieß, die Wiederkunft Christi stehe jeden Augenblick bevor, und es sei jetzt an uns, all unsere Bemühungen auf die Errettung von Seelen zu konzentrieren. Der Aktionskasten, der vom Referat für Öffentlichkeitsarbeit der Charismatischen Bewegung speziell für diesen Zweck entworfen worden war, erläuterte uns, daß alle Menschen verschieden sind und verschieden angesprochen werden müssen. Man mußte die Errettung für sie und ihre Gemüter relevant machen. Wenn man also beispielsweise ein Küstenvolk besuchte, mußte man Metaphern benutzen, die mit dem Meer zu tun hatten, um die Botschaft zu vermitteln. Das wichtigste war, daß man, wenn man mit den Leuten sprach, so schnell wie möglich herausfand, was sie sich am meisten wünschten und wovor sie sich am meisten fürchteten. Das machte die Botschaft unverzüglich relevant. Das Referat für Öffentlichkeitsarbeit bot Fortbildungswochenenden für alle an, die sich dem Guten Kampf verschrieben hatten, und gab Diagramme aus, so daß wir unsere Fortschritte aufzeichnen und neuen Mut schöpfen konnten. Pastor Spratt hatte die Kästen auf der Rückseite mit einer persönlichen Empfehlung versehen, und außerdem gab es ein Foto von ihm, auf dem er bedeutend jünger war und einen Häuptling taufte. Unser Ziel bestand also darin, den Farmersleuten von Devon zu beweisen, daß der Herr für sie relevant war. Meine Mutter war für die Lagervorräte verantwortlich und hatte bereits angefangen, riesige Büchsen mit Bohnen und Frankfurter Würstchen zu kaufen. »Eine Armee marschiert mit dem Magen«, erklärte sie mir.

Wir hofften, genug Bekehrungen zu machen, um in Exeter eine neue Kirche gründen zu können.

»Ich kann mich noch gut daran erinnern, wie wir unsere eigene Evangeliumshalle gebaut haben«, sagte meine Mutter wehmütig. »Alle haben mitgemacht, und wir haben nur wiedergeborene Handwerker genommen.« Es war eine strahlende, schwierige Zeit gewesen; das Sparen für ein Klavier und für Gesangbücher; der Kampf gegen die Versuchungen des Teufels, statt dessen lieber in Urlaub zu fahren.

»Natürlich war dein Vater damals ein Kartenspieler.« Schließlich hatten sie von der Zentrale einen Zuschuß bekommen, damit sie das Dach fertigstellen und eine

Fahne kaufen konnten, die von der Spitze flattern sollte. Es war ein stolzer Tag, an dem sie die Fahne mit den in Rot aufgestickten Worten SUCHET DEN HERRN hißten. Alle Kirchen hatten Fahnen, die von nicht mehr einsatzfähigen Missionaren angefertigt wurden. Es war eine Möglichkeit, ihre Pensionen aufzubessern und ihnen geistige Befriedigung zu verschaffen. Im ersten Jahr war meine Mutter in alle Kneipen und Clubs gegangen und hatte die Trinker aufgefordert, zu ihnen in die Kirche zu kommen. Sie setzte sich ans Klavier und sang *Jesus nimmt die Sünder an*. Es war immer sehr bewegend, sagte sie. Die Männer weinten in ihre Biergläser und unterbrachen ihr Billardspiel, während sie sang. Sie war rundlich und hübsch, und sie nannten sie das »Jesus-Mädel«.

»Oh, ich bekam eine Menge Angebote«, vertraute sie mir an, »und sie waren nicht nur gottesfürchtig.« Aber was immer sie auch waren, die Kirche wuchs, und noch immer bleibt manch ein Mann auf der Straße stehen, wenn meine Mutter vorbeigeht, und lüftet seinen Hut vor dem Jesus-Mädel.

Manchmal denke ich, daß sie vorschnell geheiratet hat. Nach ihrer schrecklichen Zeit mit Pierre wollte sie keine weiteren Aufregungen mehr. Wenn ich neben ihr saß und wir das Fotoalbum durchblätterten und uns die Vorfahren mit den strengen Gesichtern ansahen, hielt sie immer bei den zwei Seiten inne, die im Inhaltsverzeichnis den Titel »Alte Flammen« trugen. Pierre war da, und andere, darunter auch mein Vater. »Warum hast du den nicht geheiratet, oder den?« fragte ich neugierig.

»Sie waren alle vom rechten Weg abgekommen«, seufzte sie. »Es war schwer genug, einen zu finden, der nur ein Spieler war.«

»Wieso ist er jetzt kein Spieler mehr?« wollte ich wissen und versuchte, mir meinen lammfrommen Vater so vorzustellen wie die Männer, die ich im Kino in Filmen gesehen hatte.

»Er hat mich geheiratet und den Herrn gefunden.« Dann seufzte sie und erzählte mir die Geschichten ihrer alten Flammen; da war der verrückte Percy, der ein Auto mit aufklappbarem Verdeck fuhr und sie gebeten hatte, mit ihm in Brighton zu leben; da war Eddy mit der Hornbrille, der Bienen züchtete ... ganz unten auf der Seite war ein vergilbtes Foto einer hübschen Frau mit einer Katze auf dem Arm.

»Wer ist das?« fragte ich und zeigte darauf.

»Das? Oh, das ist nur Eddys Schwester. Ich weiß auch nicht, wieso ich das hier eingeklebt habe«, und sie blätterte weiter. Als wir uns das nächste Mal die Seite anschauten, war das Foto verschwunden.

Und so heiratete sie meinen Vater und reformierte ihn, und er baute die Kirche und wurde nie zornig. Ich fand, daß er nett war, auch wenn er nicht viel redete. Natürlich war ihr eigener Vater wütend. Er sagte, sie hätte unter ihrem Niveau geheiratet, sie hätte in Paris bleiben sollen, und brach prompt jede Verbindung zu ihr ab. Und so hatte sie nie genug Geld, und nach einer Weile gelang es ihr zu vergessen, daß sie je welches gehabt hatte. »Die Kirche ist meine Familie«, sagte sie jedes Mal, wenn ich sie nach den Gesichtern im Fotoalbum fragte. Und die Kirche war auch meine Familie.

Anscheinend wollte es mir einfach nicht gelingen, in der Schule etwas zu lernen oder zu gewinnen, nicht einmal die Auslosung, bei der es darum ging, keinen

Essensdienst machen zu müssen. Essensdienst bedeutete, daß man darauf achten mußte, daß alle einen Teller hatten und keine Brocken in den Wasserkrügen herumschwammen. Essensdienst bedeutete, daß man immer als letzter an der Reihe war und immer die kleinsten Portionen bekam. Ich war dreimal hintereinander für den Essensdienst gezogen worden und wurde in der Klasse angeschrien, weil ich ständig nach Soße roch. Meine Kleider waren voller Soßenflecke, und meine Mutter zwang mich, die ganze Woche dieselbe Schuluniformbluse zu tragen, weil sie sagte, es habe keinen Zweck, auch nur zu versuchen, mich sauberzuhalten, solange ich diesen Dienst machen mußte. Jetzt saß ich von oben bis unten mit Leber und Zwiebeln bekleckert im Schuhbeutelzimmer. Manchmal versuchte ich, die Flecken wegzumachen, aber heute war ich zu unglücklich. Nach sechs Wochen Ferien mit unserer Kirche würde ich noch weniger imstande sein, das alles zu ertragen. Meine Mutter hatte recht gehabt. Die Schule war eine BRUTSTÄTTE. Dabei hatte ich es wirklich versucht. Zuerst hatte ich mir die allergrößte Mühe gegeben, mich einzufügen und brav zu sein. Kurz bevor die Schule im letzten Herbst anfing, hatten wir ein Projekt aufbekommen; wir mußten einen Aufsatz über »Was ich in den Sommerferien erlebt habe« schreiben. Ich wollte meine Sache unbedingt gut machen, weil ich wußte, daß alle dachten, daß ich weder lesen noch sonst was konnte, weil ich nicht früh genug in die Schule gekommen war. Ich schrieb langsam, in meiner schönsten Schreibschrift, stolz darauf, daß ein paar der anderen nur Druckschrift konnten. Wir mußten die Aufsätze der Reihe nach vorlesen und sie dann der Lehrerin geben. Es war immer dasselbe. Angeln, Schwimmen,

Picknicks, Walt Disney. Zweiunddreißig Aufsätze über Gärten und die Froschlaiche. Ich kam am Schluß des Alphabets und konnte es kaum abwarten. Die Lehrerin gehörte zu den Frauen, die immer wollen, daß ihre Klasse glücklich ist. Sie nannte uns Lämmer und sagte zu mir im besonderen, ich solle mir keine Sorgen machen, wenn mir irgend etwas schwierig vorkam.

»Du wirst dich bald an alles gewöhnt haben«, ermutigte sie mich.

Ich wollte ihr eine Freude machen und fing zitternd vor froher Erwartung an, meinen Aufsatz vorzulesen...

»In diesen Ferien war ich mit unserer Kirche im Sommerlager in Colwyn Bay.«

Die Lehrerin nickte und lächelte.

»Es war sehr heiß, und Tante Betty, die sowieso ein schlimmes Bein hatte, bekam einen Sonnenstich, und wir dachten schon, daß sie sterben würde.«

Die Lehrerin fing an, ein bißchen besorgt auszusehen, aber die Klasse spitzte die Ohren.

»Aber dann ging es ihr wieder besser, dank meiner Mutter, die die ganze Nacht aufblieb und mächtig kämpfte.«

»Ist deine Mutter Krankenschwester?« fragte die Lehrerin mit stiller Teilnahme.

»Nein, sie heilt einfach nur die Kranken.«

Die Lehrerin runzelte die Stirn. »Nun gut, lies weiter.«

»Als Tante Betty wieder gesund war, fuhren wir alle mit dem Bus nach Llandudno, um am Strand Zeugnis abzulegen. Ich spielte Tamburin, und Elsie Norris hatte ihr Akkordeon dabei, aber ein Junge warf mit Sand, und seitdem geht das Fis nicht mehr. Wir wollen im Herbst einen Basar veranstalten und versuchen, das Geld dafür zusammenzukriegen.

Als wir aus Colwyn Bay zurückkamen, hatten die von

Nebenan ein neues Baby bekommen, aber sie sind so viele, daß wir nicht wissen, von wem es ist. Meine Mutter hat ihnen ein paar Kartoffeln aus dem Garten gegeben, aber sie haben gesagt, sie wollen keine Almosen und haben sie über die Mauer zurückgeworfen.«

In der Klasse war es sehr still geworden. Die Lehrerin sah mich an.

»Kommt noch mehr?«

»Ja, noch zwei Seiten.«

»Worüber?«

»Nur darüber, wie wir für die Tauffeier nach dem Kreuzzug zur Heilung der Kranken die Badeanstalt gemietet haben.«

»Sehr schön, aber ich glaube nicht, daß wir heute noch Zeit dafür haben. Pack deinen Aufsatz wieder in deine Mappe, und dann kannst du bis zur Pause noch ein bißchen malen.«

Die Klasse kicherte.

Ich setzte mich langsam hin, nicht sicher, was los war, aber sehr sicher, daß irgend etwas nicht stimmte. Als ich nach Hause kam, sagte ich zu meiner Mutter, daß ich nicht wieder hingehen würde.

»Du mußt«, sagte sie. »Hier, iß eine Orange.«

Mehrere Wochen vergingen, in denen ich versuchte, mich so normal wie möglich zu machen. Es schien zu funktionieren, und dann fing der Handarbeitsunterricht an; jeden Mittwoch, nach Würstchen im Schlafrock und Bienenstich. Wir machten unsere Kreuzstiche und Kettenstiche, und dann mußten wir uns ein Projekt ausdenken. Ich beschloß, einen Wandbehang für Elsie

Norris zu machen. Das Mädchen neben mir wollte einen für seine Mutter machen, mit FÜR MEINE LIEBE MUTTI drauf; das Mädchen gegenüber ein Geburtstagsmotiv. Als ich an die Reihe kam, sagte ich, daß ich gerne einen Text sticken würde.

»Wie wäre es mit LASSET DIE KINDLEIN?« schlug Mrs. Virtue vor.

Ich wußte sofort, daß das nichts für Elsie war. Sie liebte die Propheten.

»Nein«, sagte ich mit fester Stimme. »Es soll für meine Freundin sein, und sie liest am liebsten Jeremia. Ich habe mehr an DER SOMMER IST DAHIN, UND UNS IST KEINE HILFE GEKOMMEN gedacht.«

Mrs. Virtue war eine diplomatische Frau, aber sie hatte ihre Schwächen. Als es darum ging, die Arbeiten aufzulisten, schrieb sie die anderen voll aus, aber bei mir schrieb sie nur »Text«.

»Wieso?« fragte ich.

»Weil du die anderen Kinder beunruhigen könntest«, sagte sie. »Also? Welche Farbe möchtest du haben? Gelb, Grün oder Rot?«

Wir sahen uns an.

»Schwarz«, sagte ich.

Ich beunruhigte die anderen Kinder tatsächlich. Nicht absichtlich, aber wirkungsvoll. Eines Tages kamen Mrs. Sparrow und Mrs. Spencer ganz aufgeplustert vor Empörung in die Schule; sie kamen in der Pause, ich sah sie mit ihren Handtaschen und Hüten über den Beton kreiseln, die Lippen entschlossen zusammengepreßt. Mrs. Spencer hatte Handschuhe an.

Die anderen wußten anscheinend, was los war. Ein kleines Grüppchen von ihnen stand am Zaun und flüsterte miteinander. Eins der Kinder zeigte mit dem Finger auf mich. Ich versuchte, mir nichts anmerken zu lassen und spielte weiter mit meinem Kreisel und meiner Peitsche. Die Gruppe wurde größer, ein Mädchen mit erdbeereisverschmiertem Mund schrie etwas zu mir herüber, ich konnte nicht verstehen, was es war, aber die anderen bogen sich vor Lachen. Dann kam ein Junge und schlug mich ins Genick, dann noch einer und noch einer, und alle schlugen mich und rannten wieder weg.

»Angeschlagen, angeschlagen«, riefen sie, als die Lehrerin vorbeikam.

Ich war durcheinander, dann wütend, richtig aus-dem-Bauch-heraus wütend. Ich erwischte einen von ihnen mit meiner kleinen Peitsche. Er heulte auf.

»Miss, Miss, sie hat mich geschlagen.«

»Miss, Miss, sie hat ihn geschlagen«, rief der Rest im Chor.

Miss packte mich an den Haaren und schleifte mich ins Gebäude.

Draußen klingelte es, man hörte Lärm und Türen und Füßescharren, dann Stille. Jene ganz besondere Korridorstille.

Ich war im Lehrerzimmer.

Miss drehte sich zu mir um, sie sah müde aus.

»Streck deine Hand aus.«

Ich streckte meine Hand aus.

Sie griff nach dem Lineal. Ich dachte an den Herrn. Die Tür zum Lehrerzimmer ging auf, und Mrs. Vole, die Direktorin, kam herein.

»Ah, wie ich sehe, ist Jeanette schon hier. Warte bitte einen Augenblick draußen.«

Ich zog meine opferwillige Hand zurück, vergrub sie in meiner Tasche und schlüpfte zwischen ihnen durch die Tür.

Gerade noch rechtzeitig, um zu sehen, wie Mrs. Spencer und Mrs. Sparrow das Feld räumten, wobei reife Pflaumen der Empörung von ihnen abfielen.

Es war kalt im Korridor; hinter der Tür konnte ich leise Stimmen hören, aber nichts geschah. Ich fing an, mit meinem Zirkel an der Heizung herumzustochern und versuchte, ein verbogenes Stück Plastik aussehen zu lassen wie Paris aus der Luft.

Am Abend vorher hatte in der Kirche eine Gebetsversammlung stattgefunden, und Mrs. White hatte eine Vision gehabt.

»Wie ist es gewesen?« fragten wir eifrig.

»Oh, es war sehr heilig«, sagte Mrs. White.

Die Pläne für die Weihnachtskampagne waren in vollem Gange. Wir hatten von der Heilsarmee die Erlaubnis erhalten, ihren Krippenplatz vor dem Rathaus mitbenutzen zu dürfen, und es ging das Gerücht, daß Pastor Spratt mit einigen der bekehrten Heiden zurückkommen würde. »Wir können nur hoffen und beten«, sagte meine Mutter, die ihm sofort einen Brief schrieb.

Ich hatte noch ein Bibelquiz gewonnen und war zu meiner großen Erleichterung als Erzählerin für das Krippenspiel ausgewählt worden, das die Sonntagsschule aufführen sollte. Die letzten drei Jahre war ich immer die Maria gewesen, und es gab einfach nichts mehr, was ich der Rolle noch hinzufügen konnte. Außerdem bedeutete es, daß ich Stanley Farmer als Gegenüber hatte.

Es war klar und warm und machte mich glücklich.

In der Schule gab es nur Verwirrung.

Ich hatte mich inzwischen auf den Boden gesetzt, so daß ich, als die Tür aufging, nur Wollstrümpfe und feste Halbschuhe sehen konnte.

»Wir möchten mit dir reden«, sagte Mrs. Vole.

Ich stand langsam auf und ging hinein und kam mir vor wie Daniel.

Mrs. Vole befingerte ein Tintenfaß und sah mich prüfend an.

»Jeanette, wir meinen, daß du vielleicht Probleme in der Schule hast. Möchtest du darüber sprechen?«

Ich scharrte abweisend mit den Füßen. »Es ist alles in Ordnung.«

»Du scheinst, wie soll ich sagen, sehr mit Gott beschäftigt zu sein.«

Ich starrte den Boden an.

»Dein Wandbehang zum Beispiel hatte ein sehr beunruhigendes Motiv.«

»Er war für meine Freundin, und ihr hat er gut gefallen«, platzte ich heraus und dachte daran, wie Elsies Gesicht geleuchtet hatte, als ich ihn ihr gegeben hatte.

»Und wer ist diese Freundin?«

»Sie heißt Elsie Norris, und sie hat mir drei Mäuse im Feuerofen geschenkt.«

Mrs. Vole und Miss sahen sich an.

»Und wie bist du darauf gekommen, in deinem Tierheft über Wiedehopfe und Klippdachse zu schreiben, und, in einem Fall, wenn ich mich recht erinnere, über Krabben?«

»Meine Mutter hat mir das Lesen beigebracht«, rief ich, der Verzweiflung nahe.

»Ja, deine Fähigkeiten auf diesem Gebiet sind tatsächlich außergewöhnlich gut, aber du hast meine Frage nicht beantwortet.«

Wie hätte ich das gekonnt?

Meine Mutter hatte mir das Lesen mit Hilfe des Buchs Deuteronomium beigebracht, weil es voller Tiere ist (größtenteils unrein). Jedes Mal, wenn wir an: »Ihr sollt kein Tier essen, das nicht wiederkäut oder keine gespaltenen Klauen hat« kamen, malte sie die erwähnten Tiere. Pferdchen, Häschen und Entchen waren für mich nebelhafte Fabelwesen, dafür wußte ich alles über Pelikane, Klippdachse, Faultiere und Fledermäuse. Dieser Hang zum Exotischen hat mir viele Probleme eingebracht, genau wie William Blake. Meine Mutter zeichnete geflügelte Insekten und die Vögel der Luft, aber meine Lieblinge waren die Seetiere, die Mollusken. Ich hatte eine ganz ordentliche Sammlung vom Strand in Blackpool. Sie hatte einen blauen Stift für die Wellen, und braune Tinte für den krustengepanzerten Krebs. Hummer waren aus rotem Kugelschreiber, aber Krabben zeichnete sie nie, weil sie sie so gerne auf Brötchen aß. Ich glaube, diese Tatsache bereitete ihr lange Zeit große Sorgen. Schließlich aber, nach vielen Gebeten und einer längeren Unterredung mit einem großen Diener des Herrn in Shrewsbury, stimmte sie mit Apostel Paulus überein, daß wir nicht unrein nennen dürfen, was Gott für rein erklärt hat. Von da an gingen wir jeden Samstag zu Mollys Fischstand. Das Buch Deuteronomium hatte auch seine Nachteile; es ist voller Greuel und Unaussprechlichkeiten. Jedes Mal, wenn wir etwas über einen Bastard lasen, oder über jemanden mit zerquetschten Hoden, blätterte meine Mutter schnell weiter und sagte: »Das wollen wir dem Herrn überlassen«, aber wenn sie weg war, sah ich heimlich nach. Ich war froh, daß ich keine Hoden hatte. Sie hörten sich an wie Eingeweide, bloß draußen, und die Männer in der Bibel bekamen sie ständig abgeschnitten und konnten dann nicht in die Kirche gehen. Gräßlich.

»Nun«, drängte Mrs. Vole, »ich warte.«

»Ich weiß nicht«, antwortete ich.

»Und wieso, und dieser Punkt ist vielleicht schwerwiegender, terrorisierst, ja, terrorisierst du die anderen Kinder?«

»Das tue ich nicht«, protestierte ich.

»Kannst du mir dann sagen, wieso Mrs. Spencer und Mrs. Sparrow heute morgen hier waren, um mir zu erzählen, daß ihre Kinder Alpträume haben?«

»Ich habe auch Alpträume.«

»Darum geht es nicht. Du hast diesen jungen Gemütern von der Hölle erzählt.«

Das stimmte. Ich konnte es nicht leugnen. Ich hatte den anderen von den Schrecken des Teufels und vom Schicksal der Verdammten erzählt. Veranschaulicht hatte ich das Ganze, indem ich Susan Hunt fast erwürgt hätte, aber das war keine Absicht gewesen, und ich hatte ihr hinterher meine sämtlichen Hustenbonbons gegeben.

»Es tut mir sehr leid«, sagte ich. »Ich dachte, es sei interessant.«

Mrs. Vole und Miss schüttelten den Kopf.

»Du gehst jetzt besser«, sagte Mrs. Vole. »Ich werde deiner Mutter einen Brief schreiben müssen.«

Ich war sehr deprimiert. Wozu die ganze Aufregung? War es nicht besser, jetzt von der Hölle zu hören, als später darin zu schmoren? Ich kam an der Osterhäschen-Collage der dritten Klasse vorbei und dachte an Elsies Arche Noah mit dem herausnehmbaren Schimpansen.

Es gab keinen Zweifel daran, wo ich hingehörte. Noch zehn Jahre, dann konnte ich endlich auf die Missionsschule gehen.

Mrs. Vole hielt ihr Versprechen. Sie schrieb meiner

Mutter einen Brief, erläuterte ihr meine religiösen Neigungen und bat sie, mich zu mäßigen. Meine Mutter stieß einen Freudenschrei aus und nahm mich zur Belohnung mit ins Kino. Es gab *Die Zehn Gebote*. Ich fragte, ob Elsie auch mitkommen könne, aber meine Mutter sagte nein.

Von diesem Tag an wurde ich in der Schule von allen gemieden. Wäre ich nicht fest davon überzeugt gewesen, im Recht zu sein, hätte diese Tatsache mich möglicherweise sehr traurig gemacht. So jedoch kümmerte ich mich einfach nicht weiter darum, machte meine Aufgaben so gut ich konnte, was nicht allzu gut war, und dachte an unsere Kirche. Einmal erzählte ich meiner Mutter, wie die Dinge standen.

»Wir sind dazu berufen, ausgesondert zu sein«, sagte sie.

Meine Mutter hatte auch nur wenige Freunde. Die Leute verstanden nicht, wie sie dachte; ich verstand es auch nicht, aber ich liebte sie, weil sie immer genau wußte, wieso etwas geschah.

Als die Zeit der Preisvergabe kam, ließ ich mir den Wandbehang von Elsie Norris zurückgeben und reichte ihn für die Handarbeitsklasse ein. Ich finde immer noch, daß er auf seine Art ein Meisterwerk war; die Buchstaben waren ganz in Schwarz, und die Umrandung ganz in Weiß, und in der unteren Ecke war eine künstlerische Impression der entsetzten Verdammten zu sehen. Elsie hatte ihn eingerahmt, so daß er richtig professionell aussah.

Mrs. Virtue stand vor der Klasse und sammelte die Arbeiten ein…

»Irene, ja.«

»Vera, ja.«

»Shelley, ja.« (Shelley war bei den Pfadfindern.)

»Hier ist meine Arbeit, Mrs. Virtue«, sagte ich und legte sie auf ihr Pult.

»Ja«, sagte sie und meinte »nein«.

»Ich werde sie einreichen, falls du das wirklich willst, aber offengestanden glaube ich nicht, daß sie zu den Arbeiten gehört, auf die die Preisrichter hoffen.«

»Wie meinen Sie das?« wollte ich wissen. »Sie hat alles, Kühnheit, Pathos, Geheimnis…«

Sie unterbrach mich.

»Ich meine damit, daß deine Farbgebung begrenzt ist und daß du die Möglichkeiten des Fadens nicht herausgearbeitet hast; Shelleys Dorfszene dagegen – siehst du die Vielfalt, die Farben.«

»Sie hat vier Farben benutzt, ich drei.«

Mrs. Virtue runzelte die Stirn.

»Und außerdem bin ich die einzige, die Schwarz verwendet hat.«

Mrs. Virtue setzte sich.

»Und bei mir gibt es ein mythisches Gegengewicht«, beharrte ich und deutete auf die entsetzten Verdammten.

Mrs. Virtue vergrub den Kopf in den Händen.

»Was meinst du damit? Falls du diesen schlampigen Klecks in der Ecke meinst…«

Ich war wütend; zum Glück hatte ich gelesen, wie Turner von Sir Joshua Reynolds beleidigt wurde.

»Nur weil Sie nicht erkennen können, was es ist, heißt das noch lange nicht, daß es nicht das ist, was es ist.«

Ich griff nach Shelleys Dorfszene.

»Das hier sieht nicht aus wie ein Schaf, es ist viel zu weiß und flauschig.«

»Geh zurück an deinen Platz, Jeanette.«

»Aber...«

»GEH ZURÜCK AN DEINEN PLATZ!«

Was konnte ich tun? Meine Handarbeitslehrerin hatte ein visionäres Problem. Sie erkannte Dinge nur im Rahmen ihrer Erwartung und ihrer Umgebung. Wenn man an einem bestimmten Ort war, erwartete man, bestimmte Dinge zu sehen. Schafe und Hügel, Meer und Fische; falls ein Elefant im Supermarkt aufgetaucht wäre, hätte sie ihn entweder nicht gesehen, oder sie hätte ihn mit Mrs. Jones angesprochen und sich mit ihm über Fischfrikadellen unterhalten. Am wahrscheinlichsten war jedoch, daß sie tun würde, was die meisten Menschen tun, wenn sie mit etwas konfrontiert werden, was sie nicht verstehen:

In Panik ausbrechen.

Was ein Problem darstellt, ist nicht die Sache an sich, oder die Umgebung, in der wir diese Sache vorfinden, sondern das Zusammentreffen der beiden: etwas Ungewohntes an einem gewohnten Ort (unsere Lieblingstante in unserem Lieblingsbillardsalon), oder etwas Gewohntes an einem ungewohnten Ort (unser Lieblingsbillardqueue im Hals unserer Lieblingstante). Ich wußte, daß mein Wandbehang in Elsie Norris' Wohnzimmer genau richtig war, in Mrs. Virtues Handarbeitsklasse jedoch genau falsch. Mrs. Virtue hätte entweder die Einsicht haben müssen, mich für meine Bemühungen im gegebenen Kontext zu loben, oder die Weitsicht zu erkennen, daß es Debatten darüber gibt, ob etwas nicht nur einen absoluten, sondern auch einen relativen Wert hat; in Anbetracht dieser Tatsache hätte sie im Zweifelsfall für die Angeklagte entscheiden müssen.

So jedoch regte sie sich auf und gab mir die Schuld an

ihren Kopfschmerzen, was mich sehr an Sir Joshua Reynolds erinnerte, der sich darüber beklagte, daß er von Turner immer Kopfschmerzen bekam.

Mein Wandbehang gewann trotzdem keinen Preis, und ich war sehr enttäuscht. Am letzten Schultag brachte ich ihn zu Elsie zurück und fragte sie, ob sie ihn immer noch haben wolle.

Sie riß ihn mir aus der Hand und hängte ihn entschlossen wieder an die Wand.

»Er hängt verkehrt rum, Elsie«, informierte ich sie.

Sie setzte ihre Brille auf und starrte ihn an.

»Tatsächlich, aber für den Herrn macht das keinen Unterschied. Trotzdem werde ich ihn für jene, die nicht wissen, richtig rum aufhängen.«

Und sie rückte ihn sorgfältig zurecht.

»Ich habe gedacht, vielleicht gefällt er dir nicht mehr.«

»Du Heidenkind, der Herr selbst wurde verachtet und verspottet, erwarte also keine Würdigung von den Ungewaschenen.«

(Elsie bezeichnete die Unbekehrten immer als die Ungewaschenen.)

»Manchmal wäre es trotzdem ganz schön«, hielt ich dagegen und legte damit einen Hang zum Relativismus an den Tag.

Elsie wurde sehr böse. Sie war Absolutistin und hatte keine Verwendung für Leute, die der Meinung waren, daß eine Kuh erst dann existierte, wenn man sie betrachtete. Sobald etwas geschaffen war, war es für alle Zeit gültig. Sein Wert konnte nicht steigen oder fallen. Wahrnehmung, sagte sie, war eine Täuschung; hatte nicht der heilige Paulus gesagt, wir sehen durch einen Spiegel ein dunkles Bild, hatte nicht Wordsworth gesagt, wir sehen in flüchtigen Blicken? »Dieses Stück

Früchtekuchen« – sie wedelte zwischen zwei Bissen damit herum – »dieses Stück Kuchen muß nicht von mir gegessen werden, um eßbar zu sein. Es existiert auch ohne mich.«

Das war ein schlechtes Beispiel, aber ich wußte, was sie meinte. Sie meinte, daß Erschaffen etwas Fundamentales war, die Würdigung des Erschaffenen etwas Ergänzendes. Einmal geschaffen war das Geschaffene von seinem Schöpfer unabhängig und brauchte keine Hilfestellung mehr, um voll und ganz zu existieren.

»Nimm dir ein Stück Kuchen«, sagte sie munter, aber das tat ich nicht, weil ungeachtet dessen, ob Elsie sich in philosophischer Hinsicht irrte oder nicht, ihre Behauptung, daß der Kuchen ohne sie oder mich existierte, ohne jeden Zweifel richtig war. Wahrscheinlich gab es in seinem Inneren eine ganze Stadt, mit eigenen Werten und eigenem Klatsch und Tratsch.

Im Laufe der Jahre tat ich mein Bestes, einen Preis zu gewinnen; manche Menschen haben den Wunsch, die Welt zu verbessern, und verachten sie trotzdem. Aber ich hatte nie Erfolg; es gibt eine Formel, ein Geheimnis, ich weiß nicht was, das Leute, die im Internat oder bei den Pfadfindern waren, zu verstehen scheinen. Es verläuft geradlinig durch das Leben hindurch, obwohl es mit dem Züchten von Hyazinthen anfängt, weitergeht mit dem Verteilen der Schulmilch, und irgendwo bei halb-blau endet.

Meine Hyazinthen waren rosa. Zwei von ihnen. Ich nannte das Ensemble »Die Verkündigung« (man mußte ein Thema haben). Das lag daran, daß die Blüten sich eng aneinanderschmiegten und mich an Maria und Elisabeth kurz nach dem Besuch des Engels erinnerten. Ich hielt es für eine sehr gelungene Verbindung zwischen Gärtnerei und Theologie. Unten fügte ich eine kurze Erklärung mit der Angabe des entsprechenden Verses bei, so daß die Leute nachschlagen konnten, wenn sie wollten, aber es gewann trotzdem nicht. Statt dessen gewann ein zerzaustes weißes Duo mit dem Titel »Schneeschwestern«. Also nahm ich »Die Verkündigung« mit nach Hause und verfütterte sie an unser Kaninchen. Hinterher war mir ein bißchen mulmig zumute, falls es Ketzerei war und das Kaninchen krank wurde. Später versuchte ich, den Wettbewerb im Ostereiermalen zu gewinnen. Ich hatte mit meinen biblischen Themen so wenig Erfolg gehabt, daß ich es für eine gute Idee hielt, etwas Neues zu probieren. Es durfte aber nichts Präraffaelitisches sein, weil Janey Morris dünn und nicht dazu geeignet war, von einem Ei dargestellt zu werden.

Coleridge und der Mann aus Porlock?

Coleridge war zwar fett, aber ich hatte das Gefühl, daß es dem Tableau an Dramatik mangeln würde.

»Ist doch klar«, sagte Elsie. »Wagner.«

Also schnitten wir einen Pappkarton für die Szenerie zurecht, Elsie machte den Hintergrund und ich die Felsen, aus halben Eierschalen. Wir arbeiteten die ganze Nacht an den *dramatis personae*, wegen der Details. Wir hatten uns die spannendste Szene ausgesucht: »Brunhild stellt ihren Vater zur Rede.« Ich machte die Brunhild, und Elsie machte den Wotan. Brunhild bekam einen Helm aus einem Fingerhut, mit kleinen Federflügeln aus Elsies Kopfkissen.

»Sie braucht einen Speer«, sagte Elsie. »Ich gebe dir einen Cocktailspieß, du darfst aber keinem erzählen, wozu ich ihn benutze.«

Als Krönung schnitt ich mir ein paar Haare ab und machte daraus Haare für Brunhild.

Wotan war ein Meisterwerk, ein zweidottriges braunes Ei mit einem Ritz-Cracker als Schild und einer aufgemalten Augenklappe. Wir bastelten ihm einen Streitwagen aus einer Streichholzschachtel, der eine winzige Spur zu klein war.

»Dramatische Eindringlichkeit«, sagte Elsie.

Am nächsten Tag nahm ich mein Werk mit in die Schule und stellte es zu den anderen; kein Vergleich. Klar, daß ich entsetzt war, als es nicht gewann. Ich war kein egozentrisches Kind, und da ich Verständnis für alles Genialische hatte, hätte ich mich freudig vor einem anderen Talent verneigt, nicht jedoch vor drei wattebeklebten Eiern, die sich »Osterhäschen« nannten.

»Es ist nicht fair«, sagte ich am selben Abend beim Treffen der Schwesternschaft zu Elsie.

»Du wirst dich dran gewöhnen.«

»Und außerdem«, mischte sich Mrs. White ein, die die Geschichte mit angehört hatte, »sind sie nicht heilig.«

Ich verzweifelte nicht; ich machte die Straßenbahn aus *Endstation Sehnsucht* aus Pfeifenreinigern, einen gestickten Kissenbezug, der Bette Davis in *Jetzt, Reisender* zeigte, einen Oregami-Wilhelm Tell mit echtem Apfel, und, mein Meisterwerk, eine Kartoffelskulptur von Henry Ford vor dem Chrysler-Building in New York. Eine mit jedem Maß gemessen eindrucksvolle Liste, aber ich war so hoffnungsvoll und so töricht wie König Knut, der der Sage nach die Wellen zurückzwingen wollte. Was immer ich machte, es machte nicht den geringsten Eindruck, außer, daß es meine Mutter erzürnte, weil ich die biblischen Themen aufgegeben hatte. *Jetzt, Reisender* gefiel ihr zwar ganz gut, weil mein Vater ihr zur Zeit des Films den Hof gemacht hatte, aber sie fand trotzdem, ich hätte mich bei der Oregami-Arbeit für den Turmbau zu Babel entscheiden sollen, obwohl ich ihr erklärt hatte, daß es viel zu schwierig war.

»Der Herr ging über das Wasser«, war alles, was sie sagte, als ich versuchte, es ihr zu erklären. Aber sie hatte ihre eigenen Probleme. Eine Menge Missionare waren verspeist worden, was bedeutete, daß sie es ihren Familien erklären mußte.

»Es ist nicht leicht«, sagte sie, »auch wenn es für den Herrn ist.«

Als die Kinder Israels aus Ägypten auszogen, wurden sie bei Tag von einer Wolkensäule geleitet, und bei Nacht von einer Feuersäule. Für sie schien das kein Problem zu sein. Für mich war es ein gewaltiges Problem. Die Wolkensäule war ein Nebel, verwirrend und unmöglich. Ich verstand die Grundregeln nicht. Die tägliche Welt war eine Welt voller seltsamer Vorstellungen, ohne Form, und von daher leer. Ich tröstete mich so gut ich konnte, indem ich die Tatsachenversionen der anderen immer wieder neu arrangierte.

Eines Tages lernte ich, daß ein Tetraeder eine mathematische Gestalt ist, die man herstellen kann, indem man ein Gummiband über mehrere Nägel spannt.

Aber Tetraeder ist ein Kaiser…

Kaiser Tetraeder lebte in einem Palast, der ganz aus Gummibändern gemacht war. Zur Rechten verspritzten aufwendige Brunnen elastische Strahlen, fein wie

Seide; zur Linken spielten zehn Musikanten Tag und Nacht auf elastischen Lauten.

Der Kaiser wurde von allen geliebt.

Nachts, wenn die mageren Hunde schliefen und die Musik alle, bis auf die allerwachsamsten, in den Schlaf lullte, lag der mächtige Palast verschlossen und vergittert da, zum Schutz vor dem bösen Isogon, dem eingeschworenen Feind des anmutigen Tetraeder.

Aber am Tag öffneten die Wächter die schweren Tore und überfluteten die Ebene mit Licht, so daß der Kaiser Geschenke entgegennehmen konnte.

Viele brachten ihm Geschenke; Ellen von so feinem Material, daß es sich bei Temperaturschwankungen auflöste; Ellen von so festem Material, daß man ganze Städte daraus bauen konnte.

Und Geschichten von Liebe und Torheit.

Eines Tages brachte eine wunderschöne Frau dem Kaiser ein rotierendes Theater, in dem lauter Zwerge mitspielten.

Die Zwerge spielten sämtliche Tragödien und viele Komödien. Sie spielten sie alle auf einmal, so daß es ein Glück war, daß Tetraeder so viele Gesichter hatte, sonst wäre er womöglich vor Erschöpfung gestorben.

Sie spielten sie alle auf einmal, und der Kaiser, der in seinem Theater herumspazierte, konnte sie alle auf einmal sehen, wenn er wollte.

Er ging immer zwischen ihnen umher und lernte auf diese Weise etwas sehr Wertvolles:

daß kein Gefühl endgültig ist.

LEVITIKUS

Die Heiden waren in unserem Haus ein tägliches Thema. Meine Mutter fand sie überall, vor allem Nebenan. Sie quälten sie, wie nur die Gottlosen es können, aber sie hatte ihre Methoden.

Sie haßten Kirchenlieder, und sie spielte gerne auf dem Klavier, einem alten Instrument mit verbeulten Kerzenleuchtern und vergilbten Tasten. Wir hatten beide unser eigenes Erlösungsgesangbuch (kartoniert und leinengebunden 3 Shilling). Meine Mutter sang die Melodie und ich die zweite Stimme. Das erste Lied, das ich lernte, war eine eindringliche Komposition mit dem Titel *Rüstet euch, ihr Christenleute.*

Eines Sonntagmorgens, als wir gerade von der Kommunion zurückgekommen waren, hörten wir seltsame Geräusche, wie Hilfeschreie, die von Nebenan kamen. Ich achtete nicht weiter darauf, aber meine Mutter erstarrte neben der Musiktruhe und fing an, die Farbe zu wechseln. Mrs. White, die mitgekommen war, um sich den World Service anzuhören, quetschte unverzüglich ihr Ohr an die Wand.

»Was ist das?« fragte ich.

»Ich weiß es nicht«, sagte sie mit lauter Flüsterstimme. »Aber was immer es ist, es ist nicht heilig.«

Meine Mutter rührte sich immer noch nicht.

»Haben Sie ein Weinglas?« fragte Mrs. White.

Meine Mutter sah sie entsetzt an.

»Für medizinische Zwecke, meine ich«, fügte Mrs. White hastig hinzu.

Meine Mutter ging in die Vorratskammer und holte

einen Karton vom obersten Fach. Die Vorratskammer war ihr Schrank für den Kriegsfall, und jede Woche kaufte sie eine neue Konservendose, um sie hineinzutun, für den Fall des Holocaust. Hauptsächlich war der Schrank mit schwarzen Kirschen in Sirup und mit Sonderangebotssardinen gefüllt.

»Ich benutze diese Gläser nie«, sagte sie bedeutungsschwer.

»Ich auch nicht«, antwortete Mrs. White abwehrend und drückte sich aufs neue an die Wand. Während meine Mutter den Fernseher zudeckte, rutschte Mrs. White an der Fußleiste entlang.

»Wir haben diese Wand gerade frisch gestrichen«, teilte meine Mutter ihr mit.

»Es hat sowieso aufgehört«, keuchte Mrs. White.

In diesem Augenblick drang ein neuer Schwall von Klagelauten von nebenan zu uns herüber.

Dieses Mal sehr deutlich.

»Sie treiben Unzucht«, schrie meine Mutter und rannte herbei, um mir die Ohren zuzuhalten.

»Laß mich los«, brüllte ich.

Der Hund fing an zu bellen, und mein Dad, der am gestrigen Samstag Nachtschicht gehabt hatte, kam in der Schlafanzughose die Treppe herunter.

»Zieh dir was an«, kreischte meine Mutter. »Nebenan ist schon wieder damit zugange.«

Ich biß meine Mutter in die Hand. »Laß meine Ohren los, ich kann es sowieso hören.«

»Und dazu an einem Sonntag«, rief Mrs. White.

Draußen, plötzlich, der Eiswagen.

»Geh und hol uns zwei Tüten, und eine Waffel für Mrs. White«, befahl meine Mutter und drückte mir zehn Shilling in die Hand.

Ich rannte los. Ich wußte nicht genau, was Unzucht war, aber ich hatte im Buch Deuteronomium davon gelesen und wußte, daß es eine Sünde war. Aber wieso war sie so laut? Die meisten Sünden beging man leise, damit man nicht erwischt wurde. Ich kaufte das Eis und beschloß, mir Zeit zu lassen. Als ich zurückkam, hatte meine Mutter das Klavier aufgeklappt, und sie und Mrs. White blätterten im Erlösungsgesangbuch herum.
Ich verteilte das Eis.
»Es hat aufgehört«, sagte ich munter.
»Für den Augenblick«, knurrte meine Mutter mit grimmiger Stimme.
Als wir mit dem Eis fertig waren, wischte meine Mutter sich die Hände an der Schürze ab.
»Wir singen *Rüstet euch, ihr Christenleute*. Mrs. White, Sie sind der Bariton.«
Die erste Strophe war sehr eindrucksvoll, fand ich:

> Rüstet euch, ihr Christenleute,
> die Feinde suchen euch zur Beute,
> ja Satan selbst hat eur begehrt.
> Wappnet euch mit Gottes Worte
> und kämpfet frisch an jedem Orte,
> damit ihr bleibet unversehrt.

Das Lied hatte einen sehr erhebenden Refrain, der meine Mutter jedes Mal so begeisterte, daß sie sich ganz und gar von der Notengebung des Gesangbuchs löste und statt dessen ihre eigenen Akkorde schmiedete, die sich machtvoll über die ganze Länge des Klaviers erstreckten. Keine einzige Note wurde ausgelassen. Als wir bei der dritten Strophe angelangt waren, waren die von nebenan dazu übergegangen, an die Wand zu hämmern.

»Hört euch diese Heiden an«, frohlockte meine Mutter, den Fuß unerbittlich auf dem Pedal.

»Fangen wir noch einmal von vorne an.«

Das taten wir, während die Heiden, durch das Wort des Herrn zur Raserei gebracht, davoneilten, um irgendwelche stumpfen Gegenstände zu suchen, um damit von der anderen Seite gegen die Wand zu hämmern.

Ein paar von ihnen rannten auf den Hof hinter dem Haus und brüllten über die Mauer: »Hört endlich mit dem verdammten Krach auf!«

»Und das an einem Sonntag«, empörte sich die fassungslose Mrs. White.

Meine Mutter sprang von den Tasten auf und eilte auf unseren eigenen Hof, um aus der Schrift zu zitieren. Sie fand sich dem ältesten Sohn gegenüber, der eine Menge Pickel hatte.

»Der Herr stehe mir bei«, betete sie, und eine Passage aus dem Buch Deuteronomium schoß ihr durch den Kopf: »*Der Herr schlägt dich mit dem ägyptischen Geschwür, mit Beulen, Krätze und Grind, und keiner kann dich heilen.*«

Dann kam sie ins Haus zurückgerannt und knallte die Tür zu.

»So«, lächelte sie. »Wie wäre es jetzt mit einem Bissen zu essen?«

Meine Mutter bezeichnete sich selbst als Missionarin an der Heimatfront. Sie sagte, der Herr habe sie, anders als Pastor Spratt mit seinem Kreuzzug der Himmlischen Herrlichkeit, nicht in die heißen Regionen berufen, sondern in die Straßen und Gassen von Lancashire.

»Ich wurde immer vom Herrn geleitet«, sagte sie zu mir. »Denk an meine Arbeit in Wigan.«

Vor langer Zeit, sehr kurz nach ihrer Bekehrung, hatte meine Mutter einen seltsamen Umschlag erhalten, der in Wigan abgestempelt war. Sie war sehr mißtrauisch gewesen, wußte sie doch, daß der Teufel die Neuerretteten gerne in Versuchung führt. Der einzige Mensch, den sie in Wigan kannte, war eine Alte Flamme, und er hatte gedroht, sich umzubringen, als sie einen anderen heiratete.

»Das mußt du selbst wissen«, hatte sie gesagt und sich geweigert, mit ihm zu korrespondieren.

Dann aber gewann die Neugier die Oberhand, und sie riß den Umschlag auf. Er war keineswegs von Pierre, sondern von einem Reverend namens Eli Bone von der Gesellschaft für die Verlorenen.

Das Signum auf dem Briefbogen zeigte mehrere arme Seelen, die sich um einen Berg scharten, und darunter bogenförmig angeordnet die Worte: *Geschmiedet an den Felsen*. Meine Mutter las weiter…

Pastor Spratt, der auf seinem Weg nach Afrika in Wigan haltgemacht hatte, hatte der Gesellschaft, die auf der Suche nach einer neuen Schatzmeisterin war, meine Mutter empfohlen. Die bisherige Schatzmeisterin, Mrs. Maude Butler (geb. Richards), hatte soeben geheiratet und wollte nach Morecambe ziehen. Dort wollte sie eine Pension für trauernde Hinterbliebene eröffnen, mit ermäßigten Preisen für all jene, die für die Gesellschaft arbeiteten.

»In sich selbst ein sehr attraktives Angebot«, betonte der Reverend.

Meine Mutter war sehr geschmeichelt und beschloß, die Einladung des Reverend anzunehmen und für ein paar Tage nach Wigan zu fahren, um Näheres über die Gesellschaft in Erfahrung zu bringen. Mein Vater war gerade bei der Arbeit, und so hinterließ sie ihm die Adresse und einen Zettel, auf dem stand: »Ich habe in Wigan für den Herrn zu tun.«

Sie kam erst drei Wochen später wieder zurück und fuhr von da an regelmäßig zu den Reverend Bones, um die Abrechnungen zu machen und neue Mitglieder zu werben. Sie hatte eine Menge Geschäftssinn, und unter ihrer Leitung wuchs die Mitgliederzahl der Gesellschaft für die Verlorenen fast um das Doppelte.

Jedes Antragsformular war mit einer Reihe verlockender Angebote verbunden: Ermäßigungen auf Gesangbücher und andere Devotionalien; ein Rundschreiben, das immer von einem Geschenk begleitet wurde; eine Schallplatte zu Weihnachten; und natürlich die ermäßigten Preise in der Pension in Morecambe.

Meine Mutter dachte sich ständig neue, interessante Geschenke aus, die ausschließlich den Mitgliedern der Gesellschaft zugänglich waren. Einmal war es eine zusammenfalt- und abwaschbare Ausgabe der Geheimen Offenbarung, so daß die Gesegneten die Zeichen und Vorankündigungen der Wiederkunft Christi erkennen konnten. In einem anderen Jahr war es eine Sammelbüchse für Spenden für die Mission, mit einem Stammesangehörigen drauf. Und dann mein liebstes Stück, ein Außenthermometer mit einer verstellbaren Skala. Auf der einen Seite des robusten Dings aus Bakelit befand sich ein einfacher Temperaturanzeiger, auf der anderen eine verstellbare Skala, die die Anzahl der Bekehrungen anzeigte, die in einem Jahr erzielt werden konnte, wenn jeder einzelne Mensch, angefangen bei einem selbst, dem Herrn zwei Seelen brachte. Wie auf der verstellbaren Skala zu erkennen war, konnte die ganze Welt in nicht mehr als zehn kurzen Jahren gottesfürchtig sein. Dies war eine große Ermutigung für die Zaghaften, und meine Mutter erhielt viele Dankesbriefe.

Die Gesellschaft hielt regelmäßig einmal im Jahr in der Pension in Morecombe eine Wochenendversammlung ab, und zwar kurz vor Beginn der Hochsaison, die immer um Ostern herum lag, nach langen, schweren Krankheiten, die die Leute sich im rauhen Winter zugezogen hatten. Natürlich gab es manchmal auch im Januar einen unerwarteten Ansturm, aber es ist schon erstaunlich, wie lange die Leute ausharren, wenn sie wissen, daß das Ende naht. Meine Mutter, die sich immer sehr für Enden interessierte, persönliche und allgemeine, hatte eine Freundin, die den Großteil der Kränze für die Küste von Fylde machte.

»Unsere Zeit naht«, sagte sie jeden Winter, und jeden Winter kaufte sie sich einen neuen Mantel.

»Es ist die einzige Zeit, in der ich es mir leisten kann«, sagte sie. »Die Leute leben heutzutage bedeutend länger, und sie wollen am Ende kein großes Brimborium mehr.« Sie schüttelte den Kopf. »Nein, die Geschäfte sind nicht mehr das, was sie einmal waren.«

Manchmal kam sie für eine Weile zu uns zu Besuch und brachte ihre Drähte und Schwämme und Kataloge mit.

»Es ist schon komisch, aber sie wollen immer das gleiche, nie mal was Gewagtes, obwohl ich einmal für den Mann einer Musikerin eine Geige aus Nelken gemacht habe.«

Meine Mutter nickte mitfühlend.

Die Frau nippte an ihrem Tee.

»Königin Viktoria, *das* war eine Beerdigung.«

Sie nahm sich einen Schokoladenkeks von ganz zuunterst.

»Natürlich war ich damals noch klein, aber meine Mutter, die hat sich an den vielen Kränzen die Finger wundgearbeitet. Und das waren noch Kränze! Herzen und Blumen, Kronen, Familienwappen, ich habe sie immer noch in meinem Katalog.« Sie nahm ihn zur Hand und zeigte uns die vergilbten Seiten. »Aber heutzutage will kein Mensch mehr so was haben.«

Sie nahm sich noch einen Keks.

»Kreuze«, sagte sie bitter, »das ist alles, was ich mache, Kreuze! Eine Frau mit meiner Ausbildung, es ist einfach nicht richtig.«

»Könnten Sie denn nicht auch für Hochzeiten arbeiten?« fragte ich.

»Hochzeiten«, schnaubte sie. »Was soll ich denn mit Hochzeiten?«

»Es wäre eine Abwechslung«, meinte ich.

»Und was meinst du, was die Leute für ihre Hochzeiten haben wollen?« fragte sie herausfordernd.

Ich wußte es nicht, ich war noch nie auf einer gewesen. Ihre Augen funkelten auf mich herab.

»Kreuze«, sagte sie und schenkte sich Tee nach.

An dem Wochenende, an dem wir alle nach Morecambe fuhren, um an der Versammlung der Gesellschaft für die Verlorenen teilzunehmen, war die Frau ebenfalls da.

»Zum Arbeiten«, sagte sie.

Anscheinend hatte es in einer nahe gelegenen Internatsschule eine Epidemie gegeben. Viele der Schüler waren nicht mehr, und natürlich wollten ihre Eltern Kränze haben.

»Die Schule will zwei Tennisschläger in ihren Farben,

als Zeichen der Ehrerbietung. Ich werde Mimosen und Rosen nehmen, sehr kompliziert, aber eine Herausforderung.«

»Und das Geld kommt sicher auch nicht ungelegen, was?« sagte meine Mutter.

»Ich werde es in ein Badezimmer stecken, dafür reicht es. Eine Frau mit meiner Ausbildung ohne Badezimmer! Es ist eine Schande.«

Ich fragte, ob ich ihr helfen könne, und sie sagte, das könne ich, und wir gingen zusammen ins Treibhaus.

»Zieh die hier an«, sagte sie und gab mir ein Paar Handschuhe ohne Finger. »Und fang an, die Rosen da zu sortieren.«

Ihre eigenen Hände waren rot und besprenkelt mit Mimosenstaub.

»Was meinst du, was deine Mutter am liebsten haben würde?« fragte sie mich gesprächsweise.

»Irgend etwas wirklich Großartiges, würde ich sagen. Die Bibel vielleicht, aufgeschlagen bei der Geheimen Offenbarung.«

»Nun, wir werden sehen«, sagte die Frau.

Die Frau und ich kamen sehr gut miteinander aus. Jahre später, als ich einen Samstagsjob brauchte, half sie mir. Sie hatte sich mit einem Beerdigungsunternehmer zusammengetan, so daß die beiden das komplette Paket zu besonders günstigen Preisen anbieten konnten.

»Es ist ein mörderisches Geschäft«, sagte sie zu mir.

Die beiden hatten viel zu tun und brauchten für gewöhnlich eine zusätzliche Hilfe. Ich half beim Aufbahren und beim Zurechtmachen der Toten. Am Anfang stellte ich mich sehr ungeschickt an. Ich nahm viel zuviel Rouge und schmierte es auf die Wangenknochen.

»Ein bißchen mehr Respekt, wenn ich bitten darf«, sagte die Frau. »Tote haben auch ihren Stolz.«

Wir hatten immer eine Checkliste mit allen Instruktionen für die Beerdigung, und bald wurde dies meine ganz spezielle Aufgabe. Ich sorgte dafür, daß den Toten alles beigegeben war, was sie sich gewünscht hatten. Manche wollten einfach nur ihr Gebetbuch oder ihre Bibel oder ihren Ehering, aber manche waren richtiggehend ägyptisch angehaucht. Wir sorgten für Fotoalben, Lieblingskleider, Lieblingsbücher, und einmal war es ein Roman, den der Betreffende selbst geschrieben hatte. Er handelte von einer Woche in einer Telefonzelle mit einem Schlafanzug namens Adolf Hitler. Die Heldin war ein Stück Schnur mit einem Knoten drin.

»Leute gibt es«, sagte die Frau, als sie ihn las.

Aber wir legten ihn trotzdem rein. Das Ganze erinnerte mich an Rossetti, der seine neuen Gedichte ins Grab seiner Frau schleuderte und sechs Jahre später um die Erlaubnis des Innenministers ersuchen mußte, um sie wieder herausholen zu dürfen. Die Arbeit gefiel mir. Ich lernte eine Menge über Holz und Blumen, und es machte mir Spaß, ganz zum Schluß die Griffe auf Hochglanz zu polieren.

»Immer nur das beste«, erklärte die Frau.

In einem Jahr hielt die Gesellschaft für die Verlorenen in unserer Stadt eine Sonderkonferenz ab. Meine Mutter rührte wochenlang die Werbetrommel, damit auch ja genügend Leute kamen. May und Alice steckten Einladungen in Briefkästen, und Miss Jewsbury wurde verpflichtet, die Oboe zu spielen. Es war eine offene Veranstaltung mit dem Ziel, neue Mitglieder zu informieren und zu ermutigen. Der einzige Ort, den wir finden konnten, um die Veranstaltung abzuhalten, war die Halle der Rekabiten an der Ecke Infant Street.

»Meint ihr, daß das wirklich in Ordnung ist?« fragte May besorgt.

»Wir wollen lieber nicht zu genau hinsehen«, antwortete meine Mutter.

»Aber sind sie heilig?« beharrte Mrs. White.

»Das zu entscheiden liegt beim Herrn«, sagte meine Mutter sehr bestimmt. Mrs. White errötete, und später sahen wir, daß sie ihren Namen von der Freiwilligenliste für die Brötchen gestrichen hatte.

Die Konferenz fand an einem Samstag statt, und samstags war in der Nähe der Infant Street immer Markt. Also gab meine Mutter mir eine Orangenkiste und sagte, ich solle allen zuschreien, was los war. Es war schrecklich. Die Straßenhändler sagten, ich sei ihnen im Weg, sie hätten dafür bezahlt, hier zu sein, ich hingegen nicht, und so weiter. Die Anfeindungen an sich störten mich nicht weiter, ich war daran gewöhnt und nahm sie nie persönlich, aber es regnete, und ich wollte meine Sache gut machen. Schließlich hatte Mrs. Arkwright aus den Factory Bottoms Mitleid mit mir. Sie hatte am Wochenende einen Stand auf dem Markt, größtenteils für Hundefutter, aber in dringenden Fällen erteilte sie auch Ratschläge in Sachen Ungeziefer.

»Ich mag die Abwechslung«, sagte sie.

Sie erlaubte mir, meine Orangenkiste im Schutz ihrer Bude aufzustellen, so daß ich meine Broschüren verteilen konnte, ohne allzu naß zu werden.

»Deine Mutter ist verrückt, weißt du das?« sagte sie immer wieder.

Möglich, daß sie recht hatte, aber es gab nichts, was ich dagegen tun konnte.

Ich war erleichtert, als es zwei Uhr war und ich zu den anderen in die Halle gehen konnte.

»Wieviel Broschüren hast du verteilt?« wollte meine Mutter wissen, die an der Tür lauerte.

»Alle.«

Sie wurde umgänglicher. »Braves Mädchen.«

In diesem Augenblick fing drinnen jemand an, auf dem Klavier zu spielen, und ich machte, daß ich reinkam. Es war sehr düster, mit vielen Bildern von den Aposteln. Die Predigt handelte von Vollkommenheit, und in diesem Augenblick fing ich an, meine erste theologische Abweichung zu entwickeln.

Vollkommenheit, sagte der Mann, war etwas, nach dem man streben mußte. Sie war der Zustand der Gottheit, sie war der Zustand des Menschen vor dem Fall. Sie konnte nur in der nächsten Welt wirklich und wahrhaftig erreicht werden, aber wir besaßen eine Ahnung davon, eine quälende, unmögliche Ahnung, die gleichzeitig ein Segen und ein Fluch war.

»Vollkommenheit«, verkündete er, »ist Makellosigkeit.«

Es war einmal eine Frau, die lebte in einem Wald und war so schön, daß allein ihr Anblick Kranke heilte und ein gutes Omen für die Ernten war.

Außerdem war sie sehr klug, war sie doch wohl vertraut mit den Gesetzen der Physik und der Natur des Universums. Ihre größte Freude war es, zu spinnen und Lieder zu singen, während sie das Spinnrad drehte. Zur gleichen Zeit wanderte in einem anderen Teil des Waldes, der zur Stadt geworden war, ein mächtiger Prinz traurig durch die Flure seines Palastes. Es gab viele, die ihn für einen guten Prinzen hielten, und für einen wertvollen Anführer. Er war zudem recht hübsch, wenn auch gelegentlich etwas launisch.

Während er wanderte, sprach er laut zu seiner treuen Gefährtin, einer alten Gans.

»Wenn ich nur eine Frau finden könnte«, seufzte er. »Wie soll ich dieses ganze Königreich ohne Frau regieren?«

»Sie könnten Aufgaben delegieren«, schlug die Gans vor, die, so gut sie eben konnte, neben ihm einherwatschelte.

»Sei nicht albern«, schnaubte der Prinz. »Ich bin ein echter Prinz.«

Die Gans errötete.

»Das Problem ist«, fuhr der Prinz fort, »daß es zwar viele Mädchen gibt, aber keins, das dieses gewisse Etwas hat.«

»Und was wäre das?« japste die Gans.

Der Prinz sah einen Augenblick in die Ferne und warf sich dann auf den Rasen.

»Ihre Hose ist gerissen, Sire«, zischte seine Gefährtin, die sehr verlegen war.

Aber der Prinz achtete nicht auf sie.

»Dieses gewisse Etwas...« Er warf sich herum, stützte sich auf einen Ellbogen und machte der Gans ein Zeichen, es ihm nachzutun.

»Ich will eine Frau ohne Makel, weder innerlich noch äußerlich, fehlerlos in jeder Hinsicht. Ich will eine Frau, die vollkommen ist.«

Und er vergrub das Gesicht im Gras und fing an zu weinen.

Die Gans war von diesem Ausbruch sehr gerührt und watschelte davon, um zu sehen, ob sie irgendwelche Ratgeber finden könne.

Nach langer Suche fand sie einen ganzen Haufen von ihnen unter den königlichen Eichen, wo sie Bridge spielten.

»Der Prinz will eine Frau.«

Sie hoben wie *ein* Mann den Kopf.

»Der Prinz will eine Frau«, wiederholte sie. »Und sie muß ohne Makel sein, weder innerlich noch äußerlich, fehlerlos in jeder Hinsicht. Sie muß vollkommen sein.«

Der jüngste der Ratgeber zog sein Signalhorn und ließ den Ruf erschallen. »Eine Frau«, rief er. »Vollkommen.«

Drei Jahre lang durchstreiften die Ratgeber das Land ohne Erfolg. Sie fanden viele schöne und tugendhafte Frauen, aber der Prinz lehnte sie alle ab.

»Prinz, du bist ein Narr«, sagte die Gans eines Tages. »Was du willst, kann nicht existieren.«

»Es muß existieren«, beharrte der Prinz, »weil ich es will.«

»Vorher wirst du tot sein«, sagte die Gans schulterzuckend und wollte zu ihrem Futternapf zurückgehen.

»Aber nicht vor dir«, erzürnte sich der Prinz und schlug ihr den Kopf ab.

Drei weitere Jahre vergingen, und der Prinz fing an, ein Buch zu schreiben, um sich die Zeit zu vertreiben. Es nannte sich *Das Heilige Mysterium der Vollkommenheit*. Er unterteilte es in drei Teile.

Teil Eins: die Philosophie der Vollkommenheit. Der heilige Gral, das unbefleckte Leben, das Streben auf dem Berg Karmel. Die heilige Teresa und die Innere Burg.

Teil Zwei: die Unmöglichkeit der Vollkommenheit. Die rastlose Suche in diesem Leben, der Schmerz, die Mehrheit, die sich mit dem Zweitbesten zufriedengibt. Das Verderben, das von ihnen ausgeht. Ernst sein ist alles.

Teil Drei: das Bedürfnis, eine Welt voller perfekter Wesen zu schaffen. Daraus folgend die Möglichkeit eines Himmels auf Erden. Eine vollkommene Rasse. Eine Ermahnung zur Zielstrebigkeit.

Der Prinz war von seinem Buch sehr angetan und ließ all seinen Ratgebern ein Exemplar überreichen, damit sie seine Zeit nicht mit dem nur Zweitbesten vergeudeten. Einer von ihnen nahm es mit in einen fernen Winkel des Waldes, wo er in Ruhe lesen konnte. Er war kein Akademiker, und der Prinz hatte einen sehr dichten Prosastil.

Während er unter einem Baum lag, hörte er von irgendwo weiter links ein Singen. Da er neugierig war und ein Musikliebhaber, stand er auf, um herauszufinden, von wem das Singen kam. Auf einer Lichtung fand er eine Frau, die Fäden spann und sich dabei mit einem Lied begleitete.

Der Ratgeber fand, daß sie das Schönste war, was er je gesehen hatte.

»Und sie kann nähen«, dachte er.

Er ging zu ihr, sich beim Näherkommen verneigend.

»Schöne Maid«, fing er an.

»Falls du nur mit mir plaudern willst«, sagte sie, »mußt du später wiederkommen, ich habe einen Termin einzuhalten.«

Der Ratgeber war sehr schockiert.

»Aber ich bin von königlichem Geblüt«, sagte er.

»Und ich habe einen Termin einzuhalten«, sagte sie. »Komm meinetwegen zum Mittagessen, wenn du willst.«

»Ich werde zur Mittagszeit zurück sein«, antwortete er steif und stolzierte davon.

In der Zwischenzeit fragte der Ratgeber alle, denen er begegnete, nach der Frau aus. Wie alt war sie? Aus was für einer Familie stammte sie? Hatte sie Angehörige? War sie klug?

»Klug?« schnaubte ein alter Mann. »Sie ist vollkommen.«

»Haben Sie vollkommen gesagt?« drängte der Ratgeber und schüttelte den alten Mann bei den Schultern.

»Ja«, rief er, »ich habe vollkommen gesagt.«

Sobald es Mittag war, hämmerte der Ratgeber an die Tür der Frau.

»Es gibt Käsesuppe«, sagte sie, als sie ihn einließ.

»Das spielt keine Rolle«, erwiderte er. »Wir müssen sofort aufbrechen. Ich bringe dich zum Prinzen.«

»Wozu?« fragte die Frau, während sie sich selbst Suppe auftat.

»Weil er dich vielleicht heiraten will.«

»Ich heirate nicht«, sagte sie.

Der Ratgeber drehte sich entsetzt zu ihr um. »Wieso nicht?«

»Es ist einfach etwas, woran ich nicht sonderlich interessiert bin. Was ist? Willst du diese Suppe jetzt haben, oder willst du sie nicht?«

»Nein«, schrie der junge Mann. »Aber ich komme zurück.«

Drei Tage später war im Wald ein großes Getöse zu hören. Der Prinz und sein Gefolge kamen. Der Prinz selbst hatte durch das lange Stillsitzen den Gebrauch seiner Beine verloren und mußte in einer Sänfte getragen werden. Beim Anblick der Frau, die genau wie vorher da saß und spann, sprang er aus der Sänfte und rief: »Ich bin geheilt, sie muß vollkommen sein.« Und er fiel auf die Knie und bat sie, ihn zu heiraten.

Die Höflinge sahen sich an und lächelten. Jetzt konnten sie mit diesem ganzen Unsinn aufhören und glücklich und zufrieden leben bis an ihr seliges Ende.

Die Frau lächelte auf den knienden Prinz hinab und streichelte zärtlich über sein Haar.

»Du bist sehr süß, aber ich will dich nicht heiraten.«

Die versammelten Höflinge stießen ein entsetztes Ächzen aus.

Dann Stille.

Der Prinz stand mühsam auf und zog ein Exemplar seines Buchs aus seiner Tasche.

»Aber du mußt, ich habe das alles nur über dich geschrieben.«

Wieder lächelte die Frau und las den Titel. Dann runzelte sie die Stirn, winkte den Prinzen zu sich und zog ihn in ihr Haus.

Drei Tage und drei Nächte lagerte der Hof in Angst und Sorge. Kein Geräusch drang aus der Hütte. Dann, am vierten Tag, erschien der Prinz, müde und ungewaschen. Er rief seine obersten Ratgeber zu sich und berichtete ihnen, was sich zugetragen hatte.

Die Frau war in der Tat vollkommen, daran gab es keinen Zweifel, aber sie war nicht makellos. Er, der Prinz, hatte sich geirrt. Sie war vollkommen, weil sie ein vollkommenes Gleichgewicht aus Qualitäten und Stärken darstellte. Sie war in jeder Hinsicht symmetrisch. Die Suche nach Vollkommenheit, hatte sie ihm gesagt, war in Wahrheit die Suche nach Ausgewogenheit, nach Harmonie. Und sie zeigte ihm das Sternbild der Waage, und das Sternbild der Fische, und streckte ihm zum Schluß ihre beiden Hände entgegen. »Hier liegt der Schlüssel«, sagte sie. »Hier in diesem ersten und persönlichen Gleichgewicht.«

»Es gibt zwei Prinzipien«, sagte sie. »Das Gewicht und das Gegengewicht.«

»Richtig«, warf einer der Ratgeber ein. »Die Sphäre des Schicksals und das Rad des Glücks.«

Der Prinz fuhr zu ihm herum.

»Woher weißt du das?« wollte er wissen.

Der Ratgeber errötete. »Ach, es ist nur etwas, was meine Mutter immer gesagt hat, ich hatte es bis eben ganz vergessen.«

»Jedenfalls«, sagte der Prinz gebieterisch, »ist der springende Punkt der, daß ich mich geirrt habe und ein neues Buch schreiben und der Gans öffentlich Abbitte tun muß.«

»Sire, das können Sie nicht«, ächzten die Ratgeber wie *ein* Mann.

»Wieso nicht?«

»Weil Sie ein Prinz sind, und als Prinz dürfen Sie sich nicht irren.«

In jener Nacht wanderte der Prinz im Wald auf und ab, in der Hoffnung, eine Lösung zu finden. Schlag Mitternacht hörte er hinter sich ein Geräusch, zog sein Schwert und sah sich seinem obersten Ratgeber gegenüber.

»Lucien«, rief er (denn dieser war es).

»Sire«, antwortete der Mann mit einer tiefen Verneigung. »Ich weiß eine Lösung.« Und fünfundvierzig Minuten lang flüsterte er ins Ohr des Prinzen.

»Nein«, rief der Prinz. »Das kann ich nicht.«

»Sire, Sie müssen, Ihr Königreich steht auf dem Spiel.«

»Niemand wird mir glauben«, weinte der Prinz, der auf einem Baumstamm saß.

»Sie werden, sie müssen, sie tun es immer«, erwiderte sein Ratgeber gelassen. »Vertrauen Sie mir.«

»Muß ich?« fragte der Prinz verzweifelt.

»Sie müssen«, sagte der Ratgeber, sehr bestimmt.

Die Nacht ging weiter, und der Prinz richtete sein Herz auf das Böse. Als es Morgen wurde, ertönte ein lauter Trompetenschall, und die Höflinge und die Dorfbewohner versammelten sich, um zu hören, was der Prinz zu sagen hatte.

Er stand in ihrer Mitte, frisch gewaschen, und forderte die Frau auf, vorzutreten.

Als sie aus ihrem Haus kam, wurde sie vom ersten Licht des Tages umfangen, und sie strahlte wie ein Leuchtturm über die Lichtung. Ein Murmeln der Verblüffung erhob sich, denn sie war an diesem Tag schöner denn je.

Der Prinz schluckte schwer und begann mit seiner Rede.

»Brave Leute, ihr alle wißt von meiner Suche nach Vollkommenheit, und viele von euch haben, wie ich hoffe, mein Buch gelesen. Als ich hierher kam, hoffte ich, das Ende meiner Suche zu finden, aber ich weiß jetzt, daß Vollkommenheit nicht gefunden werden kann, sondern geschaffen werden muß, denn es gibt auf dieser Erde keine Makellosigkeit…«

»Aber es gibt Vollkommenheit«, sagte die Frau mit klarer, deutlicher Stimme.

»Diese Frau«, fuhr der Prinz fort, »hat ihr Möglichstes getan, um mich davon zu überzeugen, daß Vollkommenheit und Makellosigkeit nicht dasselbe sind, und weshalb sollte sie sich diese Mühe machen, wenn sie nicht selbst von Makeln behaftet wäre?«

»Ich habe mir keine Mühe gemacht«, gab die Frau zurück, ebenso fest wie zuvor. »Du warst es, der mich gesucht hat.«

Aus der Menge war ein beifälliges Murren zu hören. Plötzlich rief jemand:

»Sie hat Euch geheilt!«

»Heidnische Künste«, zischte der oberste Ratgeber. »Verhaftet diesen Mann.« Und der Mann wurde gebunden und weggebracht.

»Aber sie hat keinen Fehler«, rief ein anderer.

»Doch, habe ich«, sagte die Frau sehr ruhig. »Ich habe viele.«

»Beweis aus ihrem eigenen Mund«, schrie der oberste Ratgeber.

Die Frau trat einen Schritt vor und blieb vor dem Prinzen stehen, der anfing, hilflos zu zittern.

»Was du willst, existiert nicht«, sagte sie.

»Beweis aus ihrem eigenen Mund«, schrie der oberste Ratgeber noch einmal.

Die Frau beachtete ihn nicht, sondern wandte sich ausschließlich an den Prinzen, der leichenblaß geworden war.

»Was existiert, liegt in der Sphäre deiner eigenen Hände.«

Der Prinz wurde ohnmächtig.

»Übel! Übel!« kreischte der Ratgeber. »Wir werden nicht aufgeben.«

»Vorher wirst du tot sein«, sagte die Frau schulterzuckend und wollte wieder in ihr Haus zurückgehen.

»Aber nicht vor dir«, rief der Prinz, der wieder zu sich kam. »Herunter mit ihrem Kopf.«

Und sie schlugen der Frau den Kopf ab.

Das Blut verwandelte sich auf der Stelle in einen See und ertränkte die Ratgeber und den größten Teil des Hofes. Der Prinz konnte sich nur retten, indem er auf einen Baum kletterte.

»Dies ist eine ermüdende Angelegenheit«, dachte er. »Aber immerhin habe ich ein sehr großes Übel ausgerottet. Jetzt muß ich meine Suche fortsetzen. Bloß, wer soll mir dabei raten?«

In diesem Augenblick hörte er hinter sich ein Geräusch. Er senkte den Blick und sah einen Mann, der Orangen verkaufte.

»Was für eine gute Idee«, rief der Prinz. »Ich werde mir ein Dutzend für den Heimweg kaufen.«

»Alter Mann«, grüßte er. »Verkaufe mir ein Dutzend Orangen.«

Der alte Mann kramte ein Dutzend hervor und tat sie in eine Tüte.

»Hast du sonst noch etwas anzubieten?« fragte der Prinz, der sich schon besser fühlte.

»Tut mir leid«, sagte der Verkäufer. »Ich handle nur mit Orangen.«

»Ach je«, seufzte der Prinz. »Ich hatte gehofft, etwas zu finden, was ich auf dem Heimweg lesen könnte.«

Der alte Mann schnüffelte.

»Keine Zeitschriften?«

Der alte Mann schüttelte den Kopf.

»Keine informativen Broschüren?«

Der alte Mann wischte sich die Nase ab.

»Na gut, dann gehe ich eben«, entschied der Prinz.

»Einen Augenblick«, sagte der Mann plötzlich. »Ich habe das hier.«

Und er zog ein ledergebundenes Buch aus seiner Tasche. »Ich weiß zwar nicht, ob Sie auf so was stehen, aber es handelt davon, wie man einen vollkommenen Menschen baut, es geht um diesen Kerl, der es macht, aber das Ganze nutzt einem nichts, solange man nicht die richtigen Gerätschaften hat.«

Der Prinz riß es ihm aus der Hand.

»Es ist ein bißchen sonderbar«, fährt der alte Mann fort, »dieser Kerl hat also eine Schraube im Hals…«

Aber der Prinz war schon weg.

NUMERI

Es war Frühling, auf der Erde lagen noch letzte Spuren von Schnee, und ich sollte heiraten. Mein Kleid war von reinstem Weiß, und ich trug eine goldene Krone. Als ich zum Altar schritt, wurde die Krone immer schwerer und das Kleid beim Gehen immer hinderlicher. Ich dachte, alle würden mit den Fingern auf mich zeigen, aber niemand bemerkte etwas.

Irgendwie gelang es mir, den Altar zu erreichen. Der Priester war sehr fett und wurde immer fetter, wie eine Kaugummiblase. Schließlich kamen wir zu der Stelle: »Sie dürfen die Braut küssen.« Mein frischgebackener Ehemann drehte sich zu mir um, und jetzt gab es mehrere Möglichkeiten. Manchmal war er blind, manchmal ein Schwein, manchmal meine Mutter, manchmal der Mann von der Poststelle, und einmal nur ein Anzug mit nichts drin. Ich erzählte meiner Mutter von meinem Traum, und sie sagte, es komme davon, daß ich abends noch Sardinen gegessen hätte. Am nächsten Abend aß ich Würstchen, hatte den Traum aber trotzdem.

In unserer Straße wohnte eine Frau, die jedem erzählte, sie hätte ein Schwein geheiratet. Ich fragte sie nach dem Grund dafür, und sie sagte: »Das merkt man immer erst, wenn es zu spät ist.«

Sehr richtig.

Zweifellos hatte diese Frau im Leben herausgefunden, was ich in meinen Träumen herausgefunden hatte. Sie hatte unwissentlich ein Schwein geheiratet.

Von da an behielt ich ihn im Auge. Es war schwer zu erkennen, daß er ein Schwein war. Er war schlau, aber seine Augen standen dicht beisammen, und seine Haut war quietschrosa. Ich versuchte mir vorzustellen, wie er ohne Kleider aussah. Gräßlich.

Andere Männer, die ich kannte, waren nicht viel besser. Der Mann von der Poststelle hatte eine Glatze und fettige Haut und Hände, die zu dick für die Bonbongläser waren. Er nannte mich Püppchen, was, wie meine Mutter sagte, nett war. Außerdem schenkte er mir immer Bonbons, was schon besser war.

Eines Tages hatte er eine neue Sorte.

»Herzchen für mein Herzchen«, sagte er und lachte. An diesem Tag hatte ich vor lauter Wut und Raserei fast unseren Hund erwürgt und war von einer verzweifelten Mutter aus dem Haus geschleift worden. Ein Herzchen war ich ganz sicher nicht. Aber ich war ein kleines Mädchen, ergo war ich ein Herzchen, und hier waren Bonbons, die es bewiesen. Ich warf einen Blick in die Tüte. Gelb und rosa und himmelblau und orange, und alle herzförmig, und auf allen standen Sachen wie:

Maureen ♡ Ken

Jack + Jill, auf immer und ewig.

Auf dem Heimweg zermalmte ich die *Maureen ♡ Kens*. Ich war durcheinander. Alle sagten immer, daß man den Richtigen finden würde.

Meine Mutter sagte es, was verwirrend war.

Meine Tante sagte es, was noch verwirrender war.

Der Mann von der Poststelle verkaufte es auf Bonbons.

Andererseits war da die Frau, die mit dem Schwein verheiratet war, und der picklige Junge, der Mädchen mit nach hinten nahm, und mein Traum.

Am selben Nachmittag ging ich in die Bibliothek. Ich nahm den längeren Weg, um nicht an den Pärchen vorbeizumüssen. Sie machten immer so komische Geräusche, die sich schmerzhaft anhörten, und die Mädchen waren immer an die Wand gequetscht. In der Bibliothek fühlte ich mich besser. Worten konnte man trauen, man konnte sie ansehen, bis man sie verstand, sie konnten sich nicht auf halbem Weg durch einen Satz hindurch verändern, so wie Menschen es taten, und deshalb war es einfacher, eine Lüge zu erkennen. Ich fand ein Buch mit Märchen und las eins davon, das »Die Schöne und das Tier« hieß.

In dieser Geschichte wird eine schöne junge Frau als Pfand in einem Handel verwirkt, den ihr Vater abgeschlossen hat. Wenn sie nicht will, daß ihre Familie auf immer entehrt ist, muß sie ein häßliches Ungeheuer heiraten. Da sie von Herzen gut ist, gehorcht sie. In ihrer Hochzeitsnacht klettert sie mit dem Ungeheuer ins Bett, und da sie Mitleid hat, weil es so häßlich ist, gibt sie ihm einen kleinen Kuß. Unverzüglich verwandelt es sich in einen schönen jungen Prinzen, und sie leben glücklich und zufrieden bis an ihr Lebensende.

Ich überlegte, ob die Frau, die mit dem Schwein verheiratet war, diese Geschichte auch gelesen hatte. Falls ja, muß sie schrecklich enttäuscht gewesen sein. Und was war mit meinem Onkel Bill, er war gräßlich, und haarig, und dem Bild nach zu urteilen hatten verwandelte Prinzen nicht haarig zu sein.

Langsam klappte ich das Buch zu. Es war klar, daß ich einer schrecklichen Verschwörung auf die Schliche gekommen war.

Es gibt Frauen auf der Welt.

Es gibt Männer auf der Welt.

Und es gibt Ungeheuer.

Was tut man, wenn man ein Ungeheuer geheiratet hat?

Sie zu küssen half oft auch nicht weiter.

Und Ungeheuer sind gerissen. Sie verkleiden sich und tun so, als wären sie so wie du und ich.

Wie der Wolf in »Rotkäppchen«.

Wieso hatte mir niemand etwas davon gesagt? Bedeutete das, daß niemand sonst es wußte?

Bedeutete es, daß überall auf der Welt Frauen in aller Unschuld Ungeheuer heirateten?

Ich beruhigte mich so gut ich konnte. Der Prediger war ein Mann, aber er trug einen Rock, und das machte ihn zu etwas Besonderem. Es mußte andere geben, aber waren sie zahlreich genug? Das war meine große Sorge. Es gab eine Menge Frauen, und die meisten von ihnen heirateten.

Wenn sie sich nicht gegenseitig heiraten konnten, und ich glaubte nicht, daß sie das konnten, wegen dem Kinderkriegen, würden manche von ihnen unweigerlich Ungeheuer heiraten müssen.

Meine eigene Familie hatte dabei ziemlich schlecht abgeschnitten, fand ich.

Wenn es nur eine Möglichkeit gäbe, es rechtzeitig zu erkennen, dann könnten wir eine Art Rationierungssystem einführen. Es war einfach nicht fair, daß eine ganze Straße voller Ungeheuer sein sollte.

Am selben Abend mußten wir zu meiner Tante gehen, um »Beetle« zu spielen. Sie war Mitglied in der Kirchenmannschaft und mußte üben. Als sie die Karten austeilte, fragte ich sie: »Wieso sind so viele Männer in Wirklichkeit Ungeheuer?«

Sie lachte. »Dafür bist du noch zu jung.«

Mein Onkel hatte gehört, was ich gesagt hatte. Er kam zu mir herüber und baute sich so dicht vor mir auf, daß sein Gesicht meins fast berührte.

»Weil ihr uns nicht lieben würdet, wenn wir anders wären«, sagte er und rieb sein stacheliges Kinn an meinem Gesicht. Ich haßte ihn.

»Laß das, Bill«, sagte meine Tante und schubste ihn weg. »Und du mach dir keine Sorgen, Liebchen«, tröstete sie mich. »Du wirst dich dran gewöhnen. Als ich geheiratet habe, habe ich eine Woche gelacht, einen Monat geweint, und mich dann für den Rest meines Lebens damit abgefunden. Es ist anders, das ist alles, sie haben ihre kleinen Eigenarten.« Ich sah zu meinem Onkel hinüber, der jetzt in den Totoschein vertieft war.

»Du hast mir wehgetan«, sagte ich vorwurfsvoll.

»Nein, habe ich nicht«, grinste er. »Es war nur ein bißchen Liebe.«

»Das sagst du immer«, gab meine Tante zurück. »Und jetzt halt den Mund oder geh raus.«

Er schlurfte davon. Ich erwartete halb, einen Schwanz zu sehen.

Sie fächerte ihre Karten auf. »Du hast noch reichlich Zeit, einen Jungen zu finden.«

»Ich glaube nicht, daß ich einen will.«

»Es gibt das, was wir wollen«, sagte sie, während sie einen Buben ausspielte, »und das, was wir bekommen. Vergiß das nicht.«

Versuchte sie, mir zu sagen, daß sie über die Ungeheuer Bescheid wußte? Plötzlich war ich sehr deprimiert und fing an, die Käferbeine verkehrt herum anzulegen und ganz allgemein alles falsch zu machen. Schließlich stand meine Tante auf und seufzte. »Du kannst genausogut nach Hause gehen«, sagte sie.

Ich sagte meiner Mutter Bescheid, die im Wohnzimmer saß und sich Johnny Cash anhörte.

»Komm, wir sind fertig.«

Sie zog langsam ihren Mantel an und packte ihre kleine Bibel ein, die Taschenausgabe. Dann gingen wir die Straße hinunter.

»Ich muß mit dir reden, hast du Zeit?«

»Ja«, sagte sie, »laß uns eine Orange essen.«

Ich versuchte, ihr meinen Traum zu erklären, und die Ungeheuer-Theorie, und wie sehr ich Onkel Bill haßte. Währenddessen ging meine Mutter neben mir her, summte *Jesus, meine Zuversicht* und schälte mir eine Orange. Wir waren fast gleichzeitig fertig, sie mit dem Schälen und ich mit dem Erzählen. Aber ich hatte noch eine letzte Frage.

»Warum hast du meinen Dad geheiratet?«

Sie sah mich prüfend an.

»Sei nicht albern.«

»Ich bin nicht albern.«

»Wir mußten etwas für dich haben, und außerdem ist er ein braver Mann, obwohl ich weiß, daß er ganz gewiß keiner von denen ist, die sich ein Bein ausreißen. Aber mach dir keine Sorgen, du bist dem Herrn geweiht, ich habe dich in der Missionsschule angemeldet, sobald wir dich hatten. Denk an Jane Eyre und St. John Rivers.«

Ein verträumter Blick trat in ihre Augen.

Ich dachte daran, aber meine Mutter wußte nicht, daß ich inzwischen wußte, daß sie den Schluß umgeändert hatte. *Jane Eyre* war ihr liebstes nicht-biblisches Buch, und sie las mir oft daraus vor, als ich noch klein war. Ich konnte damals noch nicht selbst lesen, wußte aber, an welchen Stellen die Seiten umgeblättert wurden. Später, lesekundig und neugierig, hatte ich beschlossen, das Buch noch einmal zu lesen. Eine Art nostalgische Pilgerreise. Und fand heraus, an jenem schrecklichen Tag in einem Winkel der Bibliothek, daß Jane und

St. John keineswegs heiraten, sondern daß sie zu Mr. Rochester zurückgeht. Es war wie an dem Tag, an dem ich meine Adoptionspapiere fand, als ich die Spielkarten suchte. Seitdem habe ich nie wieder Karten gespielt, und ich habe nie wieder *Jane Eyre* gelesen.

Wir setzten unseren Weg schweigend fort. Sie dachte, ich sei zufrieden, aber ich dachte über sie nach, und darüber, wo ich hingehen könnte, um herauszufinden, was ich wissen wollte.

Am nächsten Waschtag versteckte ich mich in der Mülltonne, um zu hören, was die Frauen sagten. Nellie kam mit ihrer Leine aus dem Haus und spannte sie zwischen zwei Nägeln quer über die Gasse hinter den Häusern. Sie winkte Doreen zu, die mit ihren Einkäufen den Hügel heraufgeschnauft kam, und lud sie zu einer Tasse Tee und einem Plausch ein. Jeden Mittwoch stellte sich Doreen beim Metzger an, weil es dann Hackfleisch im Sonderangebot gab. Hinterher war sie immer schlecht gelaunt, weil sie Mitglied der Labour Party war und an gleiche Verteilung und gleiche Rechte glaubte. Sie fing an, Nellie von der Frau zu erzählen, die vor ihr an der Reihe gewesen war und Steak gekauft hatte. Nellie schüttelte den Kopf, der klein und struppig war, und sagte, für sie sei es auch nicht leicht, seit Bert tot war.

»Bert«, schnaubte Doreen. »Der war doch schon zehn Jahre, bevor sie ihn aufgebahrt haben, tot.« Dann bot sie Nellie ein Weingummi an.

»Man soll nicht schlecht über die Toten reden«, sagte Nellie unbehaglich. »Man kann nie wissen.«

Doreen schnaubte und ließ sich schwerfällig auf die Hintertreppe fallen. Ihr Rock war zu eng, aber sie tat immer so, als wäre er eingelaufen.

»Und was hältst du davon, schlecht über die Lebenden zu reden? Mein Frank jedenfalls führt nichts Gutes im Schilde.«

Nellie holte tief Luft und nahm sich noch ein Weingummi. Sie fragte, ob es um die Frau gehe, die in der Kneipe an der Ecke das Essen servierte; Doreen wußte es nicht, aber jetzt, wo sie darüber nachdachte, wäre es eine Erklärung dafür, daß er immer nach Essen roch, wenn er spät nach Hause kam.

»Du hättest ihn nie heiraten dürfen«, tadelte Nellie.

»Ich habe schließlich nicht gewußt, wie er ist, als ich ihn geheiratet habe, oder?« Und sie erzählte Nellie vom Krieg, und daß ihr Dad gut mit ihm ausgekommen war, und daß sie das Gefühl gehabt hatte, es sei das Vernünftigste so. »Aber eigentlich hätte ich es mir denken können, was ist das schon für ein Mann, der vorbeikommt, um dir den Hof zu machen, und sich dann mit deinem Vater vollaufen läßt? Und ich habe in meinen besten Klamotten dagesessen und mit seiner Mutter und einer ihrer Freundinnen Whist gespielt.«

»Hat er dich denn nie irgendwohin geführt?«

»Doch«, sagte Doreen. »Jeden Samstagnachmittag zum Hunderennen.«

Die beiden schwiegen eine Weile, dann fuhr Doreen fort: »Natürlich waren die Kinder eine Hilfe. Ich habe ihn fünfzehn Jahre ignoriert.«

»Trotzdem«, versicherte Nellie ihr, »bist du immer noch besser dran als Hilda von gegenüber, ihrer versäuft jeden Penny, und sie traut sich nicht, zur Polizei zu gehen.«

»Wenn meiner mich anfassen würde, würde ich ihn auf der Stelle einsperren lassen«, sagte Doreen mit grimmiger Stimme.

»Ach ja?«

Doreen schwieg und scharrte mit dem Schuh Rillen in die Erde.

»Rauchen wir eine«, schlug Nellie vor. »Und dann erzählst du mir von Jane.«

Jane war Doreens Tochter, gerade siebzehn geworden, und sehr gelehrsam.

»Wenn sie sich nicht bald einen Freund angelt, werden die Leute noch über sie reden. Sie hängt die ganze Zeit bei dieser Susan rum, um Hausaufgaben zu machen, sagt sie.«

Nellie meinte, daß Jane sich vielleicht heimlich mit einem Jungen traf und nur so tat, als wäre sie bei Susan. Doreen schüttelte den Kopf. »Nein, sie ist tatsächlich da, ich habe Susans Mutter gefragt. Wenn die zwei nicht vorsichtig sind, werden die Leute noch denken, daß sie so sind wie die beiden aus dem Zeitungsladen.«

»Ich mag die beiden«, sagte Nellie bestimmt. »Und wer sagt überhaupt, daß sie was machen?«

»Mrs. Fergeson von gegenüber hat gesehen, wie sie ein neues Bett bekommen haben, ein Doppelbett.«

»Was beweist das denn schon? Bert und ich haben auch in einem Bett geschlafen, und wir haben überhaupt nichts gemacht.«

Doreen sagte, das sei ja alles schön und gut, aber zwei Frauen, das sei etwas anderes.

Etwas anderes als was? fragte ich mich im Inneren meiner Mülltonne.

»Jedenfalls kann deine Jane auf die Universität gehen und von hier wegziehen, sie ist klug.«

»Das läßt Frank nie im Leben zu, er will unbedingt Enkelkinder haben, und wenn ich mich nicht bald in Bewegung setze, ist sein Abendessen nicht fertig, und er rennt wieder zu dieser Serviererin in die Kneipe. Ich will ihm keinen Vorwand liefern.«

Sie hievte sich hoch, und Nellie fing an, ihre Wäsche aufzuhängen. Als alles still war, kroch ich aus meiner Mülltonne, genauso durcheinander wie vorher und von oben bis unten mit Dreck verschmiert.

Es war schon gut, daß ich dazu bestimmt war, Missionarin zu werden. Nach diesem Vorfall schob ich das Problem Männer für eine Weile beiseite und konzentrierte mich darauf, die Bibel zu lesen. Irgendwann, dachte ich, werde ich mich genau wie alle anderen verlieben. Und dann, ein paar Jahre später, tat ich es mehr aus Versehen tatsächlich.

Meine Mutter sagte, wir müßten in die Stadt fahren.

»Ich komme nicht mit.«

»Zieh deinen Regenmantel an!«

»Ich komme nicht mit, es regnet.«

»Ich weiß, und ich werde mich auf keinen Fall allein naßregnen lassen.« Sie warf mir den Regenmantel zu und drehte sich zum Spiegel, um ihr Kopftuch zurechtzurücken. Ich jagte den Hund mit einem Tritt aus seinem Korb und versuchte, ihm die Leine anzulegen. Meine Mutter ertappte mich dabei. »Das Tier bleibt hier, sonst trampeln die Leute bloß auf ihm rum.«

»Aber...«

»Es bleibt hier!« Sie nahm ihre Einkaufstasche in die eine und mich in die andere Hand und zerrte mich zum Bus, wobei sie sich den ganzen Weg über meine Undankbarkeit beklagte. Als wir eingestiegen waren, entdeckten wir May, die neben Ida saß. Ida war eine der

Frauen, denen der verbotene Zeitungsladen gehörte. Außerdem war sie Mitglied im örtlichen Bowling-Verein.

»Sieh mal einer an, es ist Louie mit der Kleinen«, begrüßte May uns erfreut.

»So klein ist sie doch gar nicht mehr«, sagte Ida. »Sie muß mindestens vierzehn sein. Eine Kokosmakrone?« Und sie hielt uns eine zerknüllte Tüte hin.

»Danke«, sagte meine Mutter und nahm sich eine.

»Wollt ihr auch in die Stadt?« fragte May.

Meine Mutter nickte.

»Eins kann ich euch gleich sagen, an Obst gibt es nichts Gescheites. Nur diesen Kram aus Spanien.«

»Wir brauchen nur Hackfleisch«, sagte meine Mutter und krümmte sich über ihrer Handtasche zusammen. Sie sprach nicht gerne über Geld.

»Ich sage euch, es gibt nichts«, wiederholte May. »Aber wißt ihr was?« Sie beugte sich vor und klemmte meine Haare mit ihrem Busen am Sitz fest.

»May«, japste ich.

»Tante May«, fauchte meine Mutter.

»Treffen wir uns um drei auf einen Kakao im ›Trickett's‹.« Und sie lehnte sich erfreut zurück und gab meine Kopfhaut wieder frei.

»Sieh dir das an, Louie, das Kind ist in der Mauser.« May gab meiner Mutter einen Schubs und wedelte mit meinen Haaren herum, die an ihrem Mantel hängengeblieben waren.

»Das haben sie in dem Alter oft«, warf Ida ein. »Es hat nichts zu bedeuten.«

Der Bus bog in den Boulevard ein. (Meine Mutter bezeichnete ihn immer so, wegen ihrer Erinnerung an Paris.) May und Ida gingen zum Kuttelstand, und meine Mutter in den Zeitungsladen, bloß um festzustellen, daß sie vergessen hatten, ihre *Fahne der Hoffnung* zurückzulegen. Ich war so dumm, sie zu fragen, ob ich einen neuen Regenmantel haben könne.

»Der, den du hast, wird deinen Vater überleben«, lautete ihre Antwort.

Als nächstes gingen wir in die Markthalle. Meine Mutter bekam ihr Hackfleisch immer billiger, weil der Metzger einmal ihr Schatz gewesen war. Sie sagte, er sei ein richtiger Teufel, nahm das Hackfleisch aber trotzdem. Während er es einwickelte, blieb ich mit meinem Regenmantel an einem Fleischerhaken hängen und riß mir den Ärmel ab.

»Mum«, jammerte ich und wedelte damit herum.

»Oh, verflixt«, rief sie. Und sie zog eine Rolle Klebeband aus ihrer Tasche und fing an, es um meinen Ärmel zu wickeln. In diesem Augenblick sahen wir Mrs. Clifton, die Gesangsstunden gab und immer bei Marks and Spencers einkaufte.

»Ist etwas mit Jeanettes Arm?« erkundigte sie sich.

»Es ist nur der Ärmel«, antwortete meine Mutter so vornehm wie möglich.

»Oh, es sieht so aus, als würde sie einen neuen brauchen, findest du nicht auch, Jeanette?«

Meine Mutter nahm ihre Einkaufstasche in die andere Hand.

»O nein, ich brauche keinen neuen«, piepste ich. »Ich mag diesen hier, wirklich.«

Sie sah mich voller Abscheu an.

»Nun, ich denke wirklich...«

»Sie kriegt noch heute nachmittag einen neuen«, sagte meine Mutter mit fester Stimme. »Auf Wiedersehen.«

Und sie steuerte uns aus dem Laden und ließ Mrs. Clifton allein neben dem Schweinebauch stehen.

»Du solltest dich was schämen«, zischte meine Mutter, sobald sie konnte. »Was würde dein Großvater dazu sagen?«

»Er ist tot.«

»Darum geht es nicht.«

»Sie ist eingebildet, und ich kann sie nicht leiden.«

»Sei still, sie hat so ein schönes Haus.«

Bevor ich weiter protestieren konnte, schubste sie mich in einen Laden, in dem es Second-Hand-Sachen und Restposten zu kaufen gab.

»Sie haben keine«, sagte ich mit ziemlicher Erleichterung, nachdem ich mich umgesehen hatte.

»Doch, sie haben«, antwortete meine Mutter triumphierend.

Sie wühlte in einem Stapel Pappkartons herum, die die Aufschrift RESTPOSTEN trugen, wie gebrandmarkte Schafe.

»Zieh den hier mal an.«

Ich zog ihn über.

Er war riesig.

»Guck mal, es gehört noch ein Hut dazu.«

Sie stopfte das formlose Stück Plastik ungefähr dahin, wo sie meine Hand vermutete.

»Wo ist denn vorne und hinten?« Ich kam mir vor wie in einer Falle.

»Er wird dich egal wie rum trocken halten.«

Ich mußte an einen Film denken, den ich einmal gesehen hatte. Er hieß *Der Mann mit der Eisernen Maske*.

»Er ist ein bißchen groß«, druckste ich.

»Du kannst reinwachsen.«

»Aber Mum...«

»Wir nehmen ihn.«

»Aber Mum.«

117

Er war knallrosa.

Wir gingen schweigend zum Fischstand.

Ich haßte sie.

Ich begutachtete die Shrimps.

Auch sie waren von oben bis unten rosa.

Neben mir stand eine Frau mit einer Torte. Sie hatte einen rosa Zuckerguß und kleine rosa Rosen obendrauf.

Ich fühlte mich zum Kotzen.

Dann mußte jemand anderes kotzen. Ein kleiner Junge. Seine Mutter knallte ihm eine.

»Geschieht ihm recht«, dachte ich schadenfroh.

Ich überlegte, ob ich meinen Hut reinfallen lassen sollte, aber ich wußte, daß sie mich zwingen würde, ihn trotzdem zu tragen.

Ich fühlte mich elend. Wenn Keats sich elend fühlte, zog er sich immer ein frisches Hemd an.

Aber er war ein Dichter.

Ich hätte Melanie nicht bemerkt, wenn ich nicht auf die andere Seite des Stands gegangen wäre, um mir das Becken mit den Fischen anzusehen.

Sie stand vor einer großen Marmorplatte und nahm Heringe aus. Sie benutzte dazu ein schmales, fleckiges Messer und warf die Innereien in einen Blecheimer. Die sauberen Fische legte sie auf Wachspapier, und jeder vierte Fisch bekam einen Zweig Petersilie.

»Das würde ich auch gerne machen«, sagte ich.

Sie lächelte und machte weiter.

»Gefällt dir die Arbeit?«

Sie sagte immer noch nichts, also glitt ich so unauffällig, wie es für einen Menschen in einem Regenmantel aus rosa Plastik möglich ist, auf die andere Seite des Beckens. Wegen der Kapuze über meinen Augen konnte ich nicht besonders gut sehen.

»Kann ich ein bißchen Fischfutter haben?« fragte ich.

Sie hob den Kopf, und ich sah, daß ihre Augen von einem wunderschönen Grau waren, wie die der Katze von Nebenan.

»Ich darf bei der Arbeit keine Freundinnen haben.«

»Ich bin nicht deine Freundin«, sagte ich, nicht eben freundlich.

»Nein, aber sie werden denken, daß du es bist«, antwortete sie.

»Dann könnte ich es ja auch genausogut sein«, schlug ich vor.

Sie starrte mich einen Augenblick an und wandte sich dann ab.

»Komm endlich«, drängelte meine Mutter, die plötzlich hinter dem Blech mit den Muscheln auftauchte.

»Kann ich einen neuen Fisch für mein Aquarium haben?«

»Wir schaffen es kaum, die Mäuler zu stopfen, die wir haben, geschweige denn noch ein zusätzliches. Der verdammte Hund ist teuer genug.«

»Nur einen kleinen, einen Schleierschwanz?«

»Ich habe nein gesagt.« Und sie marschierte in Richtung Trickett's davon.

Ich fühlte mich ungerecht behandelt. Wenn sie mir das Lesen so beigebracht hätte, wie andere Kinder es lernten, hätte ich diese Anwandlungen nicht gehabt, sondern wäre mit einem Kaninchen und einer gelegentlichen Gespensterheuschrecke zufrieden gewesen.

Ich sah mich noch einmal um.

Aber Melanie war verschwunden.

Als wir ins Trickett's kamen, waren May und Ida schon da. Ida füllte ihren Totoschein aus und aß ein Himbeereis.

»Sieh an, da sind sie ja.« Sie schubste May an, als wir reinkamen.

Meine Mutter ließ sich auf einen Stuhl fallen.

»Ich bin fix und fertig.«

»Ein Kakao wird dich wieder auf die Beine bringen«, sagte May und schrie nach der Kellnerin, die ihre Zigarette ablegte und gemächlich zu uns herübergeschlendert kam. Ihre Brille saß schief auf ihrer Nase und war mit einem Pflaster zusammengeklebt.

»Was hast du denn gemacht?« wollte May wissen. »Vor einem Augenblick hast du doch noch nicht so ausgesehen.«

»Diese Mona hat ihre neue Hamburgerlieferung draufgestellt«, antwortete sie griesgrämig und lehnte sich mit dem Rücken an die Wand. »Sie frieren sie heutzutage so hart wie Backsteine.«

Sie wedelte mit einem feuchten Lappen über den Tisch.

»Genau wie Backsteine, es ist nicht mehr normal.«

Sie wischte den Aschenbecher aus.

»Nicht etwa, daß ich was gegen Kühlschränke hätte, aber man kann's auch übertreiben.«

»Das stimmt«, pflichtete May ihr bei. »Das stimmt.«

»Heute morgen war diese Mrs. Clifton hier«, fuhr die Kellnerin fort. »Das ist mir vielleicht eine, gewöhnlich wie sonst was, aber eingebildet bis zum geht nicht mehr.« (Meine Mutter errötete.)

»Ich habe zu ihr gesagt, Doreen, habe ich zu ihr gesagt, was du bei Marks und Spencers bezahlst, das kriegst du hier für den halben Preis.«

Ida murmelte ihre Zustimmung.

»Und wißt ihr, was sie darauf geantwortet hat?«

May sagte, sie wüßte es nicht, könne es sich aber denken.

»Sie hat gesagt, fürnehm wie sonst was, ich fülle meinen Kühlschrank eben gerne mit Dingen, von denen ich weiß, daß sie gut sind, Mrs. Grimsditch.«

»Ho ho, hört euch das an«, rief May. »Sie hat dich tatsächlich Mrs. Grimsditch genannt? Ist Betty etwa nicht mehr gut genug?«

»Ja«, warf Ida ein, »ist Betty nicht mehr gut genug?« Und sie fingen an, im Chor vor sich hinzumurmeln.

Meine Mutter wurde allmählich ungeduldig.

»Mrs. Grimsditch...« fing sie an.

»Ist Betty nicht mehr gut genug?« nörgelte die Kellnerin und drehte sich zu ihr um.

Meine Mutter sah hilfesuchend zu Ida hinüber, aber Ida war mit ihrem Totoschein beschäftigt.

»Liverpool gegen die Rovers«, sagte sie zu May. »Was meinst du?«

»Nix«, mischte sich Betty ein. »Also? Was soll's sein? Ich kann schließlich nicht den ganzen Tag hier rumstehen, ich muß noch die ganzen Gläser abwaschen.«

Meine Mutter war sichtlich unglücklich.

»Die Leute spucken rein und alles mögliche, es könnte einem den Magen umdrehen.«

Sie sah mich an.

»Könntest du nicht einen Samstagsjob gebrauchen?«

Das Gesicht meiner Mutter hellte sich auf.

»Doch, kann sie.«

»Dann könnte sie doch genausogut gleich anfangen, oder, Betty?« murmelte Ida hinter ihrem Totoschein hervor.

»Klar«, sagte Betty, »da sind die ganzen Gläser.«

Also machte ich mich an die Arbeit, während meine Mutter und Ida und May den Schein ausfüllten und Kakao tranken. Die Arbeit machte mir nichts aus, und es war nicht viel Spucke in den Gläsern, und außerdem hatte ich dadurch Zeit, über den Fischstand nachzudenken, und über Melanie.

Woche für Woche ging ich dorthin zurück, einfach nur um zu beobachten.

Und dann war sie eines Tages nicht mehr da.

Ich konnte nur dastehen und das Blech mit den Muscheln anstarren.

Muscheln sind seltsam und tröstlich.

Sie haben keine Vorstellung von einem gemeinschaftlichen Leben, und sie vermehren sich sehr leise.

Aber sie haben einen ausgeprägten Sinn für persönliche Würde. Selbst wenn sie mit dem Gesicht nach unten auf einem Blech mit Essig liegt, hat eine Muschel etwas Vornehmes.

Was man nicht von jedem sagen kann.

»Wieso fühle ich mich so?« fragte ich mich. Und dann, als ich mich gerade umdrehen wollte, um mir zum Trost eine Folienkartoffel zu kaufen, sah ich Melanie um den Stand herumkommen. Ich ging ohne Umschweife auf sie zu. Sie sah ein bißchen überrascht aus.

»Hallo, ich habe schon gedacht, du hast aufgehört.«

»Habe ich auch. Ich arbeite jetzt in der Bibliothek, aber nur samstags morgens.«

Was konnte ich als nächstes sagen? Wie konnte ich sie zum Bleiben bewegen?

»Hättest du Lust auf eine Folienkartoffel?« sagte ich, weil mir nichts Besseres einfiel.

Sie lächelte und sagte ja, das hätte sie, und wir setzten uns auf die Bank vor Woolworths, um sie zu essen. Ich war sehr nervös, und die Tauben bekamen den größten

Teil von meiner. Sie redete über das Wetter und ihre Mutter und sagte, sie hätte keinen Vater. »Ich auch nicht«, sagte ich, damit sie sich besser fühlte. »Jedenfalls so gut wie nicht.« Dann mußte ich ihr alles über unsere Kirche erzählen, und über meine Mutter, und daß ich dem Herrn geweiht war. Im ersten Augenblick hörte es sich ein bißchen komisch an, aber ich wußte, daß das nur daran lag, daß ich nervös war. Ich fragte sie, ob sie in die Kirche gehe, und sie sagte, ja, das tue sie, aber es sei keine sehr aufregende, und so lud ich sie natürlich für den nächsten Tag in unsere ein.

»Melanie?« Ich mußte all meinen Mut zusammennehmen, um endlich zu fragen. »Wieso hast du so einen komischen Namen?«

Sie wurde rot. »Als ich geboren wurde, sah ich wie eine Melone aus.«

»Mach dir keine Gedanken«, versicherte ich ihr. »Jetzt nicht mehr.«

Das erste Mal, daß Melanie in unsere Kirche kam, war kein Erfolg. Ich hatte vergessen, daß Pastor Finch auf seiner Tournee durch die Region bei uns Zwischenstation machen wollte. Er kam in einem alten Bedford-Transporter, auf den auf der einen Seite die entsetzten Verdammten gemalt waren und auf der anderen die himmlischen Heerscharen. Die Hecktüren und die Kühlerhaube trugen in grünen Lettern die Inschrift: HIMMEL ODER HÖLLE? DU HAST DIE WAHL. Er war sehr stolz auf den Bus und erzählte uns von den vielen Wundern, die er in ihm und vor ihm bewirkt hatte. Innen gab es sechs Sitze, so daß der Chor ihn begleiten konnte, und außerdem war genug Platz für die Musikinstrumente und einen großen Erste-Hilfe-Kasten für den Fall, daß der Teufel jemanden versengte.

»Und was tun Sie gegen die Flammen?« fragten wir.

»Ich benutze einen Feuerlöscher«, erklärte er.

Wir waren sehr beeindruckt.

Es gab ein zusammenklappbares Kreuz, das genau über die Hecktüren paßte, und ein sehr kleines Waschbecken, so daß der Pastor sich nach jeder Operation die Hände waschen konnte.

»Wasser ist von wesentlicher Bedeutung«, erinnerte er uns. »So wie Christus den Schweinen gebot, sich in den See zu stürzen, so wasche ich den Teufel unter diesem Hahn ab.«

Nachdem wir den Bus lange genug bewundert hatten, führte Pastor Finch uns in die Kirche zurück und forderte seinen Chor auf, seine neueste Komposition zu singen. »Sie wurde mir vom Herrn geschenkt, als ich von der Raststätte Sandbach wieder auf die Autobahn fuhr.« Das Lied hieß: *Du brauchst keinen Weingeist, wenn du den Geist hast.* Und die erste Strophe ging so...

Manch einer trinkt Whisky, manch einer trinkt Gin
Doch ich bin berauscht wenn im Geiste ich bin
Manch einer trinkt Bier, manch einer trinkt Wein
Doch die größte Verzückung im Geist liegt allein.

Der Chor sang diese und die restlichen Strophen, sechs in allem, und wir anderen bekamen Notenblätter, damit wir den Refrain mitsingen konnten, der von Pastor Finch auf den Bongos begleitet wurde.

Der Refrain ging so...

Kein Whisky, kein Gin, kein Rum und kein Bier
nur das Feuer des Geistes weckt das Feuer in mir.

Es war herrlich. Danny holte seine Gitarre und zupfte die Akkorde, und dann fing May an, den Takt auf ihrem Tamburin zu schlagen, und kurz darauf hatten wir alle eine lange Schlange gebildet und marschierten entgegen dem Uhrzeigersinn durch die Kirche und sangen den Refrain immer und immer wieder.

»Der Herr wirkt mit all seiner Macht«, japste Pastor Finch, der auf den Bongos herumhämmerte. »Der Herr sei gepriesen.«

»Du sollst dich doch nicht immer so verausgaben, Roy«, sorgte sich Mrs. Finch, die verzweifelt versuchte, auf dem Klavier mitzuhalten. »Nimm ihm doch endlich jemand diese Bongos weg.« Aber niemand tat es, und erst als Mrs. Rothwell umkippte, hörten wir endlich auf.

In diesem Augenblick erst bemerkte ich, daß Melanie nicht mitgemacht hatte.

»Und nun die Predigt«, schrie Pastor Finch, und wir setzten uns bequem hin, um sie zu genießen. Er erzählte uns von den Ereignissen seiner Tournee, und wie viele Seelen gerettet worden waren, und wie viele brave Seelen, die in der Macht des Teufels gewesen waren, wieder Frieden gefunden hatten.

»Ich gehöre nicht zu denen, die gerne prahlen«, erinnerte er uns, »aber der Herr hat mir eine große Gabe verliehen.« Wir murmelten unsere Zustimmung. Dann waren wir sehr schockiert, als er die Epidemie von Dämonen beschrieb, die sich just in diesem Augenblick im ganzen Nordwesten des Landes ausbreitete. Lancashire und Cheshire waren besonders stark betroffen; erst am Vortag hatte er in Cheadle Hulme eine ganze Familie geläutert.

»Sie waren geradezu toll.« Seine Augen schweiften

über die gebannt schweigende Gemeinde. »Toll! Und wißt ihr, was der Grund dafür war?« Er trat einen Schritt zurück. Wir gaben keinen Ton von uns. »Unnatürliche Leidenschaften.«

Ein Zittern durchlief die Versammlung. Nicht alle von uns wußten genau, was er damit meinte, aber wir wußten, daß es gräßlich war. Ich sah zu Melanie hinüber; sie sah aus, als würde ihr gleich schlecht werden.

»Muß wohl der Geist sein«, dachte ich und drückte ihre Hand. Sie fuhr zusammen und starrte mich an. Ja, es war unverkennbar der Geist.

Am Ende seiner wundervollen Predigt äußerte Pastor Finch eine Bitte, er forderte jeden Sünder flehentlich auf, die Hand zu heben und an Ort und Stelle um Vergebung zu bitten. Wir senkten die Köpfe im Gebet und blinzelten nur gelegentlich hoch, um zu sehen, ob es funktionierte. Plötzlich spürte ich eine Hand auf meiner. Es war Melanie.

»Ich werde es tun«, zischte sie mir zu und stieß ihren anderen Arm hoch in die Luft.

»Ja, ich sehe deine Hand«, bestätigte Pastor Finch.

Ein freudiges Kräuseln lief durch die Kirche. Niemand sonst meldete sich, und so erhielt Melanie am Ende des Gottesdienstes jede Menge Beachtung. Nicht etwa, daß sie sie gewollt hätte. »Ich fühle mich schrecklich«, gestand sie mir.

»Nur keine Sorge«, hauchte Alice, die gerade vorbeikam. »Es ist homöopathisch.«

Arme Melanie. Sie verstand keinen einzigen von ihnen, sie wußte nur, daß sie Jesus brauchte. Dann bat sie mich, ihre Tutorin zu sein, und ich willigte ein, jeden Montag, wenn ihre Mutter in dem Lokal war, in dem sie arbeitete, zu ihr zu kommen. Wir verließen die Versammlung gemeinsam, ich auf einer Wolke, sie mit einer Handtasche voller Traktate über die Wohltaten des Geistes und Ratschlägen für Neubekehrte. Als wir das Rathaus erreichten, brauste Pastor Finch an uns vorbei, sein Erweckungsradio voll aufgedreht, die Fenster weit offen, und oben auf dem Bus eine Fahne, die triumphierend flatterte.

»Das ist seine Errettungsfahne«, erklärte ich Melanie. »Er zieht sie nur hoch, wenn jemand errettet wurde.«

»Laß uns den Bus nehmen«, antwortete sie, ein wenig verzweifelt.

Von da an ging ich jeden Montag zu Melanie, und wir lasen die Bibel und verbrachten für gewöhnlich eine halbe Stunde im Gebet. Ich war begeistert. Sie war meine Freundin, und ich war es nicht gewöhnt, eine Freundin zu haben, außer Elsie. Irgendwie war das hier anders.

Ich erzählte zu Hause die ganze Zeit von ihr, und meine Mutter reagierte nie. Und dann zog sie mich eines Tages in die Küche und sagte, wir müßten ernsthaft miteinander reden.

»Ich denke, daß es in der Kirche einen Jungen gibt, auf den du ein Auge geworfen hast.«

»Was?« sagte ich, total verblüfft.

Sie meinte Graham, einen relativ Frischbekehrten, der aus Stockport in unsere Stadt gezogen war. Ich gab ihm Gitarrenunterricht und versuchte, ihm die Bedeutung eines regelmäßigen Bibelstudiums klarzumachen.

»Es ist Zeit«, fuhr sie sehr feierlich fort, »daß ich dir von Pierre erzähle, und wie es mit mir fast ein schlimmes Ende genommen hätte.« Dann schenkte sie uns beiden eine Tasse Tee ein und riß ein Päckchen Kekse auf. Ich war total gespannt.

»Es ist etwas, worauf ich nicht stolz bin, und ich werde es nur ein einziges Mal erzählen.«

Meine Mutter hatte schon immer ihren eigenen Kopf gehabt und sich einen Job als Lehrerin in Paris gesucht, was für die damalige Zeit ganz schön abenteuerlich war. Sie hatte in einer Straße gewohnt, die von der Rue St. Germain abging, Croissants gegessen und ein rechtschaffenes Leben geführt. Sie war damals noch nicht beim Herrn, hatte aber dennoch hohe Wertmaßstäbe. Und dann war sie eines schönen, sonnigen Tages, ohne sich etwas dabei zu denken, zum Fluß spaziert, wo sie Pierre begegnete, oder vielmehr, Pierre war von seinem Fahrrad gesprungen, hatte ihr seine Zwiebeln angeboten und gesagt, sie sei die schönste Frau, die er je gesehen hätte.

»Natürlich war ich geschmeichelt.«

Sie tauschten ihre Adressen aus und fingen an, sich den Hof zu machen. Und plötzlich erlebte meine Mutter ein Gefühl, wie sie es nie zuvor gekannt hatte: ein Prickeln und ein Summen und eine Art Schwindel. Nicht nur, wenn sie mit Pierre zusammen war, sondern überall, zu jeder Zeit.

»Ich dachte, das muß die Liebe sein.«

Dies jedoch verwirrte sie, weil Pierre nicht besonders klug war und nicht viel zu sagen hatte, außer daß er immer wieder ausrief, wie schön sie sei. Sah er vielleicht gut aus? Aber nein. Ein Blick in die Zeitschriften verriet ihr, daß auch das nicht der Fall war. Trotzdem wollte das Gefühl nicht weggehen. Dann, an einem ruhigen Abend, nach einem ruhigen Essen, hatte Pierre sie in die Arme genommen und gebeten, die Nacht bei ihm zu verbringen. Das Prickeln fing an, und als er sie an sich zog, war sie sicher, daß sie nie einen anderen lieben würde, und ja, sie würde bleiben, und danach würden sie heiraten.

»Der Herr möge mir vergeben, aber ich habe es getan.« Meine Mutter verstummte, überwältigt von Gefühlen. Ich flehte sie an, die Geschichte zu Ende zu erzählen und hielt ihr die Kekse hin.

»Das Schlimmste kommt noch.«

Während sie an ihrem Keks knabberte, stellte ich Spekulationen über das Schlimmste an. Vielleicht war ich gar kein Kind Gottes, sondern die Tochter eines Franzosen. Ein paar Tage später war meine Mutter in einem Anfall schuldbewußter Sorge zum Arzt gegangen. Sie lag auf dem Untersuchungstisch, während der Doktor ihren Bauch und ihren Brustkorb abtastete und sie fragte, ob sie manchmal ein prickelndes oder schwindelndes Gefühl im Magen habe. Meine Mutter antwortete scheu, sie sei verliebt und habe oft seltsame Gefühle, aber das sei nicht der Grund für ihren Besuch.

»Mag sein, daß Sie verliebt sind«, sagte der Doktor, »aber außerdem haben Sie auch ein Magengeschwür.«

Stellen Sie sich das Entsetzen meiner Mutter vor. Sie hatte ihr ein und alles wegen einer Krankheit hergegeben! Sie nahm die Tabletten, befolgte die Diät und lehnte Pierres Bitten, sie besuchen zu dürfen, kategorisch ab. Es erübrigt sich zu sagen, daß sie, als sie sich das nächste Mal begegneten, wieder per Zufall, nichts fühlte, überhaupt nichts, und wenig später fluchtartig das Land verließ, um ihm aus dem Weg zu gehen.

»Dann bin ich…?« fing ich an.

»Es gab keine Folgen«, sagte sie schnell.

Ein paar Minuten saßen wir schweigend da, dann:

»Paß also gut auf. Was du für das Herz hältst, könnte sehr gut ein anderes Organ sein.«

Es könnte, Mutter, es könnte, dachte ich. Dann stand sie auf und sagte, ich solle verschwinden und mir eine Beschäftigung suchen. Ich beschloß, zu Melanie zu gehen, aber als ich schon an der Tür war, rief sie mich mit einem Wort der Warnung noch einmal zurück.

»Laß dich von niemandem Dort Unten anfassen.« Und sie deutete auf eine Stelle etwa auf der Höhe ihrer Schürzentasche.

»Nein, Mutter«, sagte ich sanft und floh.

Als ich Melanies Haus erreichte, wurde es schon dunkel. Ich mußte über den Friedhof gehen, um zu ihrem Haus zu kommen, und manchmal stiebitzte ich auf den neuen Gräbern einen Blumenstrauß für sie. Sie freute sich immer sehr darüber, aber ich erzählte ihr auch nie, wo die Blumen herstammten. Sie fragte mich, ob ich über Nacht bleiben würde, weil ihre Mutter nicht da war und sie nicht gerne allein im Haus sein wollte. Ich sagte, ich würde eine Nachbarin anrufen und erhielt nach vielen Mühen schließlich die Zustimmung meiner Mutter, die erst von ihrem Kopfsalat geholt werden mußte. Wir lasen wie üblich die Bibel und erzählten uns dann gegenseitig, wie froh wir waren, daß der Herr uns zusammengebracht hatte. Sie streichelte mir lange den Kopf, und dann umarmten wir uns, und es fühlte sich an wie Ertrinken. Dann bekam ich Angst, konnte aber nicht aufhören. Irgend etwas krabbelte in meinem Bauch. Ich hatte einen Tintenfisch in mir.

Und es war Abend, und es war Morgen; ein neuer Tag.

Von da an machten wir alles gemeinsam, und ich blieb sooft ich konnte über Nacht bei ihr. Meine Mutter schien erleichtert darüber, da ich Graham nicht mehr so oft sah, und sagte lange kein Wort über die viele Zeit, die ich mit Melanie verbrachte.

»Glaubst du, daß das hier Unnatürliche Leidenschaften sind?« fragte ich sie einmal.

»Fühlt sich nicht so an. Nach dem, was Pastor Finch gesagt hat, müssen Unnatürliche Leidenschaften gräßlich sein.« Wahrscheinlich hat sie recht, dachte ich.

Melanie und ich hatten uns bereit erklärt, das Erntedankessen vorzubereiten und schufteten den ganzen Tag in der Kirche. Als die anderen eintrafen und anfingen, die Kartoffelpastete herumzureichen, standen wir auf der Empore und sahen auf sie hinab. Unsere Familie. Dies war Sicherheit.

Hier ist ein Tisch, gedeckt für ein festliches Mahl, und die Gäste debattieren, wie man am besten eine Gans zubereitet. Hin und wieder läßt ein Beben den Kronleuchter erzittern, so daß der Verputz in winzigen Flokken in das Eis rieselt. Die Gäste heben mehr interessiert als alarmiert den Kopf. Es ist kalt, sehr kalt. Die Frauen leiden am meisten. Ihre Schultern sind nackt und weiß wie hartgekochte Eier. Draußen, unter dem Schnee, liegt der Fluß wie einbalsamiert. Dies sind die Auserwählten, und in der Halle schläft eine Armee auf Stroh. Draußen ein Hasten von Fackeln.

Lachen treibt in die Halle. Die Auserwählten waren schon immer so.

Altern, sterben, neu beginnen. Nichts bemerken.

Vater und Sohn. Vater und Sohn.

Es war schon immer so, nichts kann eindringen.

Vater Sohn und Heiliger Geist.

Draußen stürmen die Rebellen den Winterpalast.

DEUTERONOMIUM

Das letzte Buch des Gesetzes

Die Zeit ist eine Meisterin im Töten. Die Menschen vergessen, fangen an, sich zu langweilen, werden alt, gehen fort. Es gab in England eine Zeit, in der jeder sehr damit beschäftigt war, hölzerne Boote zu bauen und gegen die Türken in See zu stechen. Als das nicht mehr interessant war, hinkten die wenigen Bauern, die noch übrig waren, auf ihr Land zurück, und die wenigen Adligen, die noch übrig waren, intrigierten gegeneinander.

Natürlich ist das nicht die ganze Geschichte, aber so ist das nun einmal mit Geschichten; wir machen sie zu dem, was wir wollen. Es ist eine Möglichkeit, das Universum zu erklären und es gleichzeitig unerklärt zu lassen, es ist eine Möglichkeit, alles lebendig zu halten und es nicht in die Zeit einzusperren wie in eine Schachtel. Jeder, der eine Geschichte erzählt, erzählt sie anders, nur um uns daran zu erinnern, daß jeder sie anders sieht. Manche Menschen sagen, daß alle möglichen Dinge bewiesen werden können. Ich glaube ihnen nicht. Das einzige, was sicher ist, ist die Tatsache, wie kompliziert alles ist, wie eine Schnur voller Knoten. Es ist alles vorhanden, aber es ist schwer, den Anfang zu finden, und unmöglich, sich das Ende vorzustellen. Das beste, was man tun kann, ist, das Fadenspiel zu bewundern und es vielleicht noch ein bißchen mehr zu verknoten. Geschichte sollte eine Hängematte zum Schaukeln und ein Spiel zum Spielen sein, so wie Katzen spielen. Schlag die Krallen hinein, beiß darauf herum, ordne alles neu, und wenn es Zeit zum Schlafengehen ist, ist das Ganze immer noch ein Knäuel Schnur voller Knoten. Niemand sollte sich daran stören. Es gibt Leute, die viel Geld damit machen. Verleger kommen auf ihre Kosten, Kinder, sofern sie aufgeweckt sind, können Klassenprimus werden. Es ist eine Allzweckbeschäftigung für einen verregneten Tag, dieses Reduzieren von Geschichten, das sich Geschichte nennt.

Die Menschen lieben es, das Erzählen von Geschichten, die keine Tatsachen sind, von *der* Geschichte zu trennen, die Tatsache ist. Sie tun dies, damit sie wissen, was sie glauben und was sie nicht glauben sollen. Es ist schon merkwürdig. Wie kommt es, daß niemand glauben will, daß der Wal Jonas verschluckte, wo Jonas den Wal tagtäglich verschluckt? Ich kann sie sehen, in diesem Augenblick, wie sie das garnigste Seemannsgarn in sich hineinstopfen, und wieso? Weil es Geschichte ist. Zu wissen, was man glauben soll, hat seine Vorteile. Es baute ein Kaiserreich auf und sorgte dafür, daß die Leute dort blieben, wo sie hingehörten, im hellen Reich der Brieftasche…

Sehr oft ist Geschichte ein Mittel, die Vergangenheit zu leugnen. Die Vergangenheit leugnen heißt, sich zu weigern, ihre Integrität anzuerkennen. Sie passend zu machen, sie zu zwingen, sie zum Funktionieren zu bringen, den Geist aus ihr herauszusaugen, bis sie so aussieht, wie man meint, daß sie aussehen sollte. Wir alle sind auf unsere unbedeutende Weise Historiker. Und auf eine ungeheuerliche Weise war Pol Pot ehrlicher, als der Rest von uns es war. Pol Pot beschloß, ganz und gar mit der Vergangenheit aufzuräumen. Aufzuräumen mit dem Schwindel, die Vergangenheit mit objektivem Respekt zu behandeln. In Kambodscha sollten die Städte ausgelöscht, die Landkarten weggeworfen werden, alles verschwinden. Keine Dokumente. Nichts. Eine schöne neue Welt. Die alte Welt war entsetzt. Wir zeigten mit dem Finger, aber große Flöhe haben kleine Flöhe auf dem Rücken, die sie beißen.

Die Menschen hatten nie Probleme damit, sich der Vergangenheit zu entledigen, wenn sie ihnen zu schwierig wurde. Fleisch brennt, Fotos brennen, und Erinnerung, was ist das? Das unvollkommene Geschwafel von Narren, die die Notwendigkeit des Vergessens nicht einsehen wollen. Und wenn wir uns ihrer nicht entledigen können, können wir sie verändern. Die Toten schreien nicht. Dinge, die tot sind, haben etwas Verführerisches. Sie behalten die bewundernswerten Qualitäten des Lebens, bloß ohne dieses ermüdende Durcheinander, das man mit lebenden Dingen assoziiert. Geschwafel und Genörgel und die Sehnsucht nach Zuneigung. Man kann sie auf Auktionen versteigern, in Museen aufbewahren, sammeln. Es ist viel ungefährlicher, ein Sammler von interessanten Dingen zu sein, denn wenn man wirklich interessiert ist, muß man sitzen und sitzen und abwarten, was passiert. Man muß am Strand warten, bis es kalt wird, und man muß Geld in ein Boot mit gläsernem Boden investieren, was teurer ist als eine Angelrute und einen den Elementen aussetzt. Interessierte Menschen sind immer in irgendeiner Gefahr. Wenn man interessiert ist, kann es leicht passieren, daß man nie wieder nach Hause kommt, so wie all die Männer, die jetzt mit Meerjungfrauen am Grunde des Ozeans leben.

Oder wie die Menschen, die Atlantis fanden.

Als die Pilgerväter in See stachen, gab es viele, die sie für verrückt hielten. Die Geschichte hat inzwischen anders entschieden. Interessierte Menschen, die Forscher sind, müssen mehr zurückbringen als eine Erinnerung oder eine Geschichte, sie müssen Kartoffeln oder Tabak nach Hause bringen oder, noch besser, Gold.

Aber Glück ist keine Kartoffel.

Und El Dorado ist mehr als spanisches Gold, was der Grund dafür ist, daß es nicht existieren konnte. Diejenigen, die nach Hause zurückkamen, waren wahnsinnig von einer Vision, die keine Bedeutung hatte. Und so wird sich der Sammler von interessanten Dingen, da er vernünftig ist, mit toten Dingen umgeben und über die Vergangenheit nachdenken, als sie noch lebte und sich bewegte und ein Sein hatte. Der Sammler von interessanten Dingen lebt mit einem Video verschiedener Züge in einem zerfallenen Bahnhofsgebäude. Er ist der eigentliche lebende Tote.

Und so ist die Vergangenheit, weil sie vergangen ist, nur formbar, wo sie einst flexibel war. Einst konnte sie ihre Meinung ändern, jetzt kann sie nur Veränderungen unterworfen werden. Die Linse kann getönt, schräg gestellt, zerschmettert werden. Was zählt, ist, daß Ordnung herrscht ... und wenn wir Gentlemen aus dem achtzehnten Jahrhundert sind, die die Rolleaus herunterziehen, während unsere Kutsche über die Alpen holpert, müssen wir wissen, was wir tun, uns eine Ordnung vorgaukeln, die nicht existiert, um eine Sicherheit zu schaffen, die nicht existieren kann.

In Geschichten lassen sich Ordnung und Gleichgewicht finden.

Geschichte ist der heilige Georg.

Und wenn ich mir ein Geschichtsbuch ansehe und an die erfinderischen Mühen denke, die erforderlich waren, um diese triefende Welt zwischen zwei Einbanddeckel und Drucktypen zu zwängen, bin ich erstaunt. Vielleicht besitzt das Ereignis eine unantastbare Wahrheit. Gott sah es. Gott weiß. Aber ich bin nicht Gott. Und wenn die Leute mir erzählen, was sie gehört oder gesehen haben, glaube ich ihnen, und ich glaube ihren Freunden, die auch gesehen haben, aber nicht auf die gleiche Weise, und ich kann mir diese Berichte zusammenreimen und habe dann kein nahtloses Wunder, sondern ein Sandwich, bestrichen mit meinem eigenen Senf.

Das Pökelfleisch der Zivilisation rumort in den Eingeweiden. Verstopfung war nach dem Zweiten Weltkrieg ein großes Problem. Nicht genug Ballaststoffe in der Nahrung, zu hoch verfeinerte Kost. Wenn man immer auswärts ißt, kann man nie sicher sein, was man alles in sich aufnimmt, und vorgekaute Ideen sind für niemanden eine Übung.

Verrottet und verrottend.

Hier ein guter Rat. Wenn du deine Zähne behalten willst, mußt du deine Sandwiches selbst machen...

JOSUA

»So«, verkündete meine Mutter, als sie den Staubsauger wegräumte. »Jetzt könnte man hier drin einen Sarg aufstellen, ohne sich schämen zu müssen, kein Stäubchen weit und breit.«

Mrs. White kam einen Spüllappen wedelnd aus der Diele. »Ich bin mit den Fußleisten fertig, aber mein Rükken ist nicht mehr das, was er einmal war.«

»Nein«, antwortete meine Mutter und schüttelte den Kopf. »Diese Dinge werden uns gesandt, um uns zu prüfen.«

»Wenigstens wissen wir, daß sie heilig sind«, sagte Mrs. White.

Das Wohnzimmer war tatsächlich sehr sauber. Ich steckte den Kopf durch die Tür und sah, daß die Polsterbezüge samt und sonders ausgewechselt worden waren, gegen die besten, die wir hatten, die Hochzeitsbezüge meiner Mutter, ein Geschenk ihrer Freunde aus Frankreich. Die Kamingarnitur aus Messing blitzte und blinkte, und Pastor Spratts Nußknacker-Krokodil nahm den Ehrenplatz auf dem Kaminsims ein.

»Was hat das alles zu bedeuten?« fragte ich mich. Ich ging zum Kalender, aber soweit ich es sehen konnte, waren wir nicht für eine Hausversammlung vorgemerkt, und für den Sonntag war auch kein Besuch eines auswärtigen Priesters angesagt. Ich ging in die Küche, wo Mrs. White dabei war, einen traurigen Kuchen zu backen, ein rundes, flaches Ding, das mit Beeren gefüllt und mit Butter bestrichen wurde.

Im ersten Augenblick bemerkte sie mich nicht.

»Hallo«, sagte ich. »Was ist hier eigentlich los?«

Mrs. White fuhr herum und stieß einen kleinen Schrei aus. »Du müßtest doch im Geigenunterricht sein.«

»Ist ausgefallen. Sonst jemand da?«

»Deine Mutter ist weggegangen.« Sie klang ein bißchen nervös, aber das tat sie oft.

»Dann gehe ich mit dem Hund spazieren«, entschied ich.

»Ich muß mal schnell auf die Toilette«, sagte Mrs. White und verschwand durch die Hintertür.

»Es ist kein Papier...« fing ich an, aber es war zu spät. Wir gingen den Hügel hinauf, kletterten immer höher und höher, bis die Stadt wie plattgeklopft war. Der Hund rannte einen Graben entlang, und ich versuchte, verschiedene Gebäude auszumachen, den Zahnarzt zum Beispiel, oder die Halle der Rekabiten. Ich dachte, daß ich am Abend vielleicht zu Melanie gehen würde. Ich hatte meiner Mutter erzählt, was ich konnte, aber nicht alles. Ich hatte das Gefühl, daß sie es nicht wirklich verstehen würde. Außerdem war ich mir selbst nicht ganz sicher, was eigentlich los war, es war das zweite Mal in meinem Leben, daß ich ein Gefühl der Unsicherheit erlebte.

Für mich war Unsicherheit das gleiche, was für andere Leute ein Wombat ist. Ein seltsames Ding, von dem ich keine rechte Vorstellung hatte, das ich durch die Beschreibungen anderer Leute kannte. Das Gefühl, das ich jetzt im Kopf und im Bauch hatte, war dasselbe, das ich auch anläßlich DES GRÄSSLICHEN VORFALLS gehabt hatte, und damals hatte ich, als ich in der Sakristei neben der Teemaschine stand, gehört, wie Miss Jewsbury sagte: »Natürlich muß sie sich sehr unsicher fühlen.«

Ich war sehr durcheinander. Unsicherheit war etwas, was die Heiden fühlten, und ich war doch von Gott auserwählt.

DER GRÄSSLICHE VORFALL war der Tag, an dem meine richtige Mutter kam, um mich zurückzuverlangen. Ich hatte schon vorher geahnt, daß die Umstände meiner Geburt irgendwie ein bißchen seltsam waren, und einmal hatte ich unter einem Stapel Handtücher in der Ferienschublade meine Adoptionspapiere gefunden. »Formalitäten«, hatte meine Mutter gesagt und mich mit einem Wedeln der Hand fortgescheucht. »Du warst immer mein, ich habe dich vom Herrn.« Ich dachte erst wieder daran, als es eines Samstags an der Tür klopfte. Meine Mutter war schneller als ich, weil sie im Wohnzimmer gebetet hatte. Ich folgte ihr durch die Diele.
»Wer ist es, Mum?«
Sie antwortete nicht.
»Wer ist es?«
»Geh in die Küche, bis ich dich rufe.«
Ich verzog mich und dachte dabei, daß es entweder die Zeugen Jehovas waren, oder der Mann von der Labour Party. Etwas später hörte ich Stimmen, zornige Stimmen; meine Mutter schien die Person ins Haus gelassen zu haben, was seltsam war, weil sie die Heiden nicht gerne im Haus hatte. »Sie hinterlassen eine ungute Atmosphäre«, sagte sie immer.
Ich erinnerte mich an etwas, was Mrs. White während des Unzucht-Vorfalls getan hatte. Ich steckte die Hand in den Vorratsschrank für den Kriegsfall, noch hinter das Eipulver, fand ein Weinglas und hielt es an die Wand. Es funktionierte. Ich konnte jedes Wort hören. Fünf Minuten später stellte ich das Glas weg, nahm den Hund in die Arme und weinte und weinte und weinte.

Irgendwann kam meine Mutter herein.

»Sie ist weg.«

»Ich weiß, wer sie ist, warum hast du mir nichts davon gesagt?«

»Es hat nichts mit dir zu tun.«

»Sie ist meine Mutter.«

Kaum daß ich das gesagt hatte, bekam ich einen Schlag, der sich um meinen Kopf wickelte wie ein Verband. Ich lag auf dem Boden und sah in das Gesicht hinauf.

»Ich bin deine Mutter«, sagte sie sehr ruhig. »Sie war nur ein Tragegefäß.«

»Ich hätte sie gerne gesehen.«

»Sie ist weg, und sie wird nie wieder zurückkommen.«

Meine Mutter drehte sich um und schloß sich in der Küche ein. Ich konnte nicht denken, und ich konnte nicht atmen, also fing ich an zu laufen. Ich lief die lange, sich hinziehende Straße hinauf, an deren Fuß die Stadt und an deren Spitze der Hügel lag. Es war um Ostern herum, und das Kreuz auf dem Hügel ragte groß und schwarz über mir auf. »Warum hast du es mir nicht gesagt?« schrie ich das angestrichene Holz an, und ich schlug mit den Händen auf das Holz ein, bis die Hände von selbst wieder herabsanken. Als ich auf die Stadt hinuntersah, hatte sich nichts verändert. Winzige Gestalten bewegten sich hin und her, und die Fabrikschornsteine stießen ihre üblichen, feierlichen Rauchsignale aus. Auf Ellisons Gelände hatten sie angefangen, den Rummel aufzubauen. Wie war das möglich? Ich hätte lieber auf ein neues Eiszeitalter hinabgeblickt als auf diese vertrauten Dinge.

Als ich an diesem Tag nach Hause kam, saß meine Mutter vor dem Fernseher. Sie sprach nie über das, was vorgefallen war, und ich tat es auch nicht.

Melanie zu kennen war eine viel glücklichere Sache, weshalb also fing ich an, mich so unbehaglich zu fühlen? Und weshalb sagte ich meiner Mutter nicht immer, wo ich die Nacht verbrachte? Es war für unsere Kirche ganz normal, daß man Zeit, Tage und Nächte, in den Häusern der anderen verbrachte. Bevor Elsie krank wurde, schlief ich oft bei ihr, und ich glaube, sie wußte, wo ich in den Nächten war, in denen ich nicht bei ihr auftauchte. Melanie und ich übernachteten manchmal zusammen bei ihr, lange, schlaflose Nächte, bis das Licht das Fenster füllte und Elsie uns Kaffee brachte. »Worüber redet ihr bloß die ganze Zeit?« schimpfte sie, wenn wir uns total übermüdet durch das Frühstück gähnten. »Aber ich war früher ganz genauso.«

Jetzt, wo Elsie im Krankenhaus war, mußten wir vorsichtiger sein. Einmal schliefen wir bei mir, und meine Mutter machte sehr sorgfältig das Klappbett in meinem Zimmer zurecht.

»Das brauchen wir nicht«, sagte ich zu ihr.

»Doch, tut ihr«, sagte sie.

Mitten in der Nacht, ungefähr um zwei, als der World Service vorbei war, hörten wir, wie sie langsam die Treppe heraufkam, um ins Bett zu gehen. Ich hatte gelernt, mich schnell zu bewegen. Sie blieb ein paar Augenblicke vor meiner Tür stehen und stieß sie dann ganz plötzlich auf. Ich konnte nur die geflochtene Borte am Saum ihres Morgenmantels sehen. Niemand rührte sich, dann war sie wieder weg. Sie ließ ihre Lampe die ganze Nacht über brennen. Kurz danach beschloß ich, ihr zu erzählen, wie ich mich fühlte. Ich erklärte ihr, wie gerne ich mit Melanie zusammen war, daß ich mit ihr reden konnte, daß ich genau so eine Freundin brauchte. Und ... Und ... Aber ich schaffte es nicht, über dieses *Und* zu reden ... Meine Mutter war sehr still gewesen und hatte gelegentlich mit dem Kopf genickt, so daß ich dachte, sie hätte wenigstens einen Teil verstanden. Als ich fertig war, gab ich ihr einen kleinen Kuß, was sie, wie ich glaube, ein wenig überraschte; normalerweise berührten wir uns nie, außer im Zorn. »Geh jetzt schlafen«, sagte sie und griff nach ihrer Bibel.

Seitdem hatten wir kaum miteinander gesprochen. Sie machte einen irgendwie abwesenden Eindruck, und ich hatte meine eigenen Sorgen. Heute war sie zum ersten Mal wieder ihr altes, geschäftiges Selbst, und offensichtlich hatte sie Bedürfnis nach Gesellschaft, wenn Mrs. White im Haus war. Ich wollte wissen, was sie in diese gute Laune versetzt hatte, also ging ich den Hügel wieder hinunter, während der Hund schnüffelnd hinter mir hertrottete.

»Hallo«, rief ich, als ich mir die Füße auf der Matte abtrat. Im Haus war es still. Sie mußte inzwischen da gewesen sein, weil ihre Bibel und ihre Schachtel mit den Verheißungen auf dem Wohnzimmertisch lagen. Sie hatte eine der Verheißungen herausgenommen. Ich las den zusammengerollten Zettel. »Der Herr ist deine Stärke und dein Schild.« Mrs. Whites Mantel war verschwunden, aber sie hatte ihren Spüllappen auf dem Stuhl vergessen. Ich brachte ihn in die Küche. Auf dem Schrank lag ein Zettel. »Bin über Nacht bei Mrs. White. Sei morgen früh in der Kirche.«

Nun übernachtete meine Mutter nie bei anderen Leuten, außer, wenn sie nach Wigan fuhr, um dort für den Herrn zu wirken. Aber mir sollte es recht sein; dadurch konnte ich zu Melanie gehen und bei ihr schlafen. Ich fütterte den Hund, wusch mir die Hände und zog los. Wie immer, wenn ich kein Geld für den Bus hatte, ging ich die zwei Meilen über den Friedhof und hinten um das Elektrizitätswerk herum.

Melanie arbeitete im Garten.

»Was macht deine Mum heute abend?« fragte ich.

»Sie geht ins Lokal und übernachtet dann bei Tante Irene.«

»Und was hast du vor?« fuhr ich fort, während ich ein bißchen Unkraut ausrupfte.

Sie lächelte mich mit diesen wunderschönen, katzengrauen Augen an und zupfte an ihren Gummihandschuhen.

»Den Kessel für eine Wärmflasche aufstellen.«

In dieser Nacht sprachen wir lange über unsere Pläne. Melanie hatte ernsthaft vor, Missionarin zu werden, obwohl das eigentlich meine Bestimmung war.

»Was gefällt dir eigentlich nicht daran?« wollte sie wissen.

»Ich kann heiße Gegenden nicht ausstehen, das ist alles, letztes Jahr habe ich sogar in Paignton einen Sonnenstich bekommen.«

Wir waren still, und ich zeichnete die Linie ihrer herrlichen Knochen und das Dreieck ihrer Bauchmuskeln nach. Was ist es bloß, was Intimität so sehr beunruhigend macht?

Beim Frühstück am nächsten Morgen erzählte sie mir, sie habe vor, an die Uni zu gehen und Theologie zu studieren. Ich hielt das für keine gute Idee, wegen der vielen modernen Irrlehren. Sie war der Meinung, daß sie

verstehen müsse, wie andere Menschen die Welt sahen.
»Aber du weißt doch, daß sie im Unrecht sind«, beharrte ich.
»Ja, aber es könnte trotzdem interessant sein, mach jetzt, sonst kommen wir noch zu spät in die Kirche. Du mußt heute nicht predigen, oder?«
»Nein«, sagte ich. »Ich war zwar eingeteilt, aber sie haben es geändert.«
Wir wuselten durch die Küche, und ich stellte mich auf die Treppe, um sie zu küssen.
»Ich liebe dich fast so sehr wie ich den Herrn liebe«, lachte ich.
Sie sah mich an, und einen Augenblick lang bewölkten sich ihre Augen. »Ich weiß nicht«, sagte sie.
Als wir die Kirche betraten, hatte das erste Lied schon angefangen. Meine Mutter funkelte mich böse an, und ich versuchte, ein entschuldigendes Gesicht zu machen. Wir zwängten uns neben Miss Jewsbury, die mir zuflüsterte, ich solle ganz ruhig bleiben.
»Was meinen Sie damit?« flüsterte ich zurück.
»Komm nachher zu mir, damit wir reden können«, zischte sie. »Aber erst, wenn wir außer Sicht sind.«
Ich entschied, daß sie verrückt geworden war. Die Kirche war wie immer sehr voll, und jedes Mal, wenn ich den Blicken der anderen begegnete, lächelten oder nickten sie. Es machte mich glücklich. Es gab keinen Ort, wo ich lieber gewesen wäre. Als das Lied vorbei war, rutschte ich näher an Melanie heran und versuchte, mich auf den Herrn zu konzentrieren. »Melanie ist ein Geschenk des Herrn«, dachte ich, »und es wäre undankbar, sie nicht zu würdigen.« Ich war immer noch tief in diese Überlegungen versunken, als ich merkte, daß etwas Beunruhigendes im Gange war. In der Kirche

war es sehr still geworden, und der Pastor stand auf der unteren Plattform, und neben ihm meine Mutter. Sie weinte. Ich spürte einen stechenden Schmerz an den Fingerknöcheln; es war Melanies Ring. Dann zog Miss Jewsbury mich hoch und sagte: »Ganz ruhig bleiben, ganz ruhig bleiben«, und dann ging ich neben Melanie nach vorne. Ich warf ihr einen Blick zu. Sie war blaß.

»Diese Kinder Gottes«, fing der Pastor an, »sind dem Teufel anheimgefallen.«

Seine Hand legte sich heiß und schwer auf mein Genick. Die Gemeindemitglieder sahen aus wie Wachsfiguren.

»Diese Kinder Gottes sind ihren Gelüsten anheimgefallen.«

»Einen Augenblick…« fing ich an, aber er beachtete mich nicht.

»Diese Kinder sind voll der Dämonen.«

Ein Schrei des Entsetzens lief durch die Gemeinde.

»Das bin ich nicht«, schrie ich. »Und sie ist es auch nicht.«

»Hört die Stimme Satans«, sagte der Pastor zur Kirche und deutete dabei auf mich. »Wie die Besten doch zu den Schlimmsten werden können.«

»Was ist denn bloß los?« fragte ich, der Verzweiflung nahe.

»Leugnest du, daß du diese Frau mit einer Liebe liebst, die Mann und Frau vorbehalten ist?«

»Nein, ja, ich meine, natürlich liebe ich sie.«

»Ich will dir die Worte des heiligen Paulus vorlesen«, verkündete der Pastor, und das tat er, und dazu viele weitere Worte über unnatürliche Leidenschaften und die Zeichen des Teufels.

»Den Reinen ist alles rein«, schrie ich ihn an. »Ihr seid es, nicht wir.«

Er drehte sich zu Melanie um.

»Versprichst du, diese Sünde aufzugeben und den Herrn zu bitten, dir zu verzeihen?«

»Ja.« Sie zitterte unkontrollierbar. Ich konnte kaum hören, was sie sagte.

»Dann geh mit Mrs. White in die Sakristei, und die Ältesten werden kommen und für dich beten. Es ist nicht zu spät für jene, die wahrhaft bereuen.«

Er drehte sich zu mir um.

»Ich liebe sie.«

»Dann liebst du den Herrn nicht.«

»Doch, ich liebe sie beide.«

»Das kannst du nicht.«

»Doch, doch, lassen Sie mich gehen.« Aber er packte meinen Arm und hielt mich fest.

»Die Kirche wird nicht zusehen, wie du leidest, geh nach Hause und warte darauf, daß wir dir helfen.«

Ich rannte auf die Straße, außer mir vor Verzweiflung. Miss Jewsbury wartete auf mich.

»Komm«, sagte sie energisch. »Wir trinken einen Kaffee und überlegen uns, was du jetzt am besten tust.«

Ich ging mit, aber ich dachte nur an Melanie und ihre Schönheit.

Als wir Miss Jewsburys Haus erreichten, knallte sie den Kessel auf den Gasherd und schob mich vor den Kamin. Meine Zähne klapperten, und ich konnte nicht sprechen.

»Ich kenne dich seit Jahren, und du hattest schon immer einen eigenen Kopf, warum bist du nicht ein bißchen vorsichtiger gewesen?«

Ich starrte in die Flammen.

»Niemand hätte etwas erfahren müssen, wenn du nicht versucht hättest, es dieser unmöglichen Mutter von dir zu erklären.«

»Sie ist in Ordnung«, murmelte ich mechanisch.

»Sie ist verrückt«, antwortete Miss Jewsbury mit sehr sicherer Stimme.

»Ich habe ihr nicht alles gesagt.«

»Sie ist eine Frau von Welt, auch wenn sie es mir gegenüber niemals zugeben würde. Sie kennt sich mit Gefühlen aus, vor allem mit denen von Frauen.«

Das war ein Thema, auf das ich nicht näher eingehen wollte.

»Wer hat Ihnen gesagt, was los ist?« fragte ich abrupt.

»Elsie«, sagte sie.

»Elsie?« Das war zuviel.

»Sie hat versucht, dich zu schützen, und als sie das letzte Mal krank wurde, hat sie es mir gesagt.«

»Wieso?«

»Weil es auch mein Problem ist.«

In diesem Augenblick dachte ich, der Teufel würde kommen und mich davontragen. Mir war schwindlig.

Was um alles in der Welt meinte sie damit? Melanie und ich waren etwas Besonderes.

»Trink das hier.« Sie gab mir ein Glas. »Es ist Brandy.«

»Ich glaube, ich muß mich hinlegen«, sagte ich mit schwacher Stimme.

Ich weiß nicht, wie lange ich schlief, die Vorhänge waren zugezogen, und meine Schultern fühlten sich sehr steif an. Zuerst konnte ich mich nicht daran erinnern, weshalb mein Kopf schmerzte, aber dann, als die Panik in meinem Magen deutlicher wurde, fing ich an, über die Ereignisse des Vormittags nachzudenken.

Miss Jewsbury kam herein.

»Fühlst du dich besser?«

»Nicht viel«, seufzte ich.

»Vielleicht hilft das hier.« Und sie fing an, meinen Kopf und meine Schultern zu streicheln. Ich drehte mich um, damit sie meinen Rücken erreichen konnte. Ihre Hand glitt immer tiefer. Sie beugte sich über mich; ich konnte ihren Atem an meinem Hals spüren. Plötzlich rollte ich mich herum und küßte sie. Wir liebten uns, und ich haßte es und haßte es, konnte aber nicht aufhören.

Es war Morgen, als ich nach Hause schlich. Ich hatte vor, sofort in die Schule zu gehen und hoffte, von niemand bemerkt zu werden. Ich rechnete damit, daß meine Mutter noch im Bett sein würde. Ich irrte mich. Es roch intensiv nach Kaffee, und aus dem Wohnzimmer drangen Stimmen. Als ich auf Zehenspitzen vorbeischlich, wurde mir klar, daß sie eine Gebetsversammlung abhielten. Ich suchte meine Sachen zusammen und wollte mich schnell wieder davonmachen. Auf dem Weg nach draußen erwischten sie mich.

»Jeanette«, rief eine der Ältesten und zerrte mich ins Wohnzimmer. »Unsere Gebete sind erhört worden.«

»Wo hast du die ganze Nacht gesteckt?« fragte meine Mutter ungnädig.

»Ich kann mich nicht erinnern.«

»Bei dieser Miss Jewsbury, möchte ich wetten.«

»Oh, sie ist nicht heilig«, piepste Mrs. White.

»Nein«, sagte ich zu allen, »nicht bei ihr.«

»Das spielt doch keine Rolle«, drängte der Pastor. »Sie ist hier, und es ist noch nicht zu spät.«

»Ich muß in die Schule.«

»Keineswegs, keineswegs«, lächelte der Pastor. »Komm her und setz dich.«

Meine Mutter schob mir ganz in Gedanken den Teller mit den Keksen zu. Es war halb neun morgens.

Es war zehn Uhr abends, als die Ältesten endlich nach Hause gingen. Sie hatten den Tag damit verbracht, für mich zu beten, mir die Hände aufzulegen, mich zu drängen, meine Sünden vor dem Herrn zu bereuen.

»Entsage ihr, entsage ihr«, wiederholte der Pastor immer wieder. »Es ist nur der Teufel.«

Meine Mutter kochte einen Tee nach dem anderen und vergaß, die schmutzigen Tassen abzuwaschen. Das Wohnzimmer war voller Tassen. Mrs. White setzte sich auf eine und verletzte sich, jemand anderes stieß seine um, aber sie hörten nicht auf. Ich konnte immer noch nicht denken, konnte nur Melanies Gesicht und Melanies Körper sehen, und hin und wieder die Umrisse von Miss Jewsbury, die sich über mich beugte.

Um zehn Uhr stieß der Pastor einen abgrundtiefen Seufzer aus und gab mir eine letzte Chance.

»Ich kann nicht«, sagte ich. »Ich kann einfach nicht.«

»Wir kommen übermorgen zurück«, vertraute er meiner Mutter an. »Bis dahin dürfen Sie sie nicht aus diesem Zimmer lassen und ihr nichts zu essen geben. Sie muß ihre Kraft erst verlieren, bevor sie sie wiederfinden kann.«

Meine Mutter nickte, nickte, nickte und sperrte mich ein. Sie gab mir zwar eine Decke, nahm aber dafür die Glühbirne mit. In den sechsunddreißig Stunden, die folgten, dachte ich über Dämonen und über ein paar andere Dinge nach.

Ich wußte, daß Dämonen sich überall dort einschleichen, wo sich eine schwache Stelle zeigt. Falls ich einen Dämon hatte, so war Melanie meine schwache Stelle, aber sie war schön und gut und hatte mich geliebt.

Kann Liebe wirklich den Dämonen gehören?

Was für einer Art von Dämon? Dem braunen Dämon, der das Ohr betört? Dem roten Dämon, der Matrosentänze tanzt? Dem wäßrigen Dämon, der Krankheit verursacht? Dem orangen Dämon, der betört und bezaubert? Jeder hat einen Dämon, so wie eine Katze Flöhe hat.

»Sie suchen an der falschen Stelle«, dachte ich. »Wenn sie meinen Dämon kriegen wollen, müssen sie erst mich kriegen.«

Ich dachte an William Blake.

»Wenn ich ihnen erlaube, mir meinen Dämon wegzunehmen, muß ich aufgeben, was ich gefunden habe.«

»Das kannst du nicht machen«, sagte eine Stimme neben mir.

Es war der orange Dämon, der sich über den Couchtisch beugte.

»Ich bin verrückt geworden«, dachte ich.

»Möglich«, stimmte der Dämon mir ungerührt zu. »Also mach das Beste daraus.«

Ich ließ mich schwer gegen die Rückenlehne der Couch fallen. »Was willst du?«

»Ich will dir helfen, dich zu entscheiden, was du willst.«

Und die Kreatur hüpfte auf den Kaminsims und setzte sich auf Pastor Spratts Messingkrokodil.

»Jeder hat einen Dämon, wie du so richtig beobachtet hast«, fing das Ding an, »aber nicht jeder weiß es, und nicht jeder weiß, wie man sich diese Tatsache zunutze macht.«

»Dämonen sind doch böse, oder?« fragte ich besorgt.

»So kann man das nicht sagen, sie sind einfach anders, und schwierig. Weißt du, was eine Aura ist?«

Ich nickte.

»Nun, was für einen Dämon man bekommt, hängt von der Farbe der Aura ab, die man hat. Deine ist orange, was der Grund dafür ist, daß du mich bekommen hast. Der Dämon deiner Mutter ist braun, was der Grund dafür ist, daß sie so seltsam ist, und der von Mrs. White ist eigentlich gar keiner. Wir sind da, um dafür zu sorgen, daß ihr ganz bleibt, in einem Stück, wenn ihr uns ignoriert, kann es leicht passieren, daß ihr in zwei Stücke zerbrecht, oder in viele Stücke, es ist alles Teil des Paradoxons.«

»Aber in der Bibel werdet ihr ständig ausgetrieben.«

»Du darfst nicht alles glauben, was du liest.«

Ich fing wieder an, mich krank zu fühlen, also zog ich meine Socken aus und stopfte mir die Zehen in den Mund, um mich zu trösten. Sie schmeckten nach Vollkornkeksen. Anschließend ging ich ans Fenster und zerdrückte ein paar Geranienknospen, um das Plop zu hören, mit dem sie platzten. Als ich mich wieder setzte, leuchtete der Dämon sehr hell und war damit beschäftigt, das Krokodil mit seinem Taschentuch zu polieren.

»Was für ein Geschlecht hast du eigentlich?«

»Das ist doch egal, oder? Schließlich ist das dein Problem.«

»Was wird passieren, wenn ich dich behalte?«

»Du wirst eine schwierige, andere Zeit haben.«

»Ist es das wert?«

»Das mußt du entscheiden.«

»Werde ich Melanie behalten?«

Aber der Dämon war verschwunden.

Als der Pastor und die Ältesten zurückkamen, war ich ruhig, heiter und bereit, zu akzeptieren.

»Ich bereue«, sagte ich, sobald sie das Wohnzimmer betreten hatten. Der Pastor schien überrascht.

»Bist du sicher?«

»Sicher.« Ich wollte es so schnell wie möglich hinter mich bringen, außerdem hatte ich seit zwei Tagen nichts gegessen.

Die Ältesten knieten nieder, um zu beten, und ich kniete mich neben sie. Dann fing jemand an, in Zungen zu reden, und genau in diesem Augenblick fühlte ich ein Prickeln im Nacken.

»Geh weg«, zischte ich. »Sie werden dich sehen.« Ich klappte ein Auge auf, um mich zu vergewissern.

»Die doch nicht«, antwortete der Dämon. »Sie reden zwar viel, aber sie sehen nichts.«

»Ich will dich nicht loswerden, das hier ist bloß die beste Methode, die mir eingefallen ist.«

»Oh, kein Problem«, trillerte der Dämon. »Ich bin nur zufällig vorbeigekommen.«

Inzwischen waren die Ältesten damit beschäftigt, *Jesus, meine Zuversicht* zu singen, und ich hielt es für das Beste, einzustimmen. Das Ganze war wirklich sehr schnell vorbei, und meine Mutter hatte einen Braten im Backofen.

»Ich hoffe, daß du am Sonntag Zeugnis ablegen wirst«, sagte der Pastor und umarmte mich.

»Ja«, sagte ich, plattgequetscht. »Und was ist mit Melanie?«

»Sie ist weggefahren«, warf Mrs. White ein. »Um sich zu erholen. Du wirst sehen, in ein paar Wochen geht es ihr viel besser.«

»Wo ist sie hin?« wollte ich wissen.

»Mach dir darüber keine Gedanken«, sagte der Pastor beschwichtigend. »Sie ist im Herrn gut aufgehoben.«

Sobald alle weg waren, ging ich zu Miss Jewsbury.
»Wissen Sie, wo sie ist?«
Sie machte die Tür weit auf. »Das erzähle ich dir später.«

Melanie war zu Verwandten nach Halifax gefahren. Ich
sagte meiner Mutter, daß ich die Nacht in der Kirche
verbringen würde. Sie schien zu verstehen, und ich ließ
mich von Miss Jewsbury die fünfundzwanzig Meilen
dorthin fahren, wo ich sein mußte.
»Und Sie holen mich morgen früh um sieben wieder
ab?«
Sie nickte und biß sich auf die Lippen.
»Sie wissen, daß ich sie sehen muß, mich vergewissern
muß, daß ich außer Gefahr bin.«
Sobald es anfing, dunkel zu werden, klingelte ich an der
Tür.
»Ist Melanie da?« fragte ich die Frau. »Ich bin eine
Schulfreundin von ihr.«
»Ja, komm rein.«
»Nein, vielen Dank. Ich will ihr nur etwas ausrichten,
falls sie einen Augenblick rauskommen kann.« Melanie
kam an die Tür. Als sie mich sah, versuchte sie, sie zu-
zuschlagen.
»Ich muß mit dir reden«, bettelte ich. »Geh in einer hal-
ben Stunde rauf, ich gehe sofort rauf und warte auf
dich.« Sie nickte und ließ mich an sich vorbeischlüpfen.
Ich hörte, wie sie sehr laut auf Wiedersehen sagte und
die Tür zumachte. Niemand schien sich etwas dabei zu
denken.
Es war eine Krise, und wieder einmal schlief ich ein.
Vor mir lag eine große, steinerne Arena, stellenweise
zerfallen, aber immer noch erkennbar rund. Am hinte-

ren Ende wurden Männer und Frauen lastwagenweise auf das Gras gekippt; die meisten von ihnen waren verstümmelt, alle hatten Zahlen um den Hals hängen, und ich hörte einen Wächter sagen: »Das hier ist eure neue Adresse.« Die Gefangenen waren sehr still und gingen widerstandslos zu einem massiven steinernen Turm. Im Inneren des Turms gab es kleine Nischen mit Zahlen, die den Zahlen entsprachen, die die Gefangenen um den Hals trugen. In der Mitte des Turms schlängelte sich eine eiserne Wendeltreppe immer höher hinauf; ich fing an, zusammen mit vielen anderen hinaufzusteigen, aber jedesmal, wenn wir an einer der Nischen vorbeikamen, versuchte ihr Insasse, uns hinunterzustoßen. Ich war die einzige, die noch übrig war, als die Treppe vor einer Glastür endete. Die Buchstaben auf der Tür lauteten BUCHLADEN: GEÖFFNET. Ich ging hinein. Drinnen gab es eine Verkäuferin, mehrere Käufer und Schmökerer, und eine Gruppe junger Frauen, die den *Beowulf* übersetzten.

»Hallo«, rief die Verkäuferin. »Du fängst am besten bei den Schmökerern an und übernimmst dann später den Platz eines der Mädchen, wenn es Zeit ist, die Plätze zu wechseln.«

»Wo bin ich?«

»Wo alle sind, die die endgültige Entscheidung nicht treffen können, dies ist die Stadt der Vertanen Chancen, und dies das Zimmer der Endgültigen Enttäuschung. Du kannst so hoch hinaufklettern wie du willst, wenn du vorher den Fundamentalen Fehler begangen hast, endest du hier, in diesem Zimmer. Du kannst deine Rolle ändern, aber niemals deine Umstände. Dafür ist es jetzt zu spät, tüdelüdelü, ich werde mich gleich in eine Käuferin verwandeln.«

»Jeanette«, sagte Melanie, »ich glaube, du hast Fieber.«
Sie saß neben mir und trank eine Tasse Tee. Sie sah
müde und zerknittert aus, wie ein Ballon voll alter Luft.
Ich berührte ihre Wange, aber sie zuckte zusammen
und wich vor mir zurück.
»Was haben sie mit dir gemacht?« fragte ich.
»Nichts, ich habe bereut, und sie haben gesagt, ich
soll versuchen, eine Woche wegzufahren. Wir können uns nicht sehen, es ist falsch.« Sie fing an, an der
Steppdecke herumzuzupfen. Und ich konnte es nicht
länger ertragen. Ich glaube, wir weinten uns gegenseitig in den Schlaf, aber irgendwann in der Nacht
streckte ich die Arme nach ihr aus und küßte sie und
küßte sie, bis wir beide schwitzten und weinten, mit
ineinander verschlungenen Körpern und verquolle-
nen Gesichtern. Sie schlief noch, als ich Miss Jewsburys
Hupe hörte.

Als nächstes bekam ich Drüsenfieber.
»Es sind ihre Körpersäfte«, verkündete meine Mutter.
Jedenfalls waren die Gläubigen der festen Überzeugung, daß Gott dabei war, mich von all meinen Dämonen zu reinigen, und es gab keinen Zweifel daran, daß
man mich im Schoß der Gemeinde willkommen heißen
würde, sobald ich wieder gesund war.
»Der Herr vergibt und vergißt«, sagte der Pastor zu
mir.
Mag sein, daß der Herr dies tut, meine Mutter tat es
nicht. Während ich im Wohnzimmer lag und zitterte,
durchsuchte sie mein Zimmer mit einem sehr feinen
Kamm und fand alle Briefe, alle Karten, alle Aufzeich-
nungen, die ich mir gemacht hatte, und verbrannte sie

eines Abends im Hof hinter dem Haus. Es gibt verschiedene Arten von Gemeinheit, aber ein Verrat ist ein Verrat, wo immer man ihn findet. Sie verbrannte an jenem Abend auf dem Hof weit mehr als nur ein paar Briefe. Ich glaube nicht, daß sie sich dessen bewußt war. In ihren eigenen Augen war sie immer noch die Königin, aber nicht mehr meine Königin, nicht mehr die Weiße Königin. Mauern schützen, und Mauern engen ein. Es liegt in der Natur von Mauern, daß sie einstürzen müssen. Daß Mauern einstürzen, ist die Konsequenz, die sich ergibt, wenn man sein eigenes Loblied singt.

Die Verbotene Stadt liegt geplündert danieder, und die unermeßlich hohen Türme sind dahin. Nur ein Steinwurf trennt den Schwarzen Prinzen von Amiens, und an diesem Tag würde ein Kieselstein einen Krieger fällen. Die alten Männer, die sabbernd und dicht gedrängt auf jeder dieser Bänke hocken, erzählen dir, wo einst das Haus ihrer Liebsten stand, erzählen dir, wie ihr Garten wuchs und gedieh, und wie sie selbst tagtäglich den Weg zu ihrer Tür einschlugen.
Sie hatte ein Herz aus Stein.
Wer wirft den ersten Stein?
Wo die Welt im Osten endet, wirst du einen steinernen Löwen finden, und im Westen einen steinernen Greif. In der nördlichen Ecke versetzt ein steinerner Turm dich in Erstaunen, und im Süden ein schmutziger Strand für deine Füße. Hab keine Angst. Dies sind die Vorväter. Verwittert und weise wie sie sind, solltest du sie respektieren, aber sie sind nicht die immerwährende Substanz. Der Körper, der einen Geist enthält, ist der eine, wahre Gott.

Es liegt in der Natur von Steinen, Knochen zu verwandeln.

Früher oder später wirst du vor der Wahl stehen: du oder die Wand.

Goggelmoggel saß auf der Wand.

Goggelmoggel fiel in den Sand.

Die Stadt der Vertanen Chancen ist voller Menschen, die die Wand wählten.

Da hat der König all seine Reiter gesandt.

Doch Goggelmoggel schafft keiner mehr zurück auf die Wand.

Ist es folglich notwendig, das Land ungeschützt zu durchwandern?

Es ist notwendig, den Kreidekreis von der Steinwand zu unterscheiden.

Ist es notwendig, ohne Heim zu sein?

Es ist notwendig, die Physik von der Metaphysik zu unterscheiden.

Und doch sind viele der Prinzipien dieselben.

Richtig, aber in den Städten des Inneren sind alle Dinge verändert.

Eine Wand für den Körper, ein Kreis für die Seele.

»Hier«, sagte meine Mutter und gab mir einen Rippenstoß. »Ein bißchen Obst. Du hast schon wieder im Schlaf geredet.«

Es war eine Schüssel mit Orangen.

Ich nahm die größte heraus und versuchte, sie zu schälen. Die Schale klammerte sich hartnäckig fest, und kurz darauf lag ich keuchend da, wütend und geschlagen. Wie wäre es mit Trauben oder Bananen? Schließlich gelang es mir, die äußere Hülle abzureißen, dann legte ich beide Hände um die Frucht und fetzte sie auseinander.

»Geht es dir besser?« Es war der orange Dämon, der in der Mitte der Frucht saß.

»Ich werde sterben.«

»Du doch nicht, ganz im Gegenteil, du befindest dich auf dem Weg der Besserung, abgesehen von ein paar kleineren Halluzinationen, und vergiß nicht, du hast deine Wahl getroffen, es gibt jetzt kein Zurück mehr.«

»Was redest du da? Ich habe überhaupt keine Wahl getroffen.« Ich versuchte, mich aufzusetzen.

»Fang«, rief der Dämon und verschwand. In meiner Hand lag ein rauher brauner Kieselstein.

Als es Sommer wurde, war ich wieder mein altes Selbst. Melanie war weggegangen, bevor sie mit dem Studium anfangen wollte, und ich bereitete meine Predigten für eine Zeltmission vor, die wir für Blackpool geplant hatten. Niemand erwähnte den VORFALL, und niemand schien zu bemerken, daß Miss Jewsbury ihre Oboe eingepackt hatte und verschwunden war. Meine Mutter verbrachte den größten Teil ihrer Zeit damit, *Wir danken Gott für seine Gaben* zu singen und Konservendosen für das Erntedankfest zu sammeln. Aufgrund des Holocaust mißbilligte sie alles Verderbliche und hatte es sich zur Aufgabe gesetzt, die anderen Kirchendamen dazu zu bringen, Beiträge zu einem riesigen Vorratsschrank für den Kriegsfall beizusteuern, der unter der Sakristei angelegt werden sollte. »Wenn es soweit ist, werden sie es mir danken«, sagte sie immer.

Und so kletterten wir eines schönen Sommertages in den Bus und fuhren nach Blackpool.

»Ich wäre froh, wir hätten Elsie mit ihrem Akkordeon dabei«, seufzte Mrs. Rothwell.

»Sie ist da, wo sie ist, besser aufgehoben«, antwortete meine Mutter ziemlich scharf.

Früher hätte ich mir bei diesen Bemerkungen nichts weiter gedacht, jetzt war es nicht mehr so einfach. Ich hatte mir oft überlegt, sie zu fragen, sie dazu zu bringen, mir zu erklären, wie sie die Welt sah. Ich hatte mir immer eingebildet, daß wir die Dinge auf genau dieselbe Weise sahen, dabei waren wir die ganze Zeit über auf verschiedenen Planeten gewesen. Ich ging nach hinten, um May bei ihrem Totoschein zu helfen. Meine Mutter fühlte sich durch meinen Abgang offensichtlich zurückgesetzt und vergrub sich in ihrer *Fahne der Hoffnung*.

»Ein komischer Vogel, deine Mutter«, sagte May säuerlich. Inzwischen war ich bereit, ihr zuzustimmen.

Unsere erste Versammlung an diesem Abend war ein voller Erfolg.

Ich war zur Predigt eingeteilt, und wie üblich fand eine große Zahl den Herrn.

»Sie hat nichts von ihren Gaben verloren, was?« grinste May meine Mutter an.

»Weil ich sie gerade noch rechtzeitig erwischt habe, deshalb«, war alles, was meine Mutter dazu sagen konnte, und sie ging in die Pension zurück. Als sie und noch ein paar andere weg waren, beschloß der Rest von uns, den Herrn zu preisen. Wir holten unsere Tamburine und Noten hervor und priesen bis tief in die Nacht hinein. Gegen elf Uhr bauschte sich der Zelteingang, und wir hörten ein großes Getöse auf der Wiese draußen.

»Es ist der Heilige Geist«, rief May.

»Für mich hört es sich nicht heilig an«, erklärte Mrs. White.

»Was sollen wir tun?« flüsterte eine der Frischbekehrten mir zu. Ich legte meinen Arm um sie. Sie war sehr weich. »Ich sehe mal nach«, beruhigte ich alle.

»Wenn es der Herr ist, sieh bloß nicht hin«, rief May mir hinterher, als ich durch den Eingang verschwand.

Es war nicht der Herr, es waren fünf wütende Männer aus dem nahe gelegenen Gasthaus. Sie hatten Laternen und Papiere dabei, mit denen sie vor mir herumfuchtelten.

»Sind Sie hier verantwortlich?«

»So könnte man es ausdrücken. Ich leite die Gebetsversammlung, kommen Sie doch rein.« Sie folgten mir ins Zelt.

»Wir wollen nichts von keiner Gebetsversammlung wissen...« fing einer von ihnen an.

»Möge der Herr Sie in Grund und Boden schmettern«, zischte Mrs. Rothwell, die gerade aufgewacht war.

»Das einzige, was wir wollen«, fuhr er fort, während er uns mit bösen Blicken anfunkelte, »ist eine anständige Nachtruhe für anständige Leute. Wir machen hier Ferien und wollen nicht, daß irgendwelche dahergelaufenen Brüder und Schwestern rumtrommeln und rumkreischen, daß selbst die Toten aufwachen.«

»Am Tag des Gerichts werden die Toten auferstehen, und Sie werden bei den Böcken sein«, sagte May aufgebracht.

»Jetzt hören Sie mir aber mal gut zu.« Einer von ihnen trat vor und hielt ihr seinen Zettel unter die Nase. »Hier in dieser Hausordnung steht, daß nach elf Uhr auf dem Gelände des Gasthofs Ruhe zu herrschen hat. Und die

Wiese, auf der Sie sich befinden, gehört zum Gelände.«

»Setzen Sie sich doch einfach zu uns«, schlug ich vor.

»Hören Sie, wir arbeiten das ganze Jahr in der gottverdammten Seilfabrik in diesem gottverdammten Wake-
field, und wir sind hier, um endlich mal ein bißchen
Ruhe zu haben. Also entweder hört der Krach auf,
oder –« Einen Augenblick herrschte Stille. Dann:

»Also, los, Jungs, zurück ins Bett.«

»Und jetzt?« hauchte Mrs. White.

»Es hat keinen Sinn«, sagte ich. »Wir werden morgen
weitermachen. Packen wir lieber zusammen.« Und so
packten die Gläubigen ihren fröhlichen Schall zusammen und überließen es der frischbekehrten Katy und
mir, die Lampen auszublasen.

Als ich in die Pension kam, in der meine Mutter und ich
ein Zimmer genommen hatten, hatte sie sich die Kissen
in den Rücken gestopft und las das neue Buch von
Pastor Spratt. Es hieß: *Wo der weiße Mann zu gehen fürchtet.*

»Stell dir vor«, sagte sie. »Sie haben diese weißen Mäuse
mit Sachen gefüttert, die die Indianer essen, und sie
sind alle gestorben.«

»Na und?«

»Na und? Es beweist wieder einmal, daß der Herr für
christliche Länder sorgt.«

»Ich glaube nicht, daß sie Hammelragout besser vertra-
gen hätten.«

»Schande über dich. Danke dem Herrn für seine Güte,
jetzt will ich schlafen.« Und sie knipste ihre Nachttisch-
lampe aus und fing an zu schnarchen.

Was mich anging, so hatte ich andere Dinge, über die
ich nachdenken mußte.

Am folgenden Tag sollten wir uns alle unter dem Turm treffen, um Einladungen für die Versammlung am selben Abend zu verteilen. May hatte sich ein großes Pappschild mit der Aufschrift SUCHET DEN HERRN, SOLANGE ER ZU FINDEN IST umgehängt. Für eine Verteilaktion hatten wir ziemlich viel Erfolg, drei Straßenbekehrungen und mehrere Leute, die versprachen, am Abend wiederzukommen. »Der Nachmittag ist frei«, teilte der Pastor allen mit.

»Wie wäre es mit dem Zoo?« fragte May gut gelaunt. »Ich möchte die kleinen Äffchen sehen.«

»Sie kommt mit mir auf den Turm«, verkündete meine Mutter unnachgiebig. »Es gibt eine Ausstellung berühmter Filmstars.«

»Ich gehe auf der Promenade spazieren«, erklärte ich den beiden und machte mich auf den Weg.

Katy saß im Liegestuhl, und Katy sah in die Sonne.
Katy aß ein Eis am Stiel, und Katy war eine Wonne.

»Hallo.« Ich setzte mich neben sie. »Wohnst du in der Nähe?«

»Nein, ich bin mit der Straßenbahn gekommen, ich habe mir gedacht, ich bin lieber rechtzeitig für heute abend da.«

»Aber zu Hause wohnst du nicht weit von unserer Kirche weg, oder?«

»Nein, wir wohnen in Oswaldtwistle, ein Stück mit dem Bus.«

»Dann sehen wir uns ja auf jeden Fall.«

Sie sah mich einen Augenblick an, und ich hielt es für das Beste, zu gehen und das Versammlungszelt zu inspizieren...

Es war eine glorreiche Woche gewesen. Viele der Seelen, die den Herrn fanden, lebten in der Nähe unserer

Hauptkirche, und die, die von weiter weg stammten, erhielten Empfehlungsschreiben für die Versammlungshäuser in ihrer Nähe. Am letzten Tag unserer Kampagne hielten wir am Strand einen Dankgottesdienst ab, der ein geradezu vollkommener Abschluß gewesen wäre, wäre Mrs. Rothwell nicht auf die Idee gekommen, ganz allein wegzugehen, um mit dem Geist zu kommunizieren. Sie war alt und taub und so versunken, daß sie nicht einmal merkte, daß die Flut herbeigeschlichen kam.

»Sind alle da?« Der Pastor zählte ab, als wir in den Bus stiegen. »Wer hat die Fahne?«

»Ich«, schrie May vom erhöhten Sitz über dem Radkasten.

»Wären das dann alle?« fragte Fred, unser angeheuerter Fahrer.

»Bis auf Mrs. Rothwell.« Alice deutete auf den leeren Sitz.

Wir sahen uns um, und nur durch ein Wunder gelang es uns gerade noch, einen Blick auf Mrs. Rothwells winkenden Arm zu erhaschen, bevor sie in den Wellen versank.

»Ist sie am Winken?« fragte May besorgt.

»Eher am Ertrinken«, rief Fred und schälte sich aus seiner Jacke und seiner Krawatte. »Nur keine Aufregung, ich habe in meiner Jugend sämtliche Abzeichen gewonnen.« Und er donnerte durch die Wellen davon. Der Pastor führte alle unverzüglich im Gebet an, und Mrs. White begann, *Der du in Todesnächten* zu singen. Wir waren kaum bei der dritten Strophe angelangt, als Fred wieder auftauchte, Mrs. Rothwell über der Schulter.

»Fred, ihr Unterrock guckt raus«, entrüstete sich meine Mutter und zupfte so gut sie konnte.

»Wen interessiert schon ihr Unterrock. Sehen Sie sich lieber meine blauen Wildlederschuhe an.«

Sie waren hinüber.

»Ist sie noch unter uns?« unterbrach der Pastor ungeduldig.

»O ja, das bin ich, das bin ich«, jammerte Mrs. Rothwell von irgendwo in der Mitte von Freds Rückgrat. »Und ich dachte, ich wäre inzwischen längst in der Herrlichkeit.«

»Aber Sie haben doch um Hilfe gewunken.«

»Nein, ich habe nur auf Wiedersehen gewunken.«

»Ich habe ja gleich gesagt, daß sie winkt.«

»Gebt ihr doch endlich ein Handtuch«, scheuchte der Pastor alle durcheinander, »damit dieser arme Mann uns nach Hause fahren kann.«

Fred stapfte mit quietschenden Schuhen nach vorne, wobei er irgend etwas von Schadenersatz murmelte, und wieso er sich verdammt noch mal eingemischt hatte, und mit einem Schub von Abgasen waren wir unterwegs.

Das Erntedankfest kam und ging, meine Mutter hatte eine Rekordzahl Dosen für ihren Vorratsschrank für den Kriegsfall zusammengetragen, und es waren immer noch jede Menge übrig, um an die Armen verteilt zu werden. Nicht alle waren zufrieden.

»Was soll ich denn mit vier Dosen schwarze Kirschen in Sirup und diesen eingelegten Wasserkastanien?« schimpfte die blinde Nellie, als ihr mein Vater ihre Tüte brachte. »Früher gab es Brot und Obst und ein schönes Stück Gemüse, nicht diesen neumodischen Firlefanz.« Als meine Mutter das hörte, war sie so wütend, daß sie

Nellie von ihrer Gebetsliste strich. Dafür setzte mein Dad sie auf seine, so daß sie sich genausogut stand. Dann, als der Wind auffrischte und die Nächte länger wurden, richteten wir unsere Gedanken auf die Geburt Christi und darauf, wie wir die Weihnachtsbotschaft am besten erklären sollten. Wie üblich wollten wir uns an der Rathauskrippe beteiligen und uns unter der heidnischen Tanne versammeln, um Weihnachtslieder zu singen. Dies bedeutete regelmäßige Proben mit der Heilsarmee, was immer ein Problem war, weil unsere Tamburinspieler nie im Takt blieben. Dieses Jahr schlug der General vor, ob wir uns nicht lieber auf das Singen beschränken wollten.

»Es heißt schließlich, macht freudigen Schall«, half May seinem Gedächtnis nach.

Als der General es wagte, eine weniger wörtliche Interpretation des betreffenden Psalms vorzuschlagen, gab es einen Tumult. Zum einen war es Ketzerei. Zum anderen war es unhöflich. Und schließlich und endlich bedeutete es Zwietracht in unserer Herde. Einige von uns zeigten sich einsichtig, andere waren außer sich. Wir diskutierten, bis der Tee und die Kekse kamen, dann traf der General seine eigene Entscheidung. Alle, die Tamburin spielen wollten, konnten dies in ihrer eigenen Kirche tun, nicht jedoch auf seinen Proben, und nicht beim eigentlichen Weihnachtssingen.

»Dann gehe ich«, sagte May.

Wir anderen sahen uns an.

»Wir gehen alle«, teilte ich dem General mit. »Vielen Dank für den Tee.«

Wir fanden May in Tränen aufgelöst unter dem Vordach des Versammlungshauses der Quäker.

»Nicht, May, nicht.« Irgend jemand legte den Arm um sie.

»Es hat nichts zu sagen.«

»Nach all der vielen Mühe, die ich hatte«, schluchzte May.

»Es ist doch nur die Heilsarmee. Du bist doch nicht auf die angewiesen.«

»Gehen wir zu mir«, schlug Mrs. White vor, »und machen wir einen Plan.«

An jenem Abend in Mrs. Whites Haus waren wir fest davon überzeugt, daß der Herr uns leitete, der Chor der Schwesternschaft und der Chor der Männerstimmen würden sich zusammentun, und wir würden unseren Platz vor dem Rathaus einnehmen und sogar hinausziehen auf die Straßen und Gassen. Wir hatten vier Tamburinspielerinnen, die alle bei May gelernt hatten, meine Gitarre und meine Mandoline, und möglicherweise das Harmonium meiner Mutter, falls es nicht zu kalt wurde.

»Wir sind doch nicht auf diese Trompeten angewiesen.«

Das nächste Problem war die Frage, wer den Text für das Krippenspiel schreiben sollte. Die Wahl fiel einstimmig auf meine Mutter, wegen ihrer Bildung.

»Sie hat ein derartiges Geschick für Charaktere, das hat man noch nicht gesehen«, sagte May bewundernd.

Meine Mutter errötete, sagte, sie könne nicht, und nahm an. Sie kaufte Schreibmaschinenpapier und ein neues Wörterbuch und sagte zu meinem Dad und mir, wir müßten uns so gut es ging allein behelfen, sie habe für den Herrn zu tun. Den ganzen nächsten Tag saß sie im Wohnzimmer und schrieb und seufzte, umgeben von Käsesandwiches und Bildern von Bethlehem im

Winter. Um vier Uhr drückte sie mir einen fetten Umschlag in die Hand und trug mir auf, ihn per Luftpost abzuschicken.

»Es ist der letzte Posttag für Pastor Spratt.« Damit war sie wieder verschwunden.

Ich war zu sehr mit meiner Bibelgruppe zum Thema Doktrin beschäftigt, um mich groß um meine Mutter zu kümmern. Katy kam seit ihrer Bekehrung im Sommer regelmäßig in unsere Kirche und hatte sich als wichtige Neuerrungenschaft erwiesen. Vor allem mir war sie eine große Hilfe und tippte oft meine Predigten ab, wenn sie in unser Bezirksrundschreiben übernommen werden sollten. Ich hatte den orangen Dämon seit ewigen Zeiten nicht mehr gesehen und glaubte deshalb, daß mein Leben wieder in normalen Bahnen verlief.

Dann kam der Sonntag des Krippenspiels. Die Kinder hatten wochenlang geprobt, und mein Vater hatte die Kulissen gezimmert. Meine Mutter trug einen neuen Hut, und ich saß neben Katy und hielt die Souffliertafeln hoch. Die Kirche war voller Heiden, die gekommen waren, um ihre Sprößlinge spielen zu sehen. Sogar Mrs. Arkwright aus dem Schädlingsbekämpfungsgeschäft war da. *Ihr Kinderlein kommet* klang sehr schön, und die erste Szene, »Kein Platz in der Herberge«, hatte bereits angefangen, als die Seitentür geöffnet wurde und eine Gestalt hereinschlüpfte, die sich alle Mühe gab, leise zu sein. Ich blinzelte in die Dunkelheit; die Gestalt kam mir bekannt vor.

»O Josef, wir werden im Stall schlafen müssen.«

Etwas an der Art, wie die Gestalt sich hinsetzte...

»Nur keine Sorge, Maria, andere haben es auch schwer« (mit sehr viel Wert auf deutliche Aussprache).

Der Heiligenschein der Haare war deutlicher zu erkennen, als die Schäfer mit ihren Laternen auf die Bühne geschlurft kamen.

Das letzte, was ich an diesem Abend hörte, war »Fürchtet Euch nicht, denn ich bringe Euch große Freude«. Im hinteren Teil der Kirche saß Melanie.

Sobald die Feier vorbei war, überließ ich meine Mutter ihrem Triumph und ging nach Hause. Ich zitterte vor Angst. Soweit es mich anging, war Melanie tot. Niemand erwähnte sie je, und da ihre Mutter nie in die Kirche kam, gab es keinen Grund, an sie zu denken. Um neun Uhr klopfte es an der Tür. Ich wußte genau, wer es war, aber in der Hoffnung, es könnten die Weihnachtssänger sein, ging ich in gutem Glauben an die Tür, um zu öffnen, ein paar Pennies in der Hand.

»Hallo«, sagte sie. »Kann ich reinkommen?«

Ich trat zur Seite, um sie vorbeizulassen. Sie hatte ein paar Pfund zugenommen und sah sehr heiter und gelassen aus. In der halben Stunde, die folgte, plauderte sie über ihr Studium, ihre Freunde, ihre Urlaubspläne. Hatte ich Lust, in den nächsten Tagen einmal mit ihr spazierenzugehen?

Nein.

Sie sagte, ihre Mutter habe die Absicht, in absehbarer Zeit von hier fortzuziehen, weit weg, in den Süden. Das hier war Melanies letzter Besuch im Haus hinter dem Elektrizitätswerk. Ich sollte doch vorbeikommen und ihrer Mutter auf Wiedersehen sagen.

Nein.

Schließlich zog sie ihre Handschuhe an und setzte ihre Baskenmütze auf und gab mir zum Abschied einen sehr flüchtigen Kuß. Ich empfand nichts. Aber als sie weg war, zog ich die Knie bis ans Kinn hoch und bat den Herrn, mich endlich freizumachen.

Glücklicherweise war es eine hektische Zeit. Am nächsten Tag sollten wir uns alle am Rathaus versammeln, um unsere Weihnachtslieder zu singen, vorausgesetzt, die Heilsarmee ließ uns. Zuerst lief alles wunderbar. May hatte neue Bänder für ihr Tamburin gekauft, und meine Mutter spielte das Harmonium unter einem riesigen grünen Schirm, den der Verein Christlicher Angler uns geliehen hatte.

»Wie wäre es mit *O Tannenbaum?*«

»Zu heidnisch.«

»Und was ist mit *Ihr Hirten erwacht?*«

»Dann fang mal an.«

Das taten wir. Wir zogen an jenem Tag eine große Menschenmenge an. Manche kamen, um über uns zu lachen, aber die meisten taten etwas in unsere Büchse und stimmten in die Lieder ein, die sie kannten. Ich sah Melanie mit einem Strauß Misteln in der Nähe stehen. Sie winkte mir über die Köpfe hinweg zu, aber ich tat so, als hätte ich sie nicht gesehen. Dann kam die Heilsarmee und fing an, ihre Notenständer aufzubauen. Sie hatten ihre Trommel dabei. Die Leute blieben stehen und warteten, und natürlich waren zehn Minuten später zwei verschiedene Weihnachtskonzerte in vollem Gang. Meine Mutter pumpte und quetschte so gut sie konnte, und May schlug so wild auf ihr Tamburin ein, daß die Bespannung riß. Die Leute, die an der Drehorgel am Fischmarkt gestanden hatten, kamen angelaufen, um zu sehen, was los war. Irgend jemand machte ein Foto.

»Es ist diese verdammte Trommel«, keuchte May. »Wir kommen einfach nicht dagegen an.« Auf unserer Seite wurde zustimmend gemurmelt, und dann beschlossen wir einstimmig, ins Trickett's zu gehen und uns aufzuwärmen. Als wir hereinmarschierten, sahen wir Mrs. Clifton ganz für sich allein vor ihrem Tee sitzen.

»Was dagegen, wenn ich mich setze?« keuchte May und hievte sich auf einen der Hocker.

»Ich wollte sowieso gerade gehen«, verkündete Mrs. Clifton und sammelt ihre Marks-and-Spencers-Tüten ein. »Komm, Toto.« Und sie und ihr Pekinese trotteten davon.

»Eingebildete Pute«, schnüffelte May. »He, Betty, bring mir einen Kakao und ein Stück Klebeband, damit ich dieses verdammte Ding flicken kann.« Sie fuchtelte mit ihrem gerissenen Tamburin herum.

»Und ich hatte mich auf einen ruhigen Nachmittag gefreut«, entrüstete sich Betty, als wir das winzige Café füllten. »Es gibt Tee für alle, und ich denke nicht daran, was zu essen zu machen.«

Als meine Mutter mit dem Regenschirm und dem Harmonium ankam, hielt ich es für das Beste zu gehen. Auf dem Weg zur Bushaltestelle fühlte ich eine Hand auf meiner Schulter, und da war Melanie, immer noch heiter und lächelnd. Sie wollte denselben Bus nehmen wie ich.

»Willst du eine Orange?« fragte sie mich, als wir umgeben von einem beharrlichen Schweigen nebeneinander saßen. Sie machte Anstalten, eine zu schälen. Ich hielt ihren Arm fest.

»Nein, nicht. Ich meine, es ist gleich Teezeit. Es wäre nur Verschwendung.«

Sie lächelte noch einmal und redete von diesem und jenem, bis endlich meine Haltestelle kam, während ihre noch Meilen entfernt war. Ich sprang auf, sprang ab und lief so schnell ich konnte, während Melanie wohlwollend vom Oberdeck herabblickte.

An jenem Abend leitete ich meine Bibelgruppe, trotz meiner plötzlichen Nervosität und meiner Angst, wieder krank zu werden. Katy war auch da, sah mein besorgtes Gesicht und wollte mir helfen. »Komm doch übers Wochenende zu uns«, bot sie mir an. »Wir müssen zwar im Wohnwagen schlafen, aber es wird nicht kalt sein.« Ich war schon lange nirgends mehr gewesen. Ich dachte, es würde mir gut tun.

An den Ufern des Euphrat findest du einen geheimen Garten, der geschickt ummauert ist. Es gibt einen Eingang, aber der Eingang wird bewacht. Es gibt keine Möglichkeit für dich, hineinzugelangen. Drinnen findest du jede erdenkliche Pflanze, im Kreis wachsend wie eine Zielscheibe. In der Nähe des Herzens ist eine Sonnenuhr und im Herzen selbst ein Orangenbaum. Diese Frucht hat Athleten zum Stolpern gebracht, während andere ihre Wunden heilten. Jede echte Suche endet in diesem Garten, wo die gespaltene Frucht Blut verströmt und die halbierte Frucht eine volle Schüssel für Reisende und Pilger ist. Von der Frucht zu essen bedeutet, den Garten zu verlassen, weil die Frucht von anderen Dingen spricht, anderen Sehnsüchten. Und so sagst du dem Ort, den du liebst, in der Abenddämmerung Lebwohl, ohne zu wissen, ob du je zurückkehren kannst, wohl aber wissend, daß du nie auf dieselbe Weise zurückkehren kannst. Mag sein, daß du an irgendeinem anderen Tag zufällig ein Tor öffnest und dich wieder auf der anderen Seite der Mauer befindest.

»Ich hole das Gasöfchen«, sagte Katy, »damit es uns nicht kalt wird.«

Es wurde uns nicht kalt, weder in jener Nacht noch in all den anderen, die wir in den folgenden Jahren miteinander verbrachten. Sie war meine unkomplizierteste Liebesaffäre, und ich liebte sie dafür. Sie schien keine Sorgen zu kennen, und obwohl sie es immer noch abstreitet, glaube ich, daß sie den Wohnwagen geplant hatte.

»Bist du sicher, daß du es wirklich willst?« murmelte ich, ohne die Absicht zu haben, aufzuhören.

»O ja«, rief sie, »ja.«

Wir hörten ziemlich bald auf, darüber zu reden, weil der Dialog zu peinlich wurde. Sie war selig. Ich achtete sorgsam darauf, sie nie anzusehen, wenn ich predigte, obwohl sie immer in der ersten Reihe saß. Wir hatten eine wirklich spirituelle Dimension. Ich lehrte sie viele Dinge, und sie investierte all ihre Bemühungen in die Kirche, auch abgesehen von mir. Es war eine gute Zeit. Den Reinen ist alles rein...

Ein Jahr war seit Melanies Ostern und meiner Krankheit vergangen. Es war wieder Osterzeit, und die englische Hochkirche wand sich, das Kreuz tragend, den Hügel hinauf. Am Palmsonntag kam Melanie zurück, strahlend, weil sie eine wichtige Neuigkeit hatte. Sie würde im Herbst einen Mann heiraten, der bei der Armee war. Der Gerechtigkeit halber mußte man ihm zugestehen, daß er den bösen Kampf für den guten Kampf aufgegeben hatte, aber soweit es mich betraf, war er widerlich. Ich hatte nichts gegen Männer. Zur damaligen Zeit gab es keinen Grund, weshalb ich etwas gegen sie hätte haben sollen. Die Frauen in unserer Kirche waren stark und gut organisiert, und wenn wir unbedingt von Macht reden müssen, so hatte ich genug davon, um Mussolini glücklich zu machen. Also hatte ich nichts dagegen, daß Melanie heiraten wollte, ich hatte etwas dagegen, daß sie *ihn* heiraten wollte. Und sie war heiter, so heiter, daß sie einen fast an eine Kuh erinnerte. Ich war so wütend, daß ich versuchte, mit ihr darüber zu reden, aber es hatte keinen Sinn. Sie fragte mich, was ich machte.

»In welcher Hinsicht?«

Sie wurde rot. Ich hatte nicht die geringste Absicht, ihr oder irgend jemandem sonst zu erzählen, was zwischen Katy und mir war. Obwohl ich von Natur aus weder geheimnistuerisch noch schuldbewußt veranlagt war, war mein Gedächtnis gut genug, um zu wissen, wo diese spezielle Enthüllung hinführen würde. Sie reiste am folgenden Tag ab, um mit *ihm* zu seinen Eltern zu fahren. Kurz bevor sie auf seinem gräßlichen Motorrad davonpreschten, tätschelte er meinen Arm, sagte, er wisse über alles Bescheid, und verzieh uns beiden. Es gab nur eines, was ich tun konnte; ich sammelte all meine Spucke und tat es.

RICHTER

»Ich warne dich!« schrie die Königin und stampfte dabei
mit dem Fuß auf; »entweder ich bin dich los oder du deinen
Kopf.«

Meine Mutter wollte, daß ich auszog, und sie hatte in
dieser Hinsicht die Rückendeckung des Pastors und des
größten Teils der Gemeinde, behauptete sie wenigstens. Ich machte sie krank, machte das Haus krank,
brachte das Böse in die Kirche. Dieses Mal gab es keine
Rettung. Ich steckte wirklich in Schwierigkeiten. Ich
nahm meine Bibel, und der Hügel schien mir in diesem
Augenblick der einzige Ort zu sein, der mir blieb. Oben
auf der Spitze gab es einen kleinen Steinwall, hinter
dem man sich verstecken konnte, wenn der Wind
wehte. Der Hund kapierte es nie; er benutzte ihn, um
ihn anzupinkeln, oder um Verstecken mit mir zu spielen, blieb aber trotzdem mit flach angelegten Ohren
und triefenden Augen stehen, bis ich ihn unter meine
Jacke stopfte und uns beide wärmte. Der Hund, eigentlich eine Sie, war ein winziges, tollkühnes Tier, braun
und schwarz mit spitzen Ohren. Er schlief in einem
Schäferhundkorb, was vielleicht das Problem war. Er
ließ sich nicht anmerken, ob er wußte, wie klein er in
Wirklichkeit war, kämpfte mit jedem anderen Hund,
dem wir begegneten, und schnappte nach Passanten.
Einmal, als ich versuchte, einen riesigen Eiszapfen zu
erreichen, stürzte ich im Steinbruch auf einen schmalen Grat und schaffte es nicht, wieder hochzuklettern;

die Erde bröckelte immer wieder ab. Der Hund bellte und jaulte und lief dann los, um mir zu helfen. Und jetzt standen wir wieder hier, auf einem anderen Grat. Alles schien sich an der Tatsache festzumachen, daß ich die falschen Leute liebte. Richtig in jeder anderen Hinsicht, nur nicht in dieser einen; romantische Liebe für eine andere Frau war eine Sünde.

»Männernachmacherei«, hatte meine Mutter angewidert gesagt.

Wenn es tatsächlich so gewesen wäre, daß ich Männer nachgemacht hätte, hätte sie allen Grund gehabt, angewidert zu sein. Soweit es mich betraf, waren Männer etwas, was man im Haus hatte, nicht sonderlich interessant, aber relativ harmlos. Ich hatte nie auch nur die geringsten Gefühle für sie an den Tag gelegt, und abgesehen davon, daß ich nie Röcke trug, wüßte ich nicht, was wir gemeinsam gehabt hätten. Dann erinnerte ich mich an den berühmten Vorfall mit dem Mann, der zusammen mit seinem Freund in unsere Kirche gekommen war. Zumindest hatten die beiden Händchen gehalten. »Aus dem hätte eigentlich eine Frau werden müssen«, hatte meine Mutter gesagt.

Das war unverkennbar nicht richtig. Ich hatte damals nicht die geringste Vorstellung von Sexus und Herrschaft, aber ich wußte, daß ein Homosexueller weniger Ähnlichkeit mit einer Frau hat als ein Rhinozeros. Heute, wo ich eine Reihe von Vorstellungen von Sexus und Herrschaft habe, ist diese frühe Beobachtung immer noch gültig. Es gibt zwar Bedeutungsschattierungen, aber ein Mann ist ein Mann, wo immer man ihn findet. Meine Mutter war seit jeher ein Problem für mich, weil sie gleichzeitig aufgeklärt und reaktionär war. Sie glaubte nicht an Determinismus und Deprivation, sie glaubte, daß man sich selbst und andere zu dem machte, was man wollte. Jeder konnte gerettet werden, und jeder konnte dem Teufel anheimfallen, das lag an jedem einzelnen selbst. Und während einige aus unserer Kirche mir mit der zugegebenermaßen zweifelhaften Begründung verziehen, daß ich nichts dafür konnte (sie hatten Havelock Ellis gelesen und wußten, was Inversion ist), sah meine Mutter das Ganze als einen gewollten Akt meinerseits, als einen Versuch, meine Seele zu verkaufen. Zuerst war die Sache für mich ein reiner Zufall gewesen. Dieser Zufall hatte mich dazu gezwungen, sorgfältiger über meine Instinkte und über die Haltung der anderen nachzudenken. Nach dem Exorzismus hatte ich versucht, meine Welt durch eine andere zu ersetzen, die ganz genauso war, aber ich konnte nicht. Ich liebte Gott, und ich liebte die Kirche, aber ich fing an, das als zunehmend kompliziert zu sehen. Die Tatsache, daß ich nicht die Absicht hatte, Missionarin zu werden, trug nichts zur Verbesserung der Lage bei.

»Aber dafür ist deine Ausbildung schließlich gedacht«, hatte meine Mutter gejammert.

»Ich kann genausogut zu Hause predigen.«

»Dann wirst du heiraten und andere Dinge im Kopf haben.« Sie war verbittert.

Komisch, daß ich eindeutig nicht heiraten würde. Zuerst dachte ich, sie würde sich freuen. Ein kompliziertes Gemüt, das meiner Mutter.

Parzival, der jüngste von Artus' Rittern, verließ Camelot. Der König hatte ihn gebeten, nicht zu gehen; er wußte, daß dies keine gewöhnliche Suche war. Seit dem

Erscheinen des Heiligen Grals anläßlich eines Festes hatte die Stimmung sich verändert. Sie waren Brüder, sie lachten über Gawain und seine Heldentaten im Land des grünen Ritters, sie waren tapfer, alle tapfer, und ihre Loyalität gehörte dem König ... Hatte dem König gehört. Die Tafelrunde und das hoch ummauerte Schloß waren jetzt fast Symbole. Einst waren sie Fleisch und Trank gewesen. Aber für Lancelot und Bors liegt Verrat nicht nur in der Vergangenheit, sondern auch in der Zukunft. Lancelot ist fort, von gewichtigen Dingen in den Wahnsinn getrieben. Irgendwo sucht auch er; Berichte erreichen den König; verstümmelt, zusammenhanglos, zerlumpt wie die Männer, die sie bringen. Die Halle ist leer. Bald wird der Feind kommen. Es gab einen Stein, der ein blitzendes Schwert umschloß, und keiner konnte das Schwert herausziehen, weil alle ihre Gedanken nur auf den Stein richteten.

Artus sitzt auf der breiten Treppe. Die Tafel ist mit jeder erdenklichen Pflanze geschmückt, im Kreis wachsend wie eine Zielscheibe. In der Nähe des Zentrums ist eine Sonnenuhr, und im Zentrum selbst eine Dornenkrone. Staubig inzwischen, aber alle Dinge werden zu Staub.

Artus denkt an früher, als es Licht und Lächeln gab.

Es gab eine Frau, er erinnert sich an sie. Aber oh, Parzival, komm und schlage noch einmal deine Räder.

Katy und ich waren für eine Woche in die Pension für trauernde Hinterbliebene in Morecambe gefahren. Es war keine Hauptsaison, also konnte jeder kommen, egal ob trauernd oder nicht, obwohl sie im Winter immer sehr strikt waren. Katys Familie machte ganz in der Nähe Urlaub mit dem Wohnwagen, und von daher hielt man uns für ungefährdet. Ich hatte sehr genau darauf geachtet, alle Briefe in dem Schrank zu verwahren, den ich bei meiner Samstagsarbeit hatte, und soweit ich es beurteilen konnte, waren wir über jeden Verdacht erhaben. Aber dann waren wir in der ersten Nacht unserer Ferien unvorsichtig. Der Gedanke, eine ganze Woche ganz für uns allein zu haben, machte uns euphorisch, und ich vergaß, die Tür abzuschließen. Katy hatte mich aufs Bett gezogen. Dann bemerkte ich einen schmalen Lichtstreifen, der auf den Teppich neben dem Bett fiel. Meine Nackenhaare sträubten sich, und mein Mund wurde trocken. Jemand stand an der Tür. Wir rührten uns nicht, und einen Augenblick später war das Licht verschwunden. Ich ließ mich neben Katy fallen, drückte ihre Hand und versprach ihr, daß wir uns etwas einfallen lassen würden.

Das taten wir auch. Der Plan war der phantastischste meiner brillanten Karriere, und was Katy betraf, funktionierte er einwandfrei. Für mich gab es keine Hoffnung.

Zur Frühstückszeit wurden wir ins Büro der alten Freundin meiner Mutter und früheren Schatzmeisterin der Gesellschaft für die Verlorenen beordert.

»Ich will die Wahrheit wissen«, sagte sie, ohne uns anzusehen. »Und glaubt bloß nicht, daß ihr mich zum Narren halten könnt.«

Ich erzählte ihr, meine Affäre mit Melanie sei nie wirklich zu Ende gewesen. Melanie hätte mir monatelang geschrieben, und zu guter Letzt hätte ich, vor Liebe zerrissen, Katy gebeten, mir zu helfen, ein Treffen zu ermöglichen.

»Das hier war der einzige Ort, von dem ich dachte, daß wir sicher wären«, sagte ich weinend.

Sie glaubte mir. Sie wollte mir glauben. Ich wußte, daß sie nicht darauf erpicht war, Katys Familie Erklärungen abgeben zu müssen, und ich wußte, daß sie meiner Mutter nur allzugerne eins auswischen würde. Dadurch, daß sie alle Schuld auf mich abwälzte, würde sie genau das erreichen. Sie befahl mir, meine Sachen zu packen und am nächsten Morgen abreisebereit zu sein. Sie wollte, daß ihr Brief vor mir zu Hause eintraf. Katy war in Sicherheit, und das war das wichtigste. Sie war eigensinnig und wütend wie ich, aber anders als ich war sie der dunkleren Seite unserer Kirche nicht gewachsen. Ich hatte schon einmal erlebt, wie sie sich mit Händen und Füßen dagegen gewehrt hatte, sich gewehrt und geweint hatte. Ich war entschlossen zu verhindern, daß sie ihre Dämonennummer an ihr ausprobierten. Eigentlich hätte ich, da Melanie angeblich schon wieder weg war, den Rest des Tages im Gebet verbringen sollen. Ich verbrachte ihn mit Katy im Bett. »Was wirst du denn jetzt machen?« fragte sie, einen Arm unter meinen gehakt, als wir früh am nächsten Morgen am Strand spazierengingen.

Der Strand war voller nach Luft schnappender Sprotten, die die Flut hinter sich zurückgelassen hatte. Als ich Katy zurückließ, weinte sie. Ich wußte nicht, was ich zu erwarten hatte, aber ich wußte, daß ich das Ganze nicht noch einmal durchmachen würde. Die Hände in den Taschen vergraben, spielte ich mit einem rauhen braunen Kieselstein.

Natürlich gab es zu Hause eine unglaubliche Szene. Meine Mutter zerschmetterte jeden einzelnen Teller in der Küche.

»Es gibt kein Abendessen«, sagte sie zu ihrem Mann, als er von der Spätschicht nach Hause kam. »Es gibt nichts, wovon man es essen könnte.« Er ging zum Imbiß und aß seine Fish and Chips an der Theke.

»Wie konnte ich nur so dumm sein«, tobte sie. »Da behalte ich dich die ganze Zeit, lasse dich noch mehr Prüfungen machen, und wozu?« Sie schüttelte mich.

»Wozu?« Ich riß mich los.

»Laß mich in Ruhe.«

»Du wirst bald genug in Ruhe gelassen werden.« Und sie ging zur Telefonzelle, um den Pastor anzurufen.

Als sie zurückkam, befahl sie mir, ins Bett zu gehen, und ich hielt es für das Beste, ihr zu gehorchen. Mein Bett war schmal. Ich lag da, unfähig, mir selbst zu verzeihen, unfähig, ihr zu verzeihen. Ich hörte, wie sie in regelmäßigen Abständen den Herrn anrief, ihr ein Zeichen zukommen zu lassen. Es kam aber nur der Pastor, und so froh sie darüber auch war, denke ich doch, daß sie etwas Spektaktuläreres vorgezogen hätte, zum Beispiel, daß ich und mein Schlafzimmer in Flammen aufgingen, während der Rest des Hauses verschont blieb. Unten redeten sie lange mit leiser Stimme. Ich war fast eingeschlafen, als der Pastor erschien, gefolgt von meiner Mutter, die sich im Hintergrund hielt. Er blieb in sicherer Entfernung vor mir stehen, so als hätte ich eine ansteckende Krankheit. Ich zog mir das Kissen über den Kopf, weil mir nichts Besseres einfiel. Der Pastor riß es mir weg und erklärte mir, so ruhig er konnte, ich sei das Opfer eines großen Übels. Ich sei besessen und unterjocht und hätte die Herde getäuscht. »Der Teufel«, verkündete er sehr langsam, »ist siebenfach zurückgekehrt.«

Meine Mutter stieß einen leisen Schrei aus und wurde

dann wieder wütend. Es war meine eigene Schuld. Meine eigene Perversität. Sie fingen an, sich darüber zu streiten, ob ich ein unglückseliges Opfer oder durch und durch verdorben sei. Ich hörte ihnen eine Weile zu; keiner von ihnen war sehr überzeugend, und außerdem waren gerade sieben reife Orangen auf das Fensterbrett gefallen.

»Eine Orange gefällig?« bot ich ihnen an, nur um etwas zu sagen. Sie starrten mich an, als wäre ich verrückt geworden. »Sie liegen da drüben.« Ich deutete auf das Fenster.

»Sie phantasiert«, sagte meine Mutter ungläubig. (Sie haßte Verrückte.)

»Es ist ihr Herr und Meister, der aus ihr spricht«, sagte der Pastor sehr ernst. »Achten Sie nicht auf sie, ich werde den Fall vor den Rat bringen, er ist zu schwierig für mich. Behalten Sie sie im Auge, aber lassen Sie sie ruhig in die Kirche gehen.«

Meine Mutter nickte, schluchzte und biß sich auf die Lippen. Dann ließen sie mich allein. Ich lag lange einfach nur da und beobachtete die Orangen. Sie waren hübsch, aber keine große Hilfe. Ich würde mehr als ein Symbol brauchen, um das hier durchzustehen.

Am Tag danach ging ich zum Treffen der Schwesternschaft. Es war das erste Mal, daß Elsie seit ihrem langen Aufenthalt im Krankenhaus wieder in der Kirche war. Sie wußte, was passiert war, drückte mich aber trotzdem fest an sich und sagte, ich solle nicht albern sein. »Komm später auf eine Tasse Tee zu mir«, sagte sie. »Aber sag den anderen nichts davon.«

Das Treffen verlief nahezu hysterisch, weil keiner

wußte, was man tun sollte. Mrs. White schlug ständig falsche Töne an, und Alice verlor den Faden, als sie merkte, daß ich sie ansah. Wir waren dankbar, als es neun Uhr und alles vorbei war. Niemand fragte mich, wieso ich ging, bevor der Tee kam, und wahrscheinlich nahmen sie an, daß Elsie müde war, sonst hätten sie bestimmt versucht, sie zurückzuhalten. Als ich bei Elsie ankam, war es das erste Mal, daß irgend jemand mit mir über Miss Jewsbury redete.

»Sie ist in Leeds«, sagte Elsie, »und unterrichtet Musik an einer dieser Spezialschulen. Sie lebt nicht allein.« Sie sah mich von der Seite an. »Übrigens war ich es, die ihr von dir erzählt hat.«

Ich war erstaunt. Ich konnte immer noch nicht glauben, daß Elsie es gewußt hatte. Sie sagte, sie hätte es einfach gesehen.

»Wenn ich dagewesen wäre, wäre das alles nie passiert. Dafür hätte ich schon gesorgt, aber bei diesem ständigen Rein und Raus in dieses verdammte Krankenhaus...«

Ich stand auf und umarmte sie, und wir saßen vor dem Kamin, genau wie früher, ohne viel zu sagen. Wir sprachen nicht über *es*, nicht über richtig oder falsch oder egal was; sie stand mir bei, indem sie mir gab, was ich am meisten brauchte, ein paar ganz gewöhnliche Stunden mit einer Freundin.

»Ich muß jetzt gehen, Elsie.« Ich stand voller Bedauern auf, während die Uhr weitertickte.

»Komm wieder, wann immer du willst.«

Sie blieb in der Tür stehen, bis ich ein gutes Stück die Straße hinunter war, dann, als ich mich umdrehte, um noch einmal zu winken, verschwand sie im Haus. Ich stapfte weiter, vorbei am Viadukt und am Teppichladen, und nahm dann die Abkürzung durch die Factory Bottoms. Ich begegnete Mrs. Arkwright, die gerade aus dem »Cock and Whistle« gewankt kam, einem Pub, das niemand, der etwas auf sich hielt, je betrat. Sie strahlte mich an, »Hallo, Kleines«, und schlingerte weiter. Vorbei an der Schule und der Kapelle der Methodisten, dann die Black Abbey Street hinunter, wo irgend jemand irgendwann einmal den Kopf abgehackt bekommen hatte. Einen Augenblick lang lehnte ich mich an eine Mauer; die Steine waren warm, und durch das Fenster konnte ich eine Familie vor dem Kamin sitzen sehen. Der Tisch war noch nicht abgedeckt, Stühle, Tische und die richtige Zahl Tassen. Ich beobachtete das Feuer, das hinter der Scheibe flackerte, dann stand drinnen jemand auf und zog die Vorhänge zu.

Ich blieb ein paar Minuten vor unserer eigenen Haustür stehen, bevor ich hineinging. Ich wußte immer noch nicht, was ich tun sollte, war mir nicht einmal sicher, welche Wahl ich hatte oder wie die Konflikte genau lagen; für die anderen war alles klar, nicht jedoch für mich, und niemand schien ein Interesse daran zu haben, es mir zu erklären. Meine Mutter wartete auf mich. Ich war spät dran, aber ich sagte nichts von Elsie, ich hatte nicht das Vertrauen, daß sie es verstehen würde.

Die Tage vergingen in einer Art Benommenheit, ich in ekklesiastischer Quarantäne, die anderen in einem Zustand der Angst und der Erwartung. Am Sonntag hatte der Pastor die Antwort des Rates vorliegen. Das eigentliche Problem, so schien es, lag darin, daß wir den Lehren des heiligen Paulus zuwider gehandelt und den Frauen innerhalb der Kirche Machtpositionen zugestanden hatten. Unser Zweig der Kirche hatte nie über

diese Frage nachgedacht, wir hatten immer starke Frauen gehabt, die Frauen organisierten alles. Einige von uns konnten predigen, und es war nicht zu übersehen, daß die Kirche in meinem Fall aus eben diesem Grund voll war. Es gab einen Tumult, und dann geschah etwas Merkwürdiges. Meine Mutter stand auf und sagte, ihrer Meinung nach sei das völlig richtig: es gebe ganz spezifische Bereiche für die Ämter von Frauen, die Sonntagsschule sei einer dieser Bereiche, die Schwesternschaft ein anderer, aber das Evangelium gehöre den Männern. Bis zu diesem Augenblick hatte mein Leben immer noch eine Art Sinn ergeben. Jetzt ergab es keinen mehr. Meine Mutter redete und redete über die Bedeutung der missionarischen Arbeit für Frauen, sagte, ich sei unverkennbar eine solche Frau, hätte meine Berufung aber verworfen, um an der Heimatfront, wo dies völlig unangemessen sei, Macht auszuüben. Sie beendete ihre Ansprache mit den Worten, daß ich, indem ich mir die Welt der Männer auf andere Weise zu eigen gemacht hatte, Gottes Gesetz verhöhnt und versucht hatte, dies auf sexuelle Weise zu erreichen. Es war keine spontane Rede. Sie und der Pastor hatten vorher darüber gesprochen. Es war ihre Schwäche für die Geistlichkeit, die dazu geführt hatte. Wahrscheinlich hatte sie es Pastor Spratt schon vor Monaten geschrieben. Ich sah mich um. Brave Leute, einfache Leute, was würde jetzt aus ihnen werden? Ich wußte, daß meine Mutter hoffte, daß ich mich selbst beschuldigen würde, aber das tat ich nicht. Ich wußte jetzt, wo die Schuld lag. Wenn es so etwas wie spirituellen Ehebruch gab, war meine Mutter eine Hure.
Da stand ich also, und mein Erfolg auf der Kanzel war der Grund für meinen Fall. Der Teufel hatte mich bei

meiner schwächsten Stelle gepackt: meiner Unfähigkeit, die Grenzen meines Geschlechts zu erkennen.

Eine Stimme aus dem Hintergrund.

»Das ist ein Haufen dummes Gerede, und das wißt ihr auch. Was ist? Wollen wir diesem Kind helfen oder nicht?«

Es war Elsie. Jemand versuchte, sie auf ihren Platz zurückzuziehen, aber sie wehrte sich, und dann fing sie an zu husten und brach zusammen.

»Elsie.« Ich lief nach hinten, wurde aber festgehalten.

»Sie kommt auch ohne dich zurecht.« Die anderen drängten sich um sie herum, während ich hilflos und zitternd dastand.

»Hängt ihr einen Mantel um, wir bringen sie nach Hause.« Und sie brachten sie in die Vorhalle.

Währenddessen kam der Pastor zu mir und sagte, als Zeichen meines neuen Gehorsams dem Herrn gegenüber müsse ich das Predigen, die Bibelgruppen und jede Form dessen aufgeben, was er »einflußnehmenden Kontakt« nannte. Sobald ich mich einverstanden erklärt hätte, würde er Schritte für einen weiteren, mächtigeren Exorzismus in die Wege leiten, und anschließend sollte ich mit meiner Mutter für zwei Wochen in die Pension in Morecambe fahren.

»Ich gebe Ihnen morgen früh Bescheid«, versprach ich und entschuldigte mich unter dem Vorwand, müde zu sein.

Parzival ist seit vielen Tagen in den Wäldern. Seine Rüstung ist glanzlos, sein Pferd müde. Das letzte, was er gegessen hat, war eine Schüssel Brot mit Milch, die eine alte Frau ihm gab. Andere Ritter sind vor ihm hier gewesen, er kann ihre Fährten sehen, ihre Verzweiflung, von einem sogar die Knochen. Er hat von einer zerfallenen Kapelle gehört, oder einer alten Kirche, niemand weiß es genau, weiß nur, daß sie verlassen und heilig irgendwo steht, irgendwo, weit entfernt von neugierigen Augen. Vielleicht wird er ihn dort finden. In der letzten Nacht hat Parzival vom Heiligen Gral geträumt, der sich, getragen von einer Säule aus Sonnenlicht, auf ihn zu bewegte. Er streckte weinend die Arme danach aus, aber seine Hände waren voller Dornen, und er wurde wach. In dieser Nacht, zerstochen und zerschlagen, träumt er von Artus' Hof, an dem er der Liebling war, der Günstling. Er träumt von seinen Jagdhunden und seinem Falken, seinem Stall und seinen treuen Freunden. Seine Freunde sind jetzt tot. Tot oder dem Tode nahe. Er träumt, daß Artus auf einer breiten Steintreppe sitzt, den Kopf in den Händen vergraben. Parzival sinkt auf die Knie, um seinen Herrn zu umarmen, aber sein Herr ist ein efeubewachsener Baum. Er wacht auf, das Gesicht glänzend vor Tränen.

Als der Pastor am nächsten Morgen zu uns kam, fühlte ich mich besser. Wir tranken Tee, alle drei; ich glaube, meine Mutter erzählte einen Witz. Es war entschieden. »Soll ich euch also in Morecambe anmelden?« fragte der Pastor, während er seinen Kalender hervorkramte. »Sie erwartet euch zwar, aber es wäre höflicher.« »Wie geht es Elsie?« Das machte mir wirklich Sorgen. Der Pastor runzelte die Stirn und sagte, der gestrige Abend habe sie mehr aufgeregt, als sie zuerst gedacht hätten. Sie sei ins Krankenhaus zurückgegangen, um sich noch einmal untersuchen zu lassen.

»Wird sie wieder gesund werden?«

Meine Mutter wies mich darauf hin, daß es die Sache des Herrn sei, dies zu entscheiden, und außerdem hätten wir andere Dinge zu bedenken. Der Pastor lächelte sanft und fragte noch einmal, wann wir fahren wollten.

»Ich fahre nicht.«

Er sagte, daß ich nach dem Kampf eine Ruhepause brauchen würde. Daß meine Mutter eine Ruhepause brauchen würde.

»Sie kann ja fahren, wenn sie will. Ich trete aus der Kirche aus, ihr könnt den Rest also vergessen.«

Sie waren wie vor den Kopf gestoßen. Ich umklammerte den kleinen braunen Kieselstein und hoffte, daß sie weggehen würden. Sie taten es nicht. Sie argumentierten und flehten und tobten und machten eine Pause und kamen wieder zurück. Sie waren sogar bereit, mir meine Bibelgruppe zurückzugeben, wenn auch unter Aufsicht. Schließlich schüttelte der Pastor den Kopf und erklärte mich zu einem der Menschen aus dem Hebräerbrief, denen es unmöglich ist, die Wahrheit zu sprechen. Er fragte mich ein letztes Mal:

»Wirst du bereuen?«

»Nein.« Und ich starrte ihn an, bis er den Blick abwandte. Er verschwand mit meiner Mutter im Wohnzimmer, eine halbe Stunde lang. Ich weiß nicht, was sie dort machten, aber es spielte keine Rolle; meine Mutter hatte die weißen Rosen rot angemalt und behauptete jetzt, sie seien so gewachsen.

»Du mußt das Haus verlassen«, sagte sie. »Ich will keine Dämonen um mich haben.«

Wohin sollte ich gehen? Nicht zu Elsie, sie war zu krank, und niemand aus unserer Kirche würde das Risiko eingehen wollen. Wenn ich zu Katy ging, würde sie Ärger bekommen, und meine Verwandten waren, wie die meisten Verwandten, allesamt widerlich.

»Ich weiß nicht, wo ich hingehen soll«, sagte ich, während ich ihr in die Küche folgte.

»Der Teufel sorgt für seine Anhänger«, schleuderte sie mir entgegen und stieß mich zur Tür hinaus.

Ich wußte, daß ich der Situation nicht gewachsen war, also versuchte ich erst gar nicht, mich damit zu befassen. Ich würde das Gefühl später aus mir herauslassen, wenn es ungefährlicher war. Im Augenblick mußte ich hart und weiß sein. In den frostigen Tagen, im Winter, ist die Erde weiß, dann geht die Sonne auf, und der Frost schmilzt dahin...

»Es ist entschieden.« Ich segelte mit mehr gespielter als echter Bravour zu meiner Mutter ins Zimmer. »Ich ziehe am Donnerstag aus.«

»Wohin?« Sie war mißtrauisch.

»Das sage ich dir nicht. Ich will erst sehen, wie alles läuft.«

»Du hast kein Geld.«

»Ich werde außer am Wochenende auch abends arbeiten.«

In Wahrheit hatte ich fürchterliche Angst. Ich würde bei einer Lehrerin leben, der das, was geschehen war, nicht völlig gleichgültig war. Samstags fuhr ich sowieso immer einen Eiswagen; jetzt würde ich auch sonntags arbeiten und versuchen, die Frau so gut es ging zu bezahlen. Trostlos, aber nicht so trostlos, wie hierzubleiben. Ich wollte den Hund, wußte aber, daß sie mir nicht erlauben würde, ihn mitzunehmen, und so packte ich meine Bücher und meine Instrumente in eine Teekiste, meine Bibel ganz obenauf. Das einzige, was mir Sorgen machte, war der Gedanke, in einem Obstgeschäft arbeiten zu müssen. Spanische Navels, Saftige Jaffas, Reife Sevillas.

»Niemals«, tröstete ich mich. »Lieber arbeite ich auf dem Schlachthof.«

An meinem letzten Vormittag zu Hause machte ich mein Bett ganz besonders sorgfältig, leerte den Papierkorb aus und nahm den Hund mit auf einen langen Spaziergang. Er machte sich mit dem Jack Russell vom Bowlingplatz aus dem Staub. Ich konnte mir in diesem Augenblick nicht vorstellen, was aus mir werden sollte, und es war mir egal. Es war nicht der Jüngste Tag, sondern ein neuer Morgen.

RUTH

Vor langer, langer Zeit, als das Königreich in einzelne Bereiche aufgeteilt wurde wie ein Dampfkochtopf, nahmen die Leute das Reisen bedeutend ernster, als sie es heute tun. Natürlich gab es offensichtliche Probleme: Wieviel Essen sollte man mitnehmen? Was für Ungeheuern würde man begegnen? Sollte man den zusätzlichen blauen Kittel für Frieden mitnehmen, oder lieber den zusätzlichen roten Kittel für Nicht-Frieden? Und die nicht-ganz-so-offensichtlichen Probleme, wie zum Beispiel: Was macht man mit einem Zauberer, der ein Auge auf einen geworfen hat?

In jenen Tagen war die Magie sehr wichtig, und Territorium, um nur ein Beispiel zu nennen, nur eine Erweiterung des Kreidekreises, den man um sich zog, um sich vor Urgewalten und ähnlichem zu schützen. Das ist inzwischen aus der Mode gekommen, was bedauerlich ist, weil es, wenn man sich bedroht fühlt, bedeutend besser ist, in einem Kreidekreis zu sitzen, als in einem Gasofen. Natürlich gibt es Leute, die einen deswegen auslachen, aber die Leute lachen über viele Dinge, und von daher gibt es keinen Grund, es persönlich zu nehmen. Wieso es funktioniert? Es funktioniert, weil das Prinzip des persönlichen Bereichs immer dasselbe ist, egal ob man sich gegen eine Urgewalt wehrt oder gegen die schlechte Laune eines anderen Menschen. Der persönliche Bereich ist ein Kraftfeld, das uns umgibt, und wenn unsere Vorstellungskraft geschwächt ist, ist es nützlich, etwas Dingliches zu haben, das uns daran erinnert.

Die Ausbildung von Zauberern ist eine sehr komplizierte Sache. Zauberer müssen viele Jahre damit verbringen, in einem Kreidekreis zu stehen, bis sie auch ohne ihn zurechtkommen. Sie dehnen ihre Kraft immer weiter nach außen aus, Stück für Stück, erst in ihrem Herzen, dann in ihrem Körper, dann in ihrem unmittelbaren Kreis. Es ist nicht möglich, Dinge zu beherrschen, die außerhalb von einem selbst sind, solange man nicht gelernt hat, den eigenen Atembereich zu meistern. Es ist nicht möglich, etwas zu verändern, solange man die Substanz, die man verändern will, nicht verstanden hat. Natürlich gibt es auch Menschen, die verstümmeln und verändern, aber dies sind gefallene Kräfte, und etwas zu verändern, das man nicht versteht, das ist die wahre Natur des Bösen.

Camilla hatte schon vor längerer Zeit einen seltsamen Vogel bemerkt, der ihr folgte, ein schwarzes Tier mit gewaltigen Flügeln; dann war der Vogel einen ganzen Nachmittag verschwunden. An eben diesem Nachmittag sah sie den Zauberer. Der Zauberer stand ihr gegenüber, auf der anderen Seite eines rauschenden Bachs. Sie erkannte ihn an seinen Kleidern und wäre bestimmt weggelaufen, wenn die Gestalt ihr nicht über das Getöse hinweg zugerufen hätte:

»Ich kenne deinen Namen.« Und so blieb sie ängstlich stehen. Wenn das stimmte, saß sie in der Falle. Beim Namen nennen bedeutete Macht. Adam hatte die Tiere beim Namen genannt, und die Tiere waren seinem Ruf gefolgt.

»Ich glaube dir nicht«, rief sie zurück. Da lächelte der Zauberer und forderte sie auf, den Bach zu überqueren, damit er ihr ins Ohr flüstern könne. Sie schüttelte den Kopf; das Territorium des Zauberers mußte auf der anderen Seite des Baches liegen; also war sie hier wenigstens in Sicherheit.

»Ohne mich wirst du nie aus diesem Wald herausfinden«, warnte er sie, als sie durch den Schlamm davonstapfte. Camilla machte sich nicht die Mühe, darauf zu antworten. Die nächste Nacht brach an, und sie brachte Regen, der die Bäume schüttelte und ihren Unterschlupf umwehte. Dann wurde sie von einer Armee von Wasserameisen angegriffen, die sie dazu zwangen, sich tiefer in die Dunkelheit und den Wald zurückzuziehen. Als es hell wurde, war sie erschöpft. Sie hatte den steinernen Krug mit ihren Vorräten und ihren trockenen Kleidern verloren, und an der Biegung des Baches erkannte sie, daß sie kaum vorangekommen war. Auf der anderen Seite des Baches stand, sanft lächelnd, der Zauberer.

»Ich habe es dir ja gleich gesagt«, sagte er.

Das war keineswegs das, was Camilla hören wollte. Sie setzte sich in die Binsen und schmollte.

Auf der anderen Seite zündete der Zauberer ein Feuer an und holte einen Kochtopf hervor. Camilla schnupperte und zog die Beine an. Roch nach Taube.

»Ich bin Vegetarierin«, schrie sie, ohne sein Gesicht aus den Augen zu lassen.

»Oh, ich auch«, erwiderte er mit erfreuter Stimme. »Ich mache Asukibohnen mit Mehlklößen, es reicht für zwei.«

Camilla erstarrte. Wie konnte er das wissen? Erinnerungen an ihre Großmutter schwebten auf sie zu; ihr berühmter Asukibohneneintopf; das Singen am Feuer, wenn die Männer auf die Jagd gegangen waren. Sie vergrub die Nase in ihrer Jacke und versuchte, nicht zu atmen.

»Magst du Koriander in deinem?« rief der Zauberer zu ihr herüber. »Er ist frisch.«

»Ja«, rief Camilla, heiser und verwirrt, »aber ich werde nichts essen, weil du mich vergiften willst.«

»Aber meine Liebe!« Der Zauberer wirkte ehrlich schockiert.

»Woher soll ich wissen, daß ich dir vertrauen kann?« (Camillas Magen knurrte.)

»Weil ich deinen Namen nicht weiß. Wenn ich ihn wüßte, hätte ich dich längst hierher gezaubert. Es ist so deprimierend, allein zu essen, findest du nicht auch?«

Camilla dachte eine Weile darüber nach und schloß dann einen Pakt mit dem Zauberer. Sie würde das Mahl mit ihm teilen, dann würde er ihr sagen, was er von ihr wollte, und sie würden einen Wettkampf abhalten, um die Sache zu entscheiden. Als Pfand zeichnete er ihr einen Kreidekreis mit einer winzigen Öffnung, durch die sie ihn betreten konnte, sobald sie den Bach überquert hatte. Dann warf er ihr die Kreide zu. Es war ein rauher brauner Kieselstein. Sie nahm ihn fest in die Hand, balancierte vorsichtig über die Trittsteine, sprang in den Kreis und schloß ihn hinter sich.

»Weißbrot oder Schwarzbrot?« fragte der Zauberer, als er ihr eine dampfende Schüssel reichte.

Fünfzehn Minuten lang kauten sie in behaglichem Schweigen, dann seufzte der Zauberer, brach sich noch einen Kanten Brot ab und tunkte seine Soße auf. »Leider gibt es keinen Nachtisch. Eigentlich hatte ich vor, einen Pudding zu machen, aber es ist hierzulande schwer, Milch zu finden. Aber immerhin gibt es Kaffee, und anschließend sage ich dir, was ich von dir will.«

Camilla blieb das Brot im Hals stecken. Sie fing an zu husten und mußte dem Zauberer erlauben, ihr auf den

Rücken zu klopfen. Vielleicht wollte er sie in kleine Stücke zerhacken oder in ein Tier verwandeln, vielleicht wollte er sie zwingen, ihn zu heiraten. Als er ihr den Kaffee reichte, war sie vor Angst wie gelähmt.

»Ich möchte«, fing er an, »daß du mein Lehrling wirst. Die magischen Künste sterben aus; je mehr es von unserer Sorte gibt, desto besser. Du hast die Gabe, das weiß ich, du könntest die Botschaft zu anderen Orten tragen, wo die Leute schon jetzt kaum noch wissen, wie man einen Kreidekreis zeichnet. Ich werde dir alles beibringen, aber ich kann dich nicht dazu zwingen, und zuerst mußt du mir deinen Namen nennen.« Er lehnte sich zurück und sah Camilla an. »Da wäre nur noch eine Kleinigkeit; wenn du mir deinen Namen nicht nennst, wirst du nie wieder aus diesem Kreis herauskommen, weil ich dich nicht befreien kann und du selbst nicht die Macht hast.«

Camilla war sprachlos vor Wut. »Du hast mich reingelegt.«

»Das ist nun einmal mein Beruf.«

»Also gut«, sagte Camilla nach einer Weile. »Ich mache dir einen Vorschlag. Wenn es dir gelingt, meinen Namen zu erraten, gehöre ich dir. Wenn nicht, zeigst du mir, wie ich hier herauskomme und läßt mich anschließend in Ruhe.«

Der Zauberer nickte langsam, während Camilla sich fragte, was für ein teuflisches Spiel sie wohl spielen würden, um den Kampf zu entscheiden. Plötzlich hob der Zauberer den Kopf.

»Spielen wir das Galgenspiel.«

Er zog ein Blatt Papier und einen Füllfederhalter hervor. »X« fing er an.

»Nein«, sagte Camilla spöttisch. »Ein Punkt für mich.«

»Eigentlich müßtest du mir einen Tip geben«, sagte der Zauberer. »Schließlich benutzen wir keine magischen Kräfte.«

»Also gut«, willigte sie zögernd ein. »Ich sage dir einen Reim.

Ganz ähnlich wie eine Pflanze im Park,
doch auch ein Gefäß zum Verwahren von Quark.

Und das ist alles, was du bekommst.«

Der Zauberer stellte sich auf den Kopf, wobei er den Vers unablässig vor sich hinmurmelte.

»P«, sagte er schließlich.

»Zwei für mich«, jubelte Camilla.

Dann sprang der Zauberer auf die Füße und rief: »Dein Name ist Melissa Faß.«

»Falsch«, zischte Camilla. »Und dafür kriege ich zwei Punkte. Noch einer, und ich fange an, die Schlinge zuzuziehen.«

Als es Nacht wurde und Camilla sich und dem Zauberer noch eine Tasse Kaffee einschenkte, lachte er plötzlich leise auf. »Ich hab's.«

»Oh, wirklich?« erkundigte sich Camilla. »Aber denk dran, noch zwei Versuche, und ich bin frei.«

»Du heißt Camilla Tonkrug.« Und der Kreidekreis verschwand.

»Also gut«, dachte Camilla und scharrte das Feuer aus. »Immerhin kann er kochen.«

Am nächsten Morgen standen sie in einem Schloß, in dem drei Raben mit langen Schnäbeln von einer alten Fahnenstange auf sie herabstarrten.

»Schadrach, Meschach und Abed-Nego«, stellte der Zauberer vor. »Du wirst schon noch lernen, wer von ihnen wer ist. Und jetzt muß ich dich über diese

Schwelle hier tragen, weil du sonst einschlafen würdest. Teil der Sicherheitsvorkehrungen.« Und er hob sie hoch und trug sie in einen in freundlichen Farben gehaltenen Raum, in dem ganz hinten ein riesiges Herdfeuer loderte.

»Magst du hohe Räume?« fragte er sie, als sie sich rechts und links des Kamins niederließen. »Es ist immer dasselbe mit diesen alten Gebäuden, aber du wirst dich daran gewöhnen.«

»Wie lange bist du schon Zauberer?« fragte Camilla, nur um etwas zu sagen.

»Oh, das kann ich dir nicht sagen«, erwiderte er leichthin. »Ich bin nämlich auch in der Zukunft einer, für mich spielt das keine Rolle.«

»Aber das ist unmöglich«, widersprach Camilla. »Es ist unmöglich, auf diese Weise über die Zeit zu sprechen.«

»Für dich vielleicht, meine Liebe, aber wir sind sehr verschieden.«

Letzteres stimmte, und so wandte Camilla ihre Aufmerksamkeit statt dessen dem Zimmer zu.

Es enthielt sehr wenige Möbel, aber unzählige Schränke. Auf der rechten Seite, neben dem Fenster, hing ein riesiges, verziertes Hörrohr.

»Wozu brauchst du das da?«

»Nun, ich bin nicht immer so alt wie jetzt, und wenn ich älter werde, kann es sein, daß ich ein wenig schwerhörig werde. Das Gerät ist dazu da, daß ich die Nachtigallen hören kann, wenn ich abends auf diesem Sofa liege.«

Soweit Camilla sehen konnte, gab es kein Sofa. »Auf was für einem Sofa?«

»Wieso? Auf dem da natürlich«, sagte der Zauberer überrascht. Sie sah noch einmal hin, und da stand es. Und das war nur der Anfang von Camillas Abenteuern im Schloß, aber während sie dort lebte, geschah etwas Seltsames. Sie vergaß, wie sie hierher gekommen war, oder was sie vorher gemacht hatte. Sie glaubte, sie sei schon immer im Schloß gewesen, und daß sie die Tochter des Zauberers sei. Er sagte ihr auch, sie sei seine Tochter, und daß sie keine Mutter habe, sondern ihm von einem mächtigen Geist anvertraut worden sei. Camilla empfand dies als die Wahrheit, und außerdem, wo sonst hätte sie sich wünschen können, zu leben?

Der Zauberer war gut zu den Dörflern, die in kleinen Gruppen am Fuß der Hügel lebten. Er lehrte sie Musik und Mathematik und legte mächtige Zauber auf die Ernten, so daß niemand im Winter hungern mußte. Natürlich erwartete er dafür ihre absolute Ergebenheit, aber sie waren nur allzu bereit, ihm diese zu gewähren. Camilla lernte ebenfalls, die Dörfler zu unterrichten, und alles war gut, bis eines Tages ein Fremder ins Dorf kam. Er quartierte sich in einem der Häuser ein und schloß Freundschaft mit Camilla. Sie lud ihn für den Tag des großen Festes ins Schloß ein.

Das große Fest war eine Erinnerung und eine Feier für das Dorf. Jedes Haus brachte dem Zauberer ein Geschenk, und er erwiderte sie da, wo er sie für angemessen hielt.

»Wirst du dem Fremden auch ein Geschenk geben?« wollte Camilla am Morgen des Festes von ihrem Vater wissen.

»Welchem Fremden?«

»Diesem hier.« Camilla deutete mit dem Finger auf ihn und ließ ihn erscheinen. Der Junge war schockiert. Noch vor einer Sekunde hatte er an einen Baum gelehnt dagestanden und zum Schloß hinaufgesehen. Jetzt stand er neben drei Raben in einer Halle, die so hoch war, daß Decke und Himmel miteinander verschmolzen. Der Zauberer drehte sich zu den beiden um und klatschte in die Hände. »Was sein wird, wird sein, du hast sein Geschenk bereits entschieden.« Damit raffte Camillas Vater seine Gewänder um sich und verschwand.

»Ich habe Angst«, sagte der Junge.

»Das brauchst du nicht«, sagte Camilla und küßte ihn.

Bei Sonnenuntergang war die Halle voller Menschen und Tiere. Einige der Tiere waren Geschenke, die für die Farm des Zauberers bestimmt waren, andere waren einfach so hereinspaziert. Um Mitternacht hatte der Wein alle alles, bis auf den Augenblick, vergessen lassen, und der Zauberer hielt seine übliche Rede. Er versprach auch für das nächste Jahr eine gute Ernte und gute Gesundheit für all seine Freunde. Den jungen Männern, die das Dorf im Laufe des Jahres verlassen würden, schenkte er einen Schild, ein Messer oder einen Bogen. Den jungen Frauen, die entschlossen waren, anderswo ihr Auskommen zu suchen, schenkte er einen Falken, oder einen Hund, oder einen Ring. »Mögen sie euch alle nach euren jeweiligen Bedürfnissen beschützen.« Denn der Zauberer wußte, wie das Leben von Reisenden bestellt ist. Dann jedoch wurde sein Gesicht dunkel, und er sprach von einer schrecklichen Plage, die über das Land gekommen war. »Ihre Ursache liegt in einem von euch«, warnte er sie und beobachtete, wie ein Kräuseln des Schreckens durch ihre Reihen lief. »Er muß ausgestoßen werden.« Und der Zauberer legte seine Hand auf den Nacken des Jungen. »Dieser Junge hat meine Tochter verdorben.«

»Nein«, rief Camilla und sprang erschrocken auf. »Er ist mein Freund.«

Aber niemand hörte sie. Sie banden den Jungen und warfen ihn in den dunkelsten Raum im tiefsten Teil des Schlosses, wo er bis in alle Ewigkeit hätte schmachten können, wenn Camilla ihn nicht mit Hilfe ihrer eigenen Künste befreit hätte. »Geh zu ihm«, sagte sie zu dem Jungen, als er ins Licht ihrer Fackel blinzelte, »und verleugne mich. Gib mir die Schuld an was immer du willst, du kannst nicht zu mir stehen, weil du ihm nicht widerstehen kannst.« Der Junge erbleichte und weinte, aber Camilla stieß ihn die Treppe hinauf, und am nächsten Morgen hörte sie, daß er getan hatte, was sie ihm aufgetragen hatte.

»Tochter, du hast mir Schande bereitet«, sagte der Zauberer, »und ich habe keine Verwendung mehr für dich. Du mußt gehen.«

Camilla konnte nicht um Verzeihung bitten, da sie unschuldig war, aber sie bat darum, bleiben zu dürfen.

»Wenn du bleibst, mußt du im Dorf wohnen und die Ziegen hüten. Ich verlasse dich jetzt, damit du es dir überlegen kannst.« Damit war er verschwunden. Camilla wollte gerade in Tränen ausbrechen, als sie ein leises Tippen an ihrer Schulter spürte. Es war Abed-Nego, der Rabe, den sie liebte. Er hüpfte dicht an ihr Ohr.

»Du wirst deine Macht nicht verlieren, du wirst sie nur anders einsetzen, das ist alles.«

»Woher weißt du das?« schnüffelte Camilla.

»Weil Zauberer ihre Geschenke niemals zurücknehmen können, so steht es im Buch geschrieben.«

»Und wenn ich bleibe?«

»Dann wird der Kummer dich vernichten. Alles, was du kennst, wird um dich sein, und doch unendlich weit von dir entfernt. Es ist besser, gleich einen neuen Ort zu finden.«

Camilla dachte darüber nach, während der Rabe geduldig auf ihrer Schulter balancierte.

»Wirst du mich begleiten?«

»Ich kann nicht, ich bin an diesen Ort gebunden, aber nimm das hier.« Der Rabe hüpfte auf den Boden und fing, soweit Camilla es erkennen konnte, an, sich auf die Steinplatten zu übergeben. Dann glättete er seine Federn und ließ einen rauhen braunen Kieselstein in ihre Hand fallen.

»Danke«, sagte Camilla. »Was ist das?«

»Es ist mein Herz.«

»Aber es ist aus Stein.«

»Ich weiß«, antwortete der Rabe traurig. »Ich habe mich nämlich zum Bleiben entschieden, oh, vor langer, langer Zeit, und mein Herz wurde schwer vor Kummer und verhärtete schließlich zu Stein. Es soll dir eine Erinnerung sein.«

Camilla setzte sich für einen Augenblick auf die Kaminumrandung. Der Rabe, der inzwischen mit Stummheit geschlagen worden war, konnte sie nicht warnen, daß ihr Vater sich in Gestalt einer Maus hereingeschlichen hatte und einen unsichtbaren Faden um einen ihrer Knöpfe band. Als Camilla aufstand, huschte die Maus davon. Sie bemerkte sie nicht, und als der Morgen kam, hatte sie den Rand des Waldes erreicht und den Bach überquert.

Ich arbeitete wieder in der Leichenhalle, oder besser gesagt, im Bestattungsinstitut, wie die Frau und ihr Freund Joe es nannten. Sie zahlten gut, und wenn ich mehr Geld brauchte, konnte ich jederzeit zusätzlich die Leichenwagen waschen. Manchmal mußte ich den Eiswagen hinter dem Haus parken, vorne eine Leiche aufbahren, und anschließend meine Tour fortsetzen. Joe machte Witze darüber, daß er die Leichen in meine Eistruhe packen würde, wenn das Wetter wärmer wurde.

»Das bißchen Himbeergeschmack wird schon keinem auffallen, oder?«

Die Frau machte immer noch Kränze und war bedeutend glücklicher, seit das »Elysium Fields« (so hieß das Geschäft der beiden) den Vertrag mit dem vornehmen Pflegeheim ein Stück außerhalb der Stadt bekommen hatte.

»Geld macht so einen Unterschied, wirklich, das tut es«, versicherte sie mir, als sie mir ihre neuen Entwürfe zeigte. »Die da oben wissen, was ein gebührendes Angedenken ist. Sie wollen nicht immer nur diese verdammten Kreuze.«

Auch Joe hatte reichlich zu tun. Er hatte zwei neue Leichenwagen gekauft und war dabei, den Schuppen in eine Kühlhalle umzuwandeln.

»Ich will nicht, daß man hier von Leichen überrannt wird«, sagte er mit einer Geste, die die ganze Kapelle umfaßte. »Ich meine, die Leute kommen her, um ihren Toten die letzte Ehre zu erweisen, und da wollen sie natürlich nicht, daß jeder Hinz und Kunz gleich neben den Ihren liegt, oder? Es ist nur natürlich, daß man dabei ein bißchen ungestört sein will.«

»Richtig, richtig«, nickte die Frau. »Sie wollen nicht, daß sie wie die Lutscher aufgereiht sind, nicht wahr?«

Soweit ich es beurteilen konnte, gaben Joe und die Frau nie eine Antwort auf eine Frage, ohne gleich eine neue anzuschließen. Sie konnten stundenlang so weitermachen, während Joe die Griffe anbrachte und die Frau

Draht und Blumen zu einem unentwirrbaren Ganzen verwob. Sie bewunderten ihre gegenseitigen Arbeiten: »Ist sie nicht wunderschön, diese Bronze?« sagte Joe. »Wie die Pforten des Himmels, nicht wahr?« gab die Frau zurück.

Von mir wurde erwartet, daß ich zwischen ihnen saß, weise nickte und Tee nachschenkte. Mir sollte es recht sein, es war etwas anderes als immer nur die Kinder am Eiswagen. Ich hatte ein Glockenspiel, das ein Lied mit dem Titel *Picknick der Teddybären* spielte, damit alle wußten, wann sie angerannt kommen mußten, um nach Orangeneis am Stil und Vanillesofteis zu schreien. Das Problem mit dem Glockenspiel war, daß man es genau richtig aufziehen mußte, sonst quälte es sich so langsam durch die Melodie, daß Joe mir einmal anbot, es für seine Leichenwagen zu kaufen. Wenn man es aber andererseits zu fest aufzog, hörte es sich an wie die Westernmusik, die sie immer spielen, wenn die Kavallerie den Hügel herabstürmt. »Es ist der verdammte Wagen von Trickett's«, sagten die Leute, wenn ich es wieder einmal nicht richtig hingekriegt hatte. »Verzieh dich.« Sie waren sehr anspruchsvoll. Und dann liefen sie hintenrum zu Birtwhistle, dem letzten pferdegezogenen Eiswagen, den es gab. Birtwhistle war mindestens achtzig, und sein Pferd hatte die Wassersucht. Die Leute sagten immer, niemand wüßte, was er alles in seinen Mischbottich hineinkippte, und niemand fragte je danach. Es schmeckte aber trotzdem gut. Bei ihm gab es keine ausgefallenen Sachen, nur einfache Tüten und Waffeln, übergossen mit Erdbeersirup. Er sagte Blut dazu. Als ich noch klein war, kauften wir immer bei ihm, weil es bei ihm einen Bonus gab. Wir lagen auf seinem Heimweg, und die Leute hatten das Pferd den ganzen Tag über mit Resten und Abfällen gefüttert, so daß, wenn es schließlich unseren Hügel heraufgedampft kam, die Scheiße nur so hinten aus ihm herauspurzelte. Meine Mutter hörte die Pfeife, drückte mir zehn Schilling in die eine und eine Schaufel in die andere Hand und schickte mich los, um zwei Waffeln, eine Tüte, und was immer ich tragen konnte, von dem zu holen, was auf dem Pflaster lag. Das Pferd stampfte und schnaubte und ließ meistens noch ein bißchen was zusätzlich fallen, sobald ich mein Eis bezahlt hatte.

»Prima«, strahlte meine Mutter, wenn ich durch die Diele geschlingert kam und mir alle Mühe gab, nichts zu verkleckern. »Grab es schnell unter meinen Kopfsalat.« Und dann setzten wir uns zufrieden hin und aßen unsere blutigen Waffeln.

Birtwhistle hatte etwas Romantisches an sich , was das »Trickett's« nie hatte. Wenn das »Elysium Fields« einen Leichenschmaus ausrichtete, bestellten sie das Eis für den Nachtisch immer bei Birtwhistle.

»Er hat einfach Qualität, was?« sagte die Frau.

So ein Leichenschmaus war immer etwas Schönes. Immer nur das Beste. Seit dem Vertrag mit dem Pflegeheim gehörte auch eine Vorspeise dazu, meistens Krabbencocktail von Mollys Fischstand. Für den Hauptgang konnte man zwischen Truthahnrolle, Rinderbraten und Quiche wählen. Die Quiche galt am Anfang als ein wenig gewagt, war aber inzwischen sehr beliebt.

»Ab und zu braucht man eben ein bißchen was Besonderes, findest du nicht?« sagte die Frau, als ich kam, um die Speisekarte zu schreiben.

Am Samstag, als ich mit dem Eiswagen in die Lower Fold einbog, sah ich, daß sich vor dem Haus an der anderen Ecke eine Menschenmenge versammelt hatte. Das Haus an der anderen Ecke war Elsies Haus. Ich versuchte, sofort hinzufahren, aber erst wollte jemand ein Eis am Stiel, dann wollte jemand eine Waffel, und meine Hände zitterten so, daß ich keine ordentlichen Kugeln zustande brachte.

»Hast heute wohl deinen schlampigen Tag, was?« beschwerte sich eine dicke Frau.

»Dafür gibt's ein Schokoladeneis umsonst«, sagte ich und warf es ihr zu, und während sie dastand und mich, die Hände in die Hüften gestemmt, anstarrte und das Schokoladeneis aus ihrer Schürzentasche ragte, ließ ich den Motor aufheulen und holperte über das Kopfsteinpflaster davon. Niemand beachtete mich, als ich den Wagen parkte und ausstieg und mich zu Elsies Tür durchdrängte. Im Wohnzimmer standen Mrs. White, der Pastor und meine Mutter. Keine Elsie.

»Was ist passiert?« wollte ich wissen.

Sie sahen mich an, ohne ihre leise Unterhaltung zu unterbrechen. Ich hörte das Wort »Beerdigung« und packte meine Mutter am Ärmel.

»Würdest du mir bitte sagen, was los ist?«

Sie wedelte mit der Hand über ihren Ärmel, als wollte sie ein Staubkorn abklopfen. »Elsie ist tot.«

Der Pastor trat zu mir. »Geh bitte nach Hause, Jeanette.« Seine Stimme war sehr ruhig.

»Und was meinen Sie, wo das ist?« fuhr ich ihn an. Er zuckte nicht einmal zusammen, sondern nahm einfach nur meinen Arm und führte mich in die Diele.

»Wir haben nicht viel miteinander geredet, nicht wahr?« sagte er.

Ich antwortete nicht, sondern starrte auf den Boden und hatte nur den einen Wunsch, nicht in Tränen auszubrechen.

»Du hättest mir vertrauen sollen.« Seine Stimme war sanft.

»Wovor haben Sie eigentlich Angst?« wollte ich plötzlich wissen.

Er lächelte. »Vor der Hölle, vor der ewigen Verdammnis.«

»Und was ist dann an mir so schrecklich?«

In diesem Augenblick verlor er die Beherrschung, so wie nur ein Mann mit einer normalerweise sanften Stimme es kann. »Du hast etwas Unmoralisches getan, dem man keinen Vorschub leisten darf.«

»Dazu gehören immer zwei.« Ich fand es nur richtig, ihn daran zu erinnern.

»Du hast sie verwirrt, du hast deine Macht über sie ausgenutzt, es lag nicht an ihr, es lag an dir.«

»Sie hat mich geliebt.« Kaum daß ich die Worte ausgesprochen hatte, wußte ich, daß er mich am liebsten umgebracht hätte, wenn er gekonnt hätte.

»Sie hat dich *nicht* geliebt.«

»Hat sie das gesagt?«

»Sie hat es mir persönlich gesagt.«

Ich lehnte mich an die Wand, die Hände flach dagegen gepreßt, und atmete langsam aus. Es gibt verschiedene Arten von Gemeinheit, aber ein Verrat ist ein Verrat, wo immer man ihn findet. Nein, er würde mich nicht umbringen, Männer mit sanften Stimmen bringen einen nicht um, dafür sind sie viel zu schlau. Ihre Art von Gewalt hinterläßt keine sichtbaren Spuren. Er führte mich zur Tür, und ich stolperte zu meinem Eiswagen zurück. »Da ist sie ja endlich«, hörte ich eine

Stimme und sah, daß all die Leute, die sich um Elsies Haus gedrängt hatten, eine Schlange vor meinem Fenster bildeten. Die erste zückte ihr Portemonnaie.

»Zwei Waffeln, Schätzchen. Hast du sie gekannt? Ich kannte sie vom Sehen.« Sie drehte sich zu ihrer Freundin um. »Nicht wahr, wir kannten sie vom Sehen?« Ich reichte ihnen ihre Waffeln.

Die Frauen, die als nächste kamen, gehörten zusammen und schwatzten unaufhörlich. »Sie hat nicht gelitten, sie ist einfach in der Nacht eingeschlafen, zwei Himbeer und ein Vanille, Schätzchen, Betty hat sich noch nicht entschieden, aber es war das Beste so, sie war alt, sie konnte sich nicht mehr selbst versorgen.«

»Sonst noch was?« fragte ich.

»Ja«, erhob Betty ihre Stimme. »Ein doppeltes Vanillesofteis für mich, ich muß es ja nicht bezahlen.« Alle lachten. »Und beeil dich ein bißchen«, drängelte die Frau, die bezahlte. »Meine Kinder sind allein zu Hause.«

Endlich waren sie alle weg, aber als ich meine klebrigen Löffel in das wolkige Wasser fallenließ, sah ich Mrs. White über die Straße auf mich zukommen. Sie schniefte in ein Taschentuch.

»Mit den Toten auch noch Geld machen«, wimmerte sie durch mein Fenster. »Der Pastor kann es nicht fassen.«

»Es ist nicht heilig, was?« sagte ich zu ihr.

»Nein, das ist es nicht, aber du wirst den Preis dafür bezahlen, und er wird dich teurer zu stehen kommen als eine Eiswaffel.«

»Das nehme ich auch an«, sagte ich und hoffte, daß sie weggehen würde, aber sie stützte sich auf das Brett vor meinem Fenster und schluchzte so heftig, daß ich sie mit einem Tuch abtrocknen mußte.

»Wann ist die Beerdigung?« fragte ich, nur um etwas zu sagen.

»Du kannst nicht kommen, sie ist für die Heiligen.«

»Ich will überhaupt nicht kommen, ach, gehen Sie doch endlich weg.« Ich setzte mich ans Steuer, Mrs. White murmelte irgend etwas hinter mir her und lief dann über die Straße zurück.

Also fuhr ich wie üblich weiter, ohne nachzudenken, vorbei an der Baptistenkirche von Woodnook, dann den langen Hügel nach Fern Gore hinauf, wo die Eisfabrik war. »Ich brauche ein paar Tage frei«, sagte ich. »Es wird nicht wieder vorkommen.« Sie waren nicht begeistert, in den Schulferien war immer viel zu tun, aber ich arbeitete gut und machte einen guten Umsatz, und deshalb ließen sie mich gehen.

Als Camilla den Bach überquert hatte, fand sie sich in einem Teil des Waldes wieder, der genauso aussah, aber anders roch. Da sie keine Ahnung hatte, wo sie hinwollte, kam sie zu dem Schluß, daß ihr praktisch überall recht sein konnte und schlug den offensichtlichsten Pfad ein. Nicht viel später gingen ihre Lebensmittelvorräte zur Neige, und sie hatte keine Kleider zum Wechseln mehr, und dann wurde sie vom Heimweh gepackt, und sie lag viele Tage einfach nur da und konnte nicht weitergehen. Eine Frau, die den Wald durchwanderte, fand ihren Körper und belebte sie mit Hilfe von Kräutern. Diese Frau wußte nichts von den magischen Künsten, aber sie kannte die verschiedenen Arten von Kummer und ihre Wirkungen. Camilla ging mit ihr, zurück in ihr Dorf, wo die Menschen sie willkommen hießen und ihr Arbeit für ihren Lebensunterhalt gaben.

Sie hatten von Camillas Vater gehört und hielten ihn für verrückt und gefährlich, und aus diesem Grund sprach Camilla nie von ihren eigenen Kräften und benutzte sie nie. Die Frau versuchte, Camilla ihre Sprache zu lehren, und Camilla lernte die Worte, aber nicht die Sprache an sich. Bestimmte Konstruktionen blieben ihr ein Rätsel, und bei einem Streitgespräch konnten sie immer gegen sie verwendet werden, weil sie selbst sie nicht verwenden konnte. Aber meistens geschah dies nicht. Die Dörfler waren einfach und freundlich und stellten die Welt nicht in Frage. Sie erwarteten nicht, daß Camilla sehr viel redete. Camilla aber wollte reden. Sie hatte ihre Schule und ihre Gefolgschaft weit hinter sich zurückgelassen, sie wollte über das Wesen der Welt sprechen, wollte darüber sprechen, wieso es sie gab, und was sie alle auf ihr machten. Und doch wußte sie gleichzeitig, daß ihre alte Welt vieles enthielt, was falsch war. Wenn sie darüber sprechen würde, über das Gute und das Böse, würden sie sie für verrückt halten, und dann hätte sie überhaupt niemanden mehr. Sie mußte so tun, als wäre sie genau wie sie, und wenn sie einen Fehler machte, lächelten die Leute und erinnerten sich daran, daß sie eine Fremde war. Camilla hatte gehört, daß es eine wunderschöne Stadt gab, sehr weit entfernt, mit Gebäuden, die bis in den Himmel reichten. Es war eine alte Stadt, bewacht von Tigern. Niemand aus ihrem Dorf war je dort gewesen, aber alle hatten davon gehört, und die meisten gedachten ihrer mit Ehrfurcht. Die Stadtbewohner säten nicht und ackerten nicht, sie dachten über die Welt nach. Camilla lag viele Nächte wach und versuchte sich vorzustellen, wie ein solcher Ort sein mochte. Wenn sie nur dorthin gelangen könnte, dann, dessen war sie sicher, wäre sie in Sicherheit. Als sie den

Dorfbewohnern von ihrem Plan erzählte, lachten sie und sagten, sie solle lieber an etwas andres denken, aber Camilla konnte an nichts anderes denken, und sie faßte den Plan, es Wirklichkeit werden zu lassen.

In der Stadt, am folgenden Morgen, sah ich Joe. Er winkte und kam zu mir gelaufen.

»Wir haben eine von deinen Leuten im Institut. Geh rüber und sieh sie dir an.« Ich wußte, daß er Elsie meinte. Es war meine letzte Chance. Die Kirchenmitglieder hatten vergessen, daß ich im »Elysium Fields« aushalf. Zuerst aber mußte ich einen Brief schreiben, und so wartete ich bis zum Abend, bevor ich auf die andere Seite der Stadt ging, außerdem fand an diesem Abend in der Kirche eine Andacht statt, so daß es unwahrscheinlich war, daß ich jemandem begegnen würde.

»Bist du es?« Die Frau hob den Kopf, als ich hereinkam. »Ist Joe da?«

»Ja, ich bin es, und nein, Joe ist nicht da, ich nehme an, er ist im Garten, oder?«

»Ach ja, er holt Gemüse für den Leichenschmaus. Hatte ich ganz vergessen.«

Die Frau verwob Farne und Hyazinthen zu einem Kreuz. »Sieh dir an, was ich für sie machen muß, ein verdammtes Kreuz.« Sie knallte es wütend hin. »Trinken wir einen Tee.« Auf dem Weg in die kleine Küche kam ich an Elsies Sarg vorbei, sah aber nicht hinein, ich wollte warten, bis sie nach Hause gegangen waren. Es fühlte sich jedoch friedlich an.

»Bring die Zitronenkekse mit«, rief die Frau mir nach.

Wir saßen eine halbe Stunde oder so in der Sonne und genossen die Wärme und den Tee.

»Das Beste, was Frankreich je hervorgebracht hat«, sagte die Frau, als sie in ihren Zitronenkeks biß.

»Und was ist mit Quiche?« erinnerte ich sie.

»Stimmt, stimmt«, nickte sie. »Wenn's um Essen geht, kennen sie sich wirklich aus, was?« Und sie fing an, mir von ein paar Rezepten zu erzählen, die sie in einem Buch in der Bibliothek gesehen hatte, und von dem einen Mal, als sie über den Kanal nach Dieppe gefahren war. Sie würde nicht noch einmal fahren, nein, es war zu weit, obwohl sie den Eiffelturm gerne gesehen hätte. Sie hatte gehört, er sei von Akrobaten gebaut worden, und eine Horde dressierter Affen hätte die letzten und höchsten Träger angebracht. Ihre eigene Großmutter hatte ein Foto davon gesehen, und ein maßstabgetreues Modell in der Weltausstellung. Die Frau hatte ein Foto von ihrer Großmutter, wie sie sich ein Foto davon ansah. Würde ich gerne reisen? Nein, würde ich nicht, nun, das konnte sie gut verstehen, wo es zu Hause immer so viel zu tun gab. Dann sagte sie, ihrer Meinung nach hätten solche Dinge etwas mit Wiedergeburt zu tun. Ich durfte aber keinem erzählen, daß sie das dachte. Es war streng im Vertrauen. Sie sagte, sie hätte sich oft gefragt, wieso es Dinge gab, die sie gerne tat, und andere, die sie überhaupt nicht gerne tat. Nun, bei manchen Dingen war es ganz offensichtlich, aber bei anderen gab es überhaupt keinen Grund. Sie hatte viel Zeit damit verbracht, darüber nachzudenken, und war schließlich zu dem Schluß gelangt, daß man Dinge, die man bereits in einem vergangenen Leben getan hatte, nicht noch einmal zu tun brauchte, und man für Dinge, die man in der Zukunft tun mußte, jetzt noch nicht bereit war.

»Es ist wie mit Mauersteinen, findest du nicht auch?« Dies, so meinte sie, war die Erklärung dafür, daß ich nicht reisen wollte. In diesem Augenblick fuhr Joe vor, und die Frau ging in die Küche, um frischen Tee zu machen. Joe klappte die Hecktür des Wagens auf.

»Ich habe Kartoffeln und rote Beete und Tomaten und Kopfsalat, und jede Menge Erbsen. Müßte eigentlich reichen. Sie haben Truthahnrolle und als Nachtisch Vanilleeis bestellt.«

»Wann soll das Ganze stattfinden?«

»Morgen um zwölf. Aber vorher müssen wir noch den Wagen ausfegen. Da, wo sie hinkommt, gibt es schließlich genug Erde, was?«

Die Frau kam mit dem Tee. Sie war verärgert, weil Joe versprochen hatte, mit ihr ins Kino zu gehen, um Gary Cooper zu sehen. Und jetzt redete er davon, den Wagen zu waschen. Sie verkleckerte seinen Tee in die Untertasse und versteckte die Kekse unter ihrem Farn. Ich wollte nicht, daß sie sich schlecht fühlte, also bot ich an, den Wagen zu waschen und zu polieren.

»Kannst du ihn denn in die Garage fahren?« fragte Joe voller Zweifel.

»Natürlich kann sie das«, fauchte die Frau. »Schließlich fährt sie die ganze Zeit mit diesem verdammten Eiswagen rum.«

Joe nickte und sah auf seine Uhr.

»Also gut, dann bringe ich dich jetzt nach Hause, damit du dich ein bißchen frischmachen kannst.« Die Frau stand auf, um ihren Helm zu holen – Joe trug nie einen –, dann stiegen sie auf den kleinen Motorroller und schlingerten durch die Gasse davon. Ich wartete ein Weilchen, suchte mir dann ganz geruhsam den Eimer und das Fensterleder zusammen und machte den Wagen sauber. Ich wollte, daß Elsie das Beste bekam. Es war schon dunkel, als ich den Wagen in die Garage fuhr.

Ich wusch mir die Hände und ging in die Leichenhalle; es waren nur ein paar Lampen an, gerade genug, um Elsie sehen zu können. Sie war in ihrem besten Sonntagskleid aufgebahrt, das Gesangbuch neben sich. Das Gesangbuch war mit Elsies Anmerkungen vollgeschrieben, die ihr sagten, in welcher Tonart sie spielen mußte. Ich fragte mich, was sie mit ihrem Akkordeon gemacht hatten. Es gab einen Hocker, der extra dafür gedacht war, daß man in die Särge hineinsehen konnte, er hatte genau die richtige Höhe, so daß man nicht stehen mußte. Joe hatte ein gutes Gespür für solche Dinge; er ließ einen sogar über Nacht bleiben, wenn man wollte, obwohl das eigentlich nicht üblich war.

Ich unterhielt mich lange mit Elsie. Darüber, wie ich mich fühlte, und über den Brief, den ich geschrieben hatte. Es wurde schon hell, als ich nach Hause ging.

Unten klingelte das Telefon. Ich wollte weiterschlafen, aber das Telefon hörte nicht auf. Es war Joe. Er war in heller Panik. Konnte ich kommen und das Essen machen, es kochen und servieren? Er mußte den Leichenwagen fahren und sich um den Sarg kümmern. Die Frau war auf dem Heimweg aus dem Gary-Cooper-Film vom Roller gefallen. Sie hatte sich zwar nichts gebrochen, mußte aber ein paar Tage im Bett bleiben. Sie hatte es gerade noch geschafft, den Kranz fertigzumachen. Ich versuchte, Joe zu erklären, was passieren würde, wenn ich mich auf der Beerdigung blicken ließ.

»Das geht schon in Ordnung«, sagte er. »Ich kann auf ihre Kundschaft verzichten. Meinetwegen können sie das nächste Mal zu diesem schmierigen Alf gehen.« Alf führte ein völlig anders geartetes Etablissement, mit Null acht fünfzehn-Begräbnissen zu Null acht fünfzehn-Preisen.

»Bei dem geht es zu wie in einem Schnellimbiß«, höhnte Joe.

Also sagte ich zu, suchte mir ein paar Sachen zum Umziehen zusammen und ging los, um Truthahnrolle für zwanzig Personen zu machen.

Ich ließ mich nicht blicken, bis der Leichenzug sich in Bewegung gesetzt hatte, und flitzte dann los, um den Tisch zu decken. Ich hatte mir überlegt, daß ich die Krabbencocktails auf den Tisch stellen und es den Gästen überlassen könnte, sich das Gemüse selbst aufzutun, sobald alle ihren Teller mit Truthahnrolle vor sich hatten. Fünfundvierzig Minuten später waren sie wieder da, und ich verteilte schnell die glühendheißen Schüsseln mit dem dampfenden Gemüse auf dem langen Tisch. Jetzt brauchte Joe nur noch die Teller herumzureichen, und wenn wir Glück hatten, würden wir damit durchkommen. Alles ging gut, bis zum Eis. Die Portionen standen auf einem Tablett bereit, Joe hatte versprochen, sie hinauszutragen und die Gäste anschließend aufzufordern, den Kaffee und den Kuchen im Nebenzimmer einzunehmen, damit ich abdecken konnte. Aber plötzlich stand der Friedhofspfarrer auf und machte Joe ein Zeichen, zur Tür zu kommen. Joe sah aus wie vom Schlag gerührt und kam dann zu mir ans Küchenfenster, hinter dem ich stand und linste.

»Du mußt das Eis selbst rausbringen. Er will unbedingt mit mir reden.«

»Aber Joe...« Ich war wie gelähmt, aber er war schon weg.

Ich schnappte mir das erste Tablett und versuchte, mein Gesicht anders aussehen zu lassen.

»Vanille?« fragte ich Mrs. White und knallte das Eis vor sie auf den Tisch.

»Vanille, Pastor?« fragte ich und kleckerte ein bißchen.

»Vanille, May? Vanille, Alice?« Ich vanillate mich um den Tisch herum, bis ich zu meiner Mutter kam. Sie starrte mich mit offenem Mund an.

»Du?« Und die Perlen an ihrem Hals zitterten.

»Ich. Vanille?«

Elsies Verwandte aus Morecambe dachten, wir seien verrückt geworden. Der Pastor erhob sich.

»Wo ist Mr. Ramsbottom? Ist das hier ein übler Scherz?«

»Die Frau ist krank«, erklärte ich. »Ich helfe nur aus.«

»Hast du denn gar kein Schamgefühl?«

»Eigentlich nicht.«

Der Pastor machte der Herde ein Zeichen. »Wir werden nicht bleiben, um uns noch länger verhöhnen zu lassen.«

»Oh, sie ist eine Teufelin, diese Tochter von dir«, heulte Mrs. White und klammerte sich am Arm des Pastors fest.

»Sie ist nicht meine Tochter«, fauchte meine Mutter zurück, den Kopf hoch erhoben, und führte den Weg zur Tür an.

Sie gingen, und die Verwandten aus Morecambe bekamen eine zweite Portion Eis und zwei Stücke Kuchen. Als Joe zurückkam, schüttelte er nur den Kopf und sagte, sie seien alle verrückt, und ich könne von Glück sagen, daß ich nichts mehr mit ihnen zu tun hätte. Er hatte recht, aber ich war einsam. Als ich in der Küche stand und abwusch und über alles nachdachte, spürte ich, daß jemand hinter mir stand. Es war Miss Jewsbury.

»Sie waren nicht beim Leichenschmaus«, war alles, was mir einfiel.

»Nein, das wollte ich nicht. Ich wollte Elsie nur auf Wiedersehen sagen, das ist alles. Ich kenne ihre Cousine aus Morecambe.« Ich antwortete nicht, und sie sah verlegen aus. »Und wie geht es dir?«

»Oh, gut«, sagte ich. »Ich verdiene ein bißchen Geld, und ich habe einen Plan für nächstes Jahr.«

Sie war der erste Mensch, dem ich mich anvertraute, abgesehen von Elsie. Sie wirkte erfreut, sagte, es sei eine gute Idee, und daß sie es selbst hätte machen sollen. »Immer kommt einem irgend etwas dazwischen«, sagte sie. »Das ist das Traurige am Leben.« Und dann, plötzlich: »Wirst du mich einmal in meiner Wohnung besuchen?«

»Nein«, antwortete ich langsam, »das kann ich nicht.«

Sie suchte ihre Tasche und ihre Handschuhe zusammen. »Falls du es dir anders überlegst, oder falls du Geld brauchst, ich stehe im Telefonbuch.« Sie drehte sich um, und ich konnte ihre Absätze noch lange hören. Ich weiß nicht, wieso ich mich nicht bei ihr bedankte oder ihr noch nicht einmal Auf Wiedersehen sagte.

Es war das letzte Mal, daß ich auf einer regelmäßigen Basis im »Elysium Fields« arbeitete. Ich war mit der Schule fertig und hatte eine volle Stelle in einer Nervenheilanstalt angeboten bekommen. Es war nicht das, was ich mir normalerweise ausgesucht hätte, hatte aber gegenüber anderen Jobs den entscheidenden Vorteil, daß ich im Haus wohnen konnte. Ein eigenes Zimmer, endlich.

»Es wird ihr nicht gefallen, nicht wahr?« sagte die Frau zu Joe.

»Wie könnte es?« antwortete Joe. »All diese Verrückten.«

Aber ich ging trotzdem und tröstete mich mit meinem Plan.

Camilla versuchte, sich vorzustellen, wie die Stadt aussehen mochte. Manche aus ihrem Dorf sagten, sie sei aus Kristall gemacht, andere, sie sei aus einem Netz gesponnen. Manche bezeichneten das Ganze als Unsinn und sagten, daß sie trotzdem unglücklich sein würde, auch wenn es ihr gelänge, sie zu finden. Sie dachte, daß alle Menschen dort stark und gesund sein müßten. Sie dachte an ihr Verständnis und ihre Weisheit. An einem Ort, an dem die Wahrheit zählte, würde niemand sie verraten, und so wuchs ihr Mut, und mit ihrem Mut ihre Entschlossenheit. Sie fand eine Karte, die um einen Besenstiel gewickelt war; die Karte zeigte den Wald, und die Ränder des Waldes, wo die Städte anfingen. Sie fand den Fluß, der friedlich und geschrumpft war, sich aber dort, wo sie einst gelebt hatte, zu einer gewaltigen Mündung ausweitete; der Fluß umgürtete die geheiligte Stadt, teilte sich wie ein durchschnittener Wurm und ergoß sich vielfältig ins Meer. Camilla war noch nie auf dem Meer gewesen. Sie kannte das Meer nur so, wie es an die Küste kam, kannte es nur in Verbindung mit dem Land. Sie hatte Angst davor, obwohl sie wußte, daß es Menschen gab, die in kleinen Booten aus Weidengeflecht wahre Wunder bewirkt hatten. Der einfachste Weg in die Stadt war der aufs Meer hinaus, und dann den Fluß hinauf. Der einzige andere Weg führte durch tiefsten Wald, und dann einen Teil des Flusses hinunter, der wie ein Tunnel aussah. Dort waren die Wasser brackig, sie konnte nicht hoffen, sie zu navigieren, da sie sich in einer dichten Baumdunkelheit verloren, die lange nach der Nacht andauerte. Sie mußte ein Boot finden und in ihm segeln. Keine Garantie, die Küste zu erreichen. Nur die Überzeugung, daß das, was sie wollte, existieren konnte, wenn sie wagte, es zu finden.

Camilla studierte die Methoden der Bootsbauer; wie sie um der Geschwindigkeit willen den Rumpf rundeten und trimmten, und wie sie um der Stabilität willen das Heck verbreiterten. Sie erlernte die Geometrie eines Segels. Der blinde Mann, der sie unterwies, sagte, ein Tau sei wie ein Hund, rauh und verläßlich. Warm und kratzig wie ein Hundefell, und braun, und es mußte richtig gehandhabt werden. Sie lernte, alles so zu handhaben, als sei es lebendig. Es war lebendig, sagte er ihr, und es funktionierte besser, wenn man das wußte. Er sagte, es sei Wu li: Prinzipien organischer Energie. Sie verstand ihn nicht, fühlte aber, wie sie sich bewegten; der zähe, schwarze Teer und die straffe Schnur, die um den Griff ihrer Ruder gewunden war. Wenn die Steine heiß sind, sagte er, singen sie, und er gab ihr einen singenden Stein für ihre Reise.

Bald kam Camillas letzte Nacht im Dorf. Sie beschloß, diese letzte Nacht draußen im Freien zu verbringen, wo sie die Erde, die sie verlassen wollte, riechen und spüren konnte. Der Wind wehte, und es schien nicht weiter wichtig zu sein, aber morgen, wenn der Wind wehte, würde es wichtig sein. Alles, was ihr vertraut war, bekam eine andere Bedeutung. In der Nacht hatte Camilla einen Traum.

Sie träumte, daß ihre Augenbrauen zu zwei Brücken wurden, die zu einem Bohrloch zwischen ihren Augen führten. Das Loch hat keine Abdeckung, und eine Wendeltreppe beginnt und führt tiefer und tiefer in die Eingeweide hinein. Sie muß ihr folgen, wenn sie die Ausmaße ihres Territoriums kennenlernen will. Sie muß das Blut und die Knochen durchwaten, die die unterste Stufe umstrudeln, bevor sie sich auf die oberste Stufe setzen kann, im gewaltigen Raum unter ihrer Haut.

Dann findet sie ein Karussellpferd, und es bietet ihr die Möglichkeit, die Dinge mehr als einmal anzusehen, und sie denkt, daß sie durch ihr Hinsehen nichts verändert, aber anscheinend tut sie das doch, weil jedesmal, wenn sie eine neue Runde dreht, dieselben Dinge anders sind. Ihr wird schwindlig, wenn sie nicht abspringt, wird sie herunterfallen.

Als Camilla wach wird, regnet es leise, und sie muß sich beeilen. Sie weint, und der blinde Mann berührt sie und sagt, sie soll sich keine Sorgen darüber machen, daß sie Angst hat. Sie rudert zum Meer und macht ihr Boot für einen Tag fest, um sich an den Salzgeschmack zu gewöhnen, und daran, wie groß alles ist. Die Sehnsucht nach der Stadt bindet ihr Herz an ihren Geist. Sie wird in ihr Boot steigen und auf die andere Seite segeln. Das Segel füllt sich, und die Sonne ist aufgegangen. Jetzt ist um sie herum nichts als Wasser. Eines ist sicher; sie kann nicht zurück.

»Wann hast du deine Mutter das letzte Mal gesehen?« wollte jemand wissen. Jemand, der mit mir durch die Stadt spazierte. Ich wollte es nicht sagen; ich dachte, in dieser Stadt sei eine Vergangenheit genau das. Vergangen. Warum muß ich mich erinnern? In der alten Welt konnte jeder eine neue Schöpfung sein, die Vergangenheit war weggewaschen. Warum mußte die neue Welt so inquisitorisch sein?

»Denkst du nie daran, zurückzugehen?«

Dumme Frage. Es gibt Fäden, die einem helfen, den Weg zurück zu finden, und es gibt Fäden, die die Absicht haben, einen zurückzuholen. Wenn der Geist dem Ziehen nachgibt, ist es schwer, sich wieder loszureißen.

Ich denke ständig daran, zurückzugehen. Als Lots Frau über ihre Schulter zurücksah, verwandelte sie sich in eine Salzsäule. Säulen halten Dinge hoch, Salz hält Dinge sauber, aber es ist ein armseliger Tausch für den Verlust des eigenen Ich. Menschen gehen zurück, aber sie überleben nicht, weil zwei Realitäten sie gleichzeitig beanspruchen. Solche Dinge sind zuviel. Man kann sein Herz einsalzen, oder sein Herz töten, oder man kann zwischen den beiden Realitäten wählen. Das ist mit großen Schmerzen verbunden. Manche Menschen denken, daß man beides gleichzeitig haben kann, daß man den Kuchen essen und trotzdem behalten kann. Aber der Kuchen wird schimmelig, und das, was übrigbleibt, bleibt einem im Hals stecken. Wenn man nach langer Zeit zurückgeht, kann man leicht verrückt werden, weil die Menschen, die man zurückgelassen hat, nicht sehen wollen, daß man sich verändert hat und einen so behandeln, wie sie es immer getan haben, einem den Vorwurf machen, gleichgültig zu sein, wenn man nur nicht gleich geblieben ist.

»Wann hast du deine Mutter das letzte Mal gesehen?«
Ich weiß nicht, was ich darauf antworten soll. Ich weiß, was ich denke, aber Worte im Kopf sind wie Stimmen unter Wasser. Sie sind verzerrt. Die Worte zu hören, wenn sie die Oberfläche durchbrechen, ist etwas, was viel Feingefühl erfordert. Man muß ein Bankräuber sein und immer wieder auf das leise Klicken hören, bevor man den Safe öffnen kann.

»Was wäre passiert, wenn du geblieben wärst?«
Ich hätte Priesterin statt Prophetin sein können. Der Priester hat ein Buch, in dem die Worte geschrieben stehen. Alte Worte, bekannte Worte, Worte der Macht. Worte, die immer an der Oberfläche sind. Worte für

jede Gelegenheit. Die Worte funktionieren. Sie tun, was von ihnen erwartet wird; sie trösten und disziplinieren. Der Prophet hat kein Buch. Der Prophet ist eine Stimme, die in der Wildnis ruft, einer Wildnis voller Geräusche, die nicht immer eine Bedeutung annehmen. Die Propheten rufen, weil sie von Dämonen bedrängt werden.
Diese alte Stadt ist aus Steinen und steinernen Mauern gemacht, die noch nicht eingestürzt sind. Wie das Paradies ist sie von Flüssen umgeben und enthält phantastische Lebewesen. Die meisten von ihnen haben Köpfe. Wenn du aus den Brunnen trinkst, und es gibt viele davon, lebst du vielleicht für immer, aber es gibt keine Garantie dafür, daß du für immer so lebst, wie du jetzt bist. Vielleicht nimmst du eine andere Gestalt an. Vielleicht bekommen die Wasser dir nicht. Aber das sagt dir niemand. Ich kam in diese Stadt, um zu entkommen. Diese Stadt ist voller Türme, die man ersteigen und ersteigen kann, immer schneller und schneller, während man über die Architektur staunt und von der Sicht träumt, die man von oben hat. Oben weht ein heftiger Wind, und alles ist so weit weg, daß man unmöglich sagen kann, was was ist. Es ist niemand da, mit dem man darüber reden kann. Katzen können sich auf die Feuerwehr verlassen, und Rapunzel konnte von Glück sagen, daß sie ihre Haare hatte. Wäre es nicht schön, wieder auf festem Boden zu sitzen? Ich kam in diese Stadt, um zu entkommen.
Wenn die Dämonen im Inneren schlummern, reisen sie mit dir.
Jeder hält seine eigene Situation für die tragischste. Ich bin keine Ausnahme.

Als ich aus dem Intercity in den Regionalzug umsteige, bemerke ich etwas Seltsames. Das hier ist ein vielbefahrener Bahnhof, aber es gibt kaum Leute und nur sehr wenig Geräusche. Alles ist gedämpft, als hätte man dem Universum einen Knebel angelegt. Was geht hier vor? Eine Hand auf meiner Schulter.

»Der letzte Zug, Schätzchen.« Ich suche nach der Uhr. Es ist erst halb neun.

Die Stimme sieht meine Verwirrung. »Schnee, Schätzchen, die Schienen sind zu.« Wovon redet er? Ich fahre nur ein paar hundert Meilen und bin schon abgeschnitten. Ich bin mißtrauisch. Ich befinde mich in der Sphäre der Verzauberung, und alles ist möglich. Aber zuerst muß ich in diesen Zug steigen. In meinem Abteil sitzt ein seufzender Mann. Ich habe meine Handschuhe nicht dabei, und das Gepäcknetz über mir ist kaputt.

»Sie dürfen Ihre Taschen nicht in den Gang stellen«, tadelt der Fahrkartenknipser.

Wir ruckeln los, und ich wische ein Bullauge in das beschlagene Fenster. Jenseits des Fensters muß der Schnee einen Meter hoch liegen. Die Schienen sind zugeschneit, und die Böschungen sind hoch aufgehäuft. Ich habe meine Gummistiefel nicht dabei. Der seufzende Mann verwandelt sich in einen murmelnden Mann, bis wir den ersten Bahnhof erreichen. Wir halten uns nicht lange auf, dann ertönt ein ohrenbetäubender Schrei. Der Zug stottert und hält, ruckt noch ein paar Meter, dann kommen unterschiedliche Füße durch den Gang gelaufen. Der Fahrkartenknipser und der Schaffner und der murmelnde Mann folgen ihnen. Das Schreien hört nicht auf. Ich stecke den Kopf durch die Tür und sehe, wie ein großes, schwarzes Bündel in den Zug gezerrt wird. Plötzlich landet es im Gang, und wir setzen uns wieder in Bewegung. Als ich zu meinem Platz zurückgehe, sehe ich das Bündel durch den Zug auf mich zukommen. »Verdammter Mist, verdammter Mist, verdammter Mist«, intoniert es. »Lassen einem nicht mal genug Zeit zum Reinklettern. Verdammter Mist, dabei habe ich ein schwaches Herz.« Die Frau war in der Tür steckengeblieben.

Jetzt sind wir zu dritt; das Bündel intoniert seine Klagen um ein dickes Käsesandwich herum, eine fette Hand umklammert eine Thermosflasche wie einen lange verlorenen Freund; der murmelnde Mann singt ein Liedchen über die Liebe und ihr Nichtvorhandensein; und ich habe ein Exemplar von *Middlemarch* unter meinem Pullover. Es ist nicht das eine oder das andere, was zum Wahnsinn führt, sondern der Raum dazwischen.

»Da wären wir also«, dachte ich, als der Zug sich dem näherte, was einst ein Bahnhof war. Früher gab es hier ein Modell der *Queen Mary*, und einen Warteraum, und eine Maschine voller Bonbons. Einmal bin ich von hier nach Liverpool gefahren, mit einer Mütze auf dem Kopf, die wie ein Teewärmer aussah. Elsie hatte sie für mich gestrickt; sie nannte sie meinen Helm der Errettung.

Der Wind wehte, und meine Schuhe wurden dunkler und feucht, als ich am Rathaus mit dem hell erleuchteten Weihnachtsbaum und der von der Heilsarmee aufgebauten Krippe vorbeischlitterte. Es schneite, als ich den Fuß unserer langen, sich hinziehenden Straße erreichte. Der Hügel an der Spitze sah aus wie das Bündel aus dem Zug. »Zehn Blocks, zwanzig Straßenlampen«, zählte ich automatisch. Bald hast du es geschafft. Wenn ich nur meine Handschuhe dabei gehabt hätte. Die letzten Gehwegplatten, und dann stehe ich wieder vor unserer Haustür. Das Wohnzimmer hat ein Buntglasfenster, so daß niemand richtig hineinsehen kann. Aber ich kann Umrisse sehen, und ich kann etwas hören, was wie *Vom Himmel hoch da komm ich her* klingt; es klingt so, aber untermalt ist es von einem unverkennbaren Samba-Rhythmus. Ich zögere, nehme all meine Hormone zusammen und mache die Haustür auf. In der Diele brennt Licht, der Schuhlöffel aus Elchgeweih hängt immer noch neben dem Barometer, obwohl die Tapete das nicht mehr tut. Ich werde ins Wohnzimmer gehen und auf das Beste hoffen. Im Wohnzimmer sitzt meine Mutter vor etwas, was sich am besten als Maschinerie beschreiben läßt. Noch interessanter ist, daß sie darauf spielt.

»Hallo, Mum, ich bin's.« Ich stellte meine Tasche ab und wartete. Sie drehte sich auf ihrem Hocker zu mir um und wedelte mit einem Notenblatt. Der Titel lautete *Nun singet und seid froh*.

»Komm her und sieh dir das hier an, es ist speziell für die elektronische Orgel gedacht«, und sie wirbelte wieder herum und ließ ihre Finger über die Tasten fliegen.

»Was hast du mit dem Klavier gemacht?«

»Oh, ich bin auf die Elektronik umgestiegen. Ich bin gerne auf dem neuesten Stand.«

Ich ging hinüber, um mir die Maschinerie genauer anzusehen. Sie war riesig, mit einem großen, verschnörkelten Notenständer obendrauf. Es gab zwei Tastaturen und eine Reihe verschiedenfarbener Knöpfe und Schalter, auf denen Sachen wie »Spinett« und »Xylophon« standen.

»Hör dir dieses Spinett an«, kommandierte meine Mutter und klimperte die erste Strophe von *Das Jahr geht still zu Ende*.

»Sehr atmosphärisch«, mußte ich zugeben.

»Oh, es ist noch viel mehr, warte, ich zeige es dir.« Und die nächste halbe Stunde führte sie mir die Maschinerie vor. *Ihr Hirten erwacht* mit und ohne Snare-Drum. *Ihr Hirten erwacht* mit und ohne Flügelhorn und Bläserensemble. Sie konnte auch Pop, Gitarre und schnelle Tempi spielen. »Für die Jugendversammlungen«, erklärte sie mir. »Wir wollen eine Band gründen, genau wie die ›Joystrings‹.« Dann schaltete sie das Ding aus und trat einen Schritt zurück, damit wir es bewundern konnten. »Der Hocker war dabei.« Sie deutete auf die Skulptur aus Plüsch und Melamin. »Und man konnte sich eine gebundene Ausgabe seines Lieblingsgesangbuchs wünschen. Ich habe mir natürlich das Erlösungsgesangbuch machen lassen.« Sie hatten es in Kalbsleder gebunden, der Titel war in Großbuchstaben gehalten, und auf dem Rücken standen die Initialen meiner Mutter. Ich nickte und fragte, ob ich einen Tee haben könne.

»Hast du es von der Gesellschaft für die Verlorenen?« fragte ich sie, weil ich vermutete, daß sie das Zubehör selbst entworfen hatte. Einen Augenblick lang antwortete sie nicht, dann sah ich, daß sie rot geworden war. Sie erzählte mir, die Gesellschaft sei aufgelöst worden, in der Pension in Morecambe hätte es Unregelmäßigkeiten gegeben, und Reverend Bone sei ein gebrochener Mann. Anscheinend war der größte Teil des Geldes, das für die Mission für die Fischer gedacht gewesen war, dazu verwendet worden, die Spielschulden des Sekretärs zu begleichen; die Erlöse aus den Mitgliedschaften meiner Mutter und aus dem Verkauf der Devotionalien hatten den Unterhalt für seine Frau gedeckt. Seine getrennt lebende Frau. Die Frau, mit der er zusammenlebte, war seine Freundin.

»Seine Pompadour«, zischte meine Mutter. »Er lebt mit seiner Pompadour in Sünde und Schande.«

Als herauskam, daß die Gesellschaft kurz vor dem Bankrott stand, verfaßte meine Mutter einen Brief an die gewaltige Heerschar von Mitgliedern, bat um Spenden und teilte ihnen mit, daß die Gesellschaft nicht mehr lange existieren würde. Die Reaktion war überwältigend gewesen; schon mit der nächsten Zustellung liefen die Postanweisungen ein, begleitet von Dankesschreiben für all das viele Glück all die vielen Jahre hindurch. »Ich habe meine abwaschbare Ausgabe der *Geheimen Offenbarung* immer bei mir«, schrieb eine Frau. Schließlich verkaufte meine Mutter die restlichen Exemplare des Gospelalbums von Jim Reeves zum halben Preis. Es reichte, um alle Schulden zu bezahlen, und es blieb sogar noch etwas übrig, um Reverend Bone einen kurzen Urlaub in Colwyn Bay zu ermöglichen.

In der Pension in Morecambe hatten Beschwerden über verwässerte Suppen und nicht gewechselte Handtücher zu einer Untersuchung durch das Gesundheitsamt geführt. Das Haus befand sich in einem desolaten Zustand und mußte laut behördlicher Anordnung entweder instand gesetzt oder geschlossen werden. Das allein war schon schlimm genug, aber außerdem hatte meine Mutter in der *Psychic Weekly* eine Anzeige entdeckt, in der all jenen, die kürzlich einen schmerzlichen Verlust erlitten hatten, die Dienste von »Morecambes bekanntestem Medium« angeboten wurden. Die Pension hatte angefangen, jeden Freitag im Billardzimmer

Séancen abzuhalten. Diese mußten zusätzlich bezahlt werden, und außerdem mußte man auf das Abendessen verzichten, weil das Medium nicht gerne mit vollen Bäuchen arbeitete. Meine Mutter war so empört, daß sie für die *Fahne der Hoffnung* einen langen Artikel über die Werke des Teufels schrieb. Sie gab ihn mir, damit ich ihn vor dem Einschlafen lesen konnte.

»Hast du denn genug Beschäftigung?« fragte ich sie besorgt.

»Ich habe dir ja schon gesagt, daß ich auf die Elektronik umgestiegen bin. Nun, es hört damit nicht im Wohnzimmer auf.« Sie tat sehr geheimnisvoll und wollte mir nicht mehr darüber sagen. Wir unterhielten uns noch eine Weile darüber, was ich machte und wieso. Keine Einzelheiten, nur so viel, daß wir beide das Gefühl hatten, einen Versuch zu machen.

»Deine Cousine ist jetzt bei der Polizei«, sagte sie munter.

»Das ist nett.«

»Sie hat jetzt einen netten jungen Mann.« (Sie sieht mich ganz bewußt nicht an.)

»Das ist nett.«

»Sie hat nach dir gefragt.«

»Sag ihr, daß ich nicht tot bin, damit sie ihr Geld nicht für einen Kranz zum Fenster rauswirft.« Ich beschloß, daß es Zeit war, ins Bett zu gehen. »Vergiß das hier nicht«, zwitscherte meine Mutter und warf mir ihren Artikel hinterher.

Parzival kam an ein prachtvolles Schloß, das aus Felssteinen erbaut war und sich an die Flanke eines Hügels schmiegte. Als er sich der Zugbrücke näherte, senkte sie sich ihm entgegen, und er sah Forellen im Burggraben schwimmen. Sein Pferd ist müde. Er steigt ab, und sie gehen gemeinsam über das Wasser. Rechts und links des Walls stehen zwei Zwerge in voller Rüstung. Sie begrüßen den Ritter, sagen ihm, daß er willkommen ist, sagen ihm, daß es drinnen Fleisch gibt. Einer nimmt das Pferd, während der andere ihn hineinführt. Parzival findet sich in einem Zimmer wieder, das ganz aus Eichenholz gemacht ist. Der Zwerg fordert ihn auf, sich bis Sonnenuntergang auszuruhen. Parzival verflucht sich selbst, weil er die Tafelrunde verlassen hat, den König verlassen hat, und das bekümmerte Gesicht des Königs. An seinem letzten Abend in Camelot hatte er Artus im Garten gefunden, und Artus hatte geweint wie ein Kind und gesagt, es sei nichts. Der König hatte ihm eine Glöckchenschnur für sein Pferd gegeben. Am ersten Tag und am zweiten Tag und am dritten Tag hätte Parzival umkehren können, er befand sich immer noch in Merlins Sphäre. Am vierten Tag waren die Wälder wild und verloren, und er wußte nicht, wo er war, oder was ihn hierher getrieben hatte. Jetzt lag Parzival auf dem Bett und schlief ein.

Er träumte von jenem Abendessen, bei dem es ein großes Krachen und Bersten von Donner gegeben hatte, und auf dem Höhepunkt des Schlages erschien ein Sonnenstrahl, siebenmal heller als der Tag. Jeder von ihnen sah die anderen, wie er sie nie zuvor gesehen hatte, und jeder Mann war wie betäubt. Dann kam der Heilige Gral in die Halle, verhüllt von golddurchwirkter Seide. Alle hatten unverzüglich geschworen, ihn zu suchen und nicht eher zu ruhen und zu rasten, bis sie ihn in all seiner Pracht erblickt hatten, und Artus hatte stumm dabeigesessen und aus dem Fenster gesehen.

Als Parzival erwachte, ging die Sonne unter. Er mußte sich waschen und seinen Gastgeber begrüßen. Er würde vom Gral sprechen, aber nicht von seinem Grund für seine Suche danach. Er hatte die Vision vollkommenen Heldentums erblickt und, für einen flüchtigen Augenblick, die Vision vollkommenen Friedens. Und jetzt suchte er danach, um sein Gleichgewicht zu finden. Er war ein Krieger, der sich danach sehnte, Kräuter zu pflanzen.

Meine Mutter weckte mich mit einer Tasse Kakao und einer Einkaufsliste. Ich sollte für sie in die Stadt gehen; sie mußte einen Brief an Pastor Pratt schreiben. Der Schnee war schlimmer geworden, so daß ich zuallererst in den Army-and-Navy-Store gehen mußte, um mir ein Paar Gummistiefel zu kaufen. Mit dem Gefühl, besser gerüstet zu sein, beschloß ich, Mrs. Arkwright im Schädlingsbekämpfungsgeschäft einen Besuch abzustatten. Die Glocke klingelte, und sie hob den Blick von dem Pulver, das sie in Tüten füllte. Sie brauchte fast fünf Minuten, um mich zu erkennen, dann beugte sie sich über die Theke und ließ ihre Hand auf meine Schulter sausen. »Hallo«, sagte ich und klopfte mir das Flohpulver ab. »Wie geht es Ihnen?«
»Schlecht. Ich habe die Nase voll.« Sie fing an, ihren Mantel anzuziehen. »Du bist doch jetzt alt genug für einen Drink im ›Cock and Whistle‹, oder?« Ich nickte, sie hängte das Geschlossen-Schild in die Tür und eskortierte mich in die Kneipe.
Meine Mutter hatte immer gesagt, das ›Cock and Whistle‹ sei eine Höhle für Diebesgesindel und Steuereintreiber. Jetzt, wo ich es das erste Mal sah, war es nicht

halb so aufregend. Es hatte einen Linoleumfußboden und ein paar verschrumpelte alte Männer, die an der Theke saßen. Mrs. Arkwright zerrte mich in eine abgetrennte Nische und bestellte zwei Halbe. »So«, sagte sie, »ich dachte, du hättest dich ein für allemal abgesetzt.«

»Ich bin nur über Weihnachten hier.«

Sie schnüffelte. »Schön blöd von dir. Die Stadt ist ein verdammtes Dreckloch, sie ist tot.«

»Gehen die Geschäfte so schlecht?«

»Verdammt schlecht. Es liegt an diesen neumodischen Zentralheizungen. Man kann sie nur einbauen lassen, wenn man die Häuser vorher trockenlegen läßt, und das macht gleichzeitig dem ganzen Ungeziefer den Garaus. Ich habe mich beschwert, ich habe versucht, Schadenersatz zu bekommen, aber sie sagen, das ist nun mal der Fortschritt, und ich soll auf Haustiere umsteigen.«

»Könnten Sie das denn nicht tun?«

Mrs. Arkwright ließ die Faust auf den Tisch sausen. »Nein, das könnte ich verdammt noch mal nicht, die Leute hier machen jetzt alle auf vornehm, sie wollen sich in keinem Ungezieferladen sehen lassen. Außerdem kann ich diese Pudel nicht ausstehen. Ich werde auf keinen Fall einen verdammten Pudelsalon aufmachen.«

Ich fragte sie, wann das alles angefangen hatte, und wieso?

»Badezimmer«, sagte sie düster. »Angefangen hat es mit den Badezimmern.« Anscheinend war die Stadtverwaltung endlich zu der Einsicht gelangt, daß die Häuser in den Factory Bottoms alles andere als komfortabel waren, und hatte größere Geldsummen für prinzipielle Verbesserungen zur Verfügung gestellt. Jedes der dichtgedrängten Reihenhäuser hatte ein Badezimmer zugestanden bekommen.

»Und nach den Badezimmern wollen alle Zentralheizungen und Pudel haben«, polterte Mrs. Arkwright weiter. »Dabei wissen wir alle, was diese Zentralheizungen einem antun. Trocknen die natürlichen Körpersäfte aus, oder etwa nicht?« Sie war sehr verbittert, nachdem sie der Gemeinschaft all die vielen Jahre gedient hatte. Sie hatte in die neuesten Pestizide investiert, hatte zu jeder Tages- und Nachtzeit Ratschläge erteilt und sich alle Mühe gegeben, mit den ausländischen Importen Schritt zu halten.

»Es gibt nirgendwo ein Ungeziefer, das ich nicht erkennen würde«, sagte sie stolz.

»Und was wollen Sie jetzt machen?«

Sie sah mich an, sah sich um und legte einen Finger auf die Lippen. Ich mußte ihr versprechen, kein Wort zu verraten. Sie hatte ein paar Ersparnisse, und sie hatte all ihre Bingo-Gewinne auf die hohe Kante gelegt. Sie würde auswandern.

Ich war fasziniert. Sie war in ihrem ganzen Leben nie über Blackpool hinausgekommen.

»Und wo wollen Sie hin?«

»Nach Torremolinos.«

»Was?«

»Ja, ich habe mir Broschüren besorgt, und ich habe eine von diesen Villen gefunden. Ich werde Plüschtiere an Touristen verkaufen. Sie werden froh sein, wenn sie bei jemand kaufen können, der Englisch spricht.« Ich dachte an die Kosten für den Kauf einer Villa, den Flug, die Grundausstattung, das Geld, das sie zum Leben brauchte, bis das Geschäft sich trug. Sie brummelte, daß sie seit sechs Monaten mit Hilfe eines Buchs Spanisch lernte und zweimal die Woche in Rishton einen Abendkurs besuchte.

»Haben Sie denn genug Geld?« Ich mußte diese Frage einfach stellen.

»Nicht ganz. Deswegen muß ich meinen Laden ja auch abbrennen.« Sie sah mich prüfend an und erinnerte mich dann daran, daß ich versprochen hatte, keinen Ton zu sagen. »Wenn du mir deine Adresse gibst, schicke ich dir eine Kopie des Zeitungsartikels.«

Sie hatte sich alles genau überlegt: eine langsam brennende Lunte, jede Menge leicht entzündlicher Materialien. Sie hatte das Ganze für die Zeit ihres Abendkurses geplant, damit sie nicht in der Nähe war. Ihre Möbel wollte sie sowieso nicht mehr haben, und sie würde sich neue Kleider kaufen. Ihre Dokumente und Wertsachen lagen in einem Bankschließfach. Aber sie würde erst nach Weihnachten zur Tat schreiten.

»Ich will die Feuerwehrmänner nicht von ihren Familien wegholen.«

Wir tranken aus, und ich ließ sie so zurück, wie ich sie vorgefunden hatte, beim Eintüten von Flohpulver.

Ich kaufte das Hackfleisch und die Zwiebeln und stellte fest, daß das »Trickett's« immer noch am selben Fleck stand und immer noch die gleiche Karte hatte. Bettys Brille war immer noch mit Pflaster geflickt, all die Jahre nachdem Mona ihre Hamburger draufgestellt hatte. Sie wußte nicht, wer ich war, und ich wollte nicht darüber reden. Ich fing allmählich an, mich zu fragen, ob ich je weg gewesen war. Meine Mutter behandelte mich so, wie sie es immer getan hatte; hatte sie meine Abwesenheit überhaupt bemerkt? Erinnerte sie sich überhaupt noch daran, weshalb ich weggegangen war? Ich habe die Theorie, daß jedesmal, wenn man eine wichtige Entscheidung trifft, der Teil von einem, den man hinter sich zurückläßt, das andere Leben fortsetzt, das man hätte führen können. Manche Menschen haben eine sehr starke Ausstrahlung, manche Menschen erschaffen sich selbst außerhalb ihres eigenen Körpers neu. Das ist keine Einbildung. Wenn eine Töpferin eine Idee hat, macht sie einen Topf daraus, und er existiert außerhalb von ihr, in seinem eigenen, getrennten Leben. Sie benutzt eine physische Substanz, um ihren Gedanken Ausdruck zu verleihen. Wenn ich eine metaphysische Substanz benutze, um meinen Gedanken Ausdruck zu verleihen, könnte ich zu einem gegebenen Zeitpunkt überall sein, eine Reihe unterschiedlicher Dinge beeinflussen, so wie die Töpferin und ihr Topf an unterschiedlichen Orten Einfluß ausüben können. Es gibt die Möglichkeit, daß ich gar nicht hier bin, daß alle Teile von mir, die entlang all den Entscheidungen verlaufen, die ich getroffen und nicht getroffen habe, sich einen Augenblick lang streifen. Daß ich immer noch die Evangelistin im Norden bin, gleichzeitig aber auch die Person, die weglief. Vielleicht sind diese beiden Ichs für einen Augenblick miteinander verschmolzen. Vielleicht habe ich mich in der Zeit nicht vor oder zurück bewegt, sondern quer durch sie hindurch, zu etwas, was ich hätte sein können, und das jetzt unausweichlich seinem Ende zutreibt.

»Sie haben gekleckert«, sagte Betty vorwurfsvoll. Also gab ich ihr das Doppelte und ging.

Ich ging nicht sofort nach Hause, ich ging den Hügel hinauf. Außer mir war niemand da, nicht bei diesem Wetter. Hätte ich noch hier gelebt, wäre ich auch im Haus geblieben. Es ist das Privileg von Besuchern, sich närrisch aufzuführen. Ich kletterte bis ganz nach oben, wo ich beobachten konnte, wie der kreiselnde Schnee die Stadt füllte, bis sie ausgelöscht wurde. Alles Schwarz wurde ausgelöscht. Ich hätte eine sehr beeindruckende Predigt halten können ... »Meine Sünden über mir wie eine Wolke, ER löschte sie aus, als ER mich befreite...« irgendwas in der Art. Aber wo war Gott jetzt, wo der Himmel voller Astronauten und der Herr gestürzt war? Ich vermisse Gott. Ich vermisse die Gesellschaft von jemandem, der absolut loyal ist. Ich denke immer noch nicht, daß es Gott war, der mich verriet. Die Diener Gottes, ja, aber Diener sind ihrem Wesen nach Verräter. Ich vermisse Gott, der mein Freund war. Ich weiß nicht einmal, ob Gott existiert, aber ich weiß, wenn Gott unser emotionales Vorbild ist, dann gibt es nur sehr wenige menschliche Beziehungen, die daran heranreichen. Ich habe die Vorstellung, daß es eines Tages möglich sein könnte, einmal dachte ich, es sei möglich geworden, und dieser flüchtige Blick hat mich auf die Wanderschaft getrieben, um das Gleichgewicht zwischen Erde und Himmel zu finden. Wenn die Diener sich nicht eingemischt und uns getrennt hätten, hätte ich vielleicht eine Enttäuschung erlebt, hätte vielleicht die golddurchwirkte, weiße Seide weggerissen, nur um darunter einen Teller Suppe zu finden. So jedoch finde ich keine Ruhe, ich will einen Menschen, der leidenschaftlich ist und mich bis in den Tod liebt in dem Wissen, daß Liebe so stark ist wie der Tod, und der für alle Ewigkeit an meiner Seite steht. Ich will einen Menschen, der zerstören und von mir zerstört werden will. Es gibt viele Formen von Liebe und Zuneigung, manche Menschen können ihr ganzes Leben miteinander verbringen, ohne ihren Namen zu kennen. Beim-Namen-Nennen ist ein schwieriger und zeitraubender

Prozeß; er betrifft das Wesentliche, und er bedeutet Macht. Aber wer kann uns in den wilden Nächten nach Hause rufen? Nur die eine Person, die unseren Namen kennt. Die romantische Liebe wurde ins Taschenbuchformat verwässert und tausend- und millionenfach verkauft. Irgendwo existiert sie immer noch im Original, auf steinernen Tafeln geschrieben. Ich würde Meere überqueren und mir einen Sonnenstich einhandeln und alles weggeben, was ich habe, aber nicht für einen Mann, weil Männer die Zerstörer sein und nie zerstört werden wollen. Deshalb sind sie für die romantische Liebe ungeeignet. Es gibt Ausnahmen, und ich hoffe, daß sie glücklich sind.

Das Unbekannte meiner Bedürfnisse ängstigt mich. Ich weiß nicht, wie groß sie sind, oder wie hoch sie sind, ich weiß nur, daß sie nicht erfüllt werden. Wenn man den Umfang eines Öltropfens in Erfahrung bringen will, nimmt man Bärlappsporen. Genau das werde ich finden. Eine ganze Wanne voller Bärlappsporen, und ich werde sie über meine Bedürfnisse streuen und herausfinden, wie groß sie sind. Und wenn ich dann jemanden kennenlerne, kann ich das Experiment aufschreiben und den Betreffenden zeigen, worauf sie sich einlassen müssen. Außer, daß sie vielleicht eine Wachstumsrate haben, die ich nicht messen kann, oder sie könnten sich verändern, oder sogar verschwinden. Eines jedoch weiß ich mit Sicherheit, ich will nicht verraten werden, aber das sagt sich nicht so leicht, so beiläufig, am Anfang einer Beziehung. Es ist kein Wort, das die Menschen sehr häufig benutzen, was mich verwirrt, weil es verschiedene Arten von Treulosigkeit gibt, aber ein Verrat ist ein Verrat, wo immer man ihn findet. Mit Verrat meine ich, daß jemand verspricht, auf deiner

Seite zu stehen und dann auf der Seite eines anderen steht.

Wenn man an der Flanke des Hügels steht, dort, wo er in den Steinbruch abfällt, kann man sehen, wo Melanie früher einmal gewohnt hat. Ich bin ihr einmal begegnet, zufällig, im zweiten Jahr, nachdem ich von zu Hause weg war; sie schob einen Kinderwagen. Wenn sie schon vorher so heiter und gelassen gewesen war, daß sie mich an eine Kuh erinnerte, kam sie mir jetzt vor wie ein Stück Gemüse. Ich konnte nicht aufhören, sie anzustarren, und fragte mich immer wieder, wie wir je eine Beziehung gehabt hatten; aber als sie mich damals verließ, kam es mir vor, als hätte ich eine Blutvergiftung. Ich konnte sie nicht vergessen. Jetzt schien sie alles vergessen zu haben. Ich hätte sie am liebsten geschüttelt, mir mitten auf der Straße die Kleider vom Leib gerissen und geschrien: »Erinnerst du dich an diesen Körper?« Die Zeit ist eine Meisterin im Töten; die Menschen vergessen, fangen an, sich zu langweilen, werden alt, gehen fort. Sie sagte, zwischen uns sei nie viel gewesen, geschichtlich gesehen. Aber die Geschichte ist eine Schnur voller Knoten, das beste, was man tun kann, ist, sie zu bewundern und sie vielleicht ein bißchen mehr zu verknoten. Die Geschichte ist eine Hängematte zum Schaukeln und ein Spiel zum Spielen. Ein Fadenspiel. Sie sagte, diese Gefühle seien tot, die Gefühle, die sie einst für mich gehabt habe. Dinge, die tot sind, haben etwas Verführerisches. Man kann das, was tot ist, mißhandeln, verändern und umfärben. Es wird sich nicht beklagen. Dann lachte sie und sagte, wahrscheinlich sähen wir das, was gewesen war, sowieso völlig anders ... Sie lachte noch einmal und sagte, das, was ich gesehen hatte, würde wahrscheinlich eine gute Geschichte abgeben, ihre Sicht sei einfach nur Geschichte, die nichts-sagenden, nichts-bedeutenden Fakten. Sie sagte, sie hoffe, ich hätte keine Briefe aufbewahrt, es sei dumm, an Dingen festzuhalten, die keine Bedeutung hatten. Als ob Briefe und Fotos es realer gemacht hätten, ge-fährlicher. Ich sagte, ich hätte ihre Briefe nicht nötig, um mich daran zu erinnern, was gewesen sei. Da machte sie ein vages Gesicht und fing an, über das Wetter und die Straßenarbeiten und die horrenden Preise für Babynahrung zu reden.

Sie fragte mich, was ich machte, und ich hätte am lieb-sten gesagt, daß ich auf der Spitze des Pendle Hill Babys opferte, oder mich mit weißem Sklavenhandel beschäf-tigte. Egal was, nur um sie wütend zu machen. Trotzdem war sie für ihre Begriffe glücklich. Sie hatte aufgehört, Fleisch zu essen, und sie war wieder schwanger, und so weiter und so weiter. Sie hatte sogar angefangen, mei-ner Mutter zu schreiben. Sie hatten beide an der ersten Mission für Farbige mitgewirkt, die die Stadt veranstal-tete. Meine Mutter hatte ihren Vorratsschrank für den Kriegsfall geplündert und sämtliche Ananasdosen her-vorgekramt, weil sie dachte, daß sie sich hauptsächlich davon ernährten. Außerdem hatte sie überall Decken gesammelt, damit sie nicht zu frieren brauchten. Als der erste farbige Pastor in ihr Haus kam, hatte sie ver-sucht, ihm die Bedeutung von Petersiliensoße zu erklä-ren. Später hatte sie erfahren, daß er den größten Teil seines Lebens in Hull verbracht hatte. Melanie, die im-mer noch auf ihre Entsendung als Missionarin wartete, hatte alles Menschenmögliche versucht, sich aber nicht durchsetzen können. Und so mußten alle für die ganze Dauer der Mission Schinken mit Ananas essen, gestülp-ten Ananaskuchen, Huhn in Ananassoße, Ananas in

Stücken, Ananas in Scheiben. »Denn«, sagte meine Mutter philosophisch, »Orangen sind nicht die einzige Frucht.«

Es wurde schon dunkel, als ich den Hügel herunterkam, umwirbelt von Schneeflocken, die an meinem Gesicht klebenblieben. Ich dachte an den Hund und war plötzlich sehr traurig; traurig über seinen Tod, traurig über meinen Tod, über all das unvermeidliche Sterben, das mit Veränderungen einhergeht. Es gibt keine Entscheidung, die nicht auch Verlust bedeutet. Aber der Hund war in der sauberen Erde begraben, und die Dinge, die ich begraben hatte, exhumierten sich selbst; klamme Ängste und gefährliche Gedanken und die Schatten, die ich von mir fortgeschoben hatte, bis die Zeit günstiger wäre. Ich konnte sie nicht für immer fortschieben, es kommt immer ein Tag der Abrechnung. Aber nicht alle dunklen Orte brauchen Licht, das darf ich nicht vergessen.

Als ich ins Haus kam, hatte meine Mutter einen Kopfhörer auf und kritzelte etwas auf ein Blatt Papier. Vor ihr stand ein großes Radiogerät. Ich tippte ihr auf die Schulter.

»Fast hätte ich einen Herzanfall bekommen«, schimpfte sie, während sie an verschiedenen Schaltern herumknipste. »Ich kann jetzt nicht mit dir reden, ich bin auf Empfang.«

»Und was empfängst du?«

»Meine Berichte.« Und sie stülpte sich den Kopfhörer wieder auf und kritzelte weiter. Erst über eine Stunde später gelang es mir, ein vernünftiges Wort aus ihr herauszubekommen. Wir saßen bei einer Schüssel Risotto mit Rindfleisch aus der Dose, und ich erfuhr, wie sie dazu gekommen war, auf die Elektronik umzusteigen.

In ihrer alten Musiktruhe war plötzlich ein Kristall durchgeknallt, was bedeutete: kein World Service. Sie war mit ihrem Sparbuch in die Geschäfte gerast, um eine Alternative zu finden, und hatte eine Anzeige für ein CB-Radio zum Selbstbauen entdeckt. Sie hatte es gekauft, und dazu das billigste Transistorradio, das sie finden konnte, um sich über Wasser zu halten. Es war eine Extravaganz, aber die Gesellschaft für die Verlorenen war gerade zusammengebrochen, und sie brauchte etwas, um sich abzulenken. Sie sagte, es sei sehr schwierig gewesen, aber sie hatte es geschafft, und jetzt unterhielt sie sich regelmäßig mit Christen in ganz England und konnte außerdem Radio hören. Es gab bereits Pläne für ein Treffen und ein Rundschreiben für elektronische Gläubige.

»Es ist der Wille des Herrn«, sagte sie, »also stör mich gefälligst nicht, wenn ich damit beschäftigt bin.«

Vielleicht war es der Schnee, oder das Essen, oder die Unmöglichkeit meines Lebens, die mich hoffen ließen, ins Bett zu gehen und aufzuwachen und meine Vergangenheit intakt vorzufinden. Ich hatte das Gefühl, im Kreis gegangen zu sein und mir jetzt auf der Startlinie wiederzubegegnen.

Nachdem sein Gastgeber ins Bett gegangen war, blieb Parzival noch lange auf seinem schmalen Stuhl sitzen. Im Licht der brennenden Fackel grübelte er über seine Hände nach. Die eine Hand war neugierig, sicher und fest. Eine sanfte, nachdenkliche Hand. Eine Hand zum Füttern eines Hundes oder zum Erwürgen eines Dämonen. Die andere Hand sah unterernährt aus. Eine starke, fragende, ausdruckslose, unbequeme

Hand. Eine verängstigte Hand, aber die Hand zum Ausgleichen. Parzival war an jenem Abend zornig gewesen. Seine Reise schien vergeblich und er selbst fehlgeleitet. Sein Gastgeber hatte ihn gefragt, warum er fortgegangen war, ohne es wirklich hören zu wollen, die Gründe schon vorgefertigt im Kopf, daß der König verrückt war, oder die Tafelrunde zerfallen. Parzival hatte geschwiegen. Er war um seinetwillen gegangen, das war alles. An diesem Tag hatte er daran gedacht, zurückzukehren. Er fühlte sich gezogen wie eine Baumwollspindel, so daß ihm schwindlig wurde und er dem Ziehen nachgeben und umringt von vertrauten Dingen aufwachen wollte. Als er in dieser Nacht schlief, träumte er, er sei eine Spinne, die sehr tief von einer riesigen Eiche herabhing. Dann kam ein Rabe und flog durch seinen Faden, und er fiel zu Boden und huschte davon.

Als ich am nächsten Tag aufwachte, zwängte sich die Sonne durch die Schneewolken und preßte sich gegen das staubige Fenster. Das Haus fühlte sich still an. Für gewöhnlich spielte meine Mutter Kassetten ab, und ich konnte hören, wie sie mitsang oder eine neue zweite Stimme ausprobierte. Sie hatte angefangen, mit Pastor Finch und seinem Dämonenbus herumzureisen, wann immer er in der Gegend war. Sie hatte das Gefühl, eine Menge Erfahrung zu besitzen und anderen verzweifelten Eltern mit dämonenbesessenen Kindern eine Hilfe sein zu können. Sie hatte angefangen, an einem Selbsthilfekasten für Menschen mit spirituellen Problemen zu arbeiten. Was man nicht tun durfte, mit wem man sich in Verbindung setzen konnte, welche Passagen der Bibel man lesen sollte. Und natürlich nahm der Chor gern Kassetten auf, um die Dämonen wegzusingen. Die meisten waren Eigenkompositionen von Pastor Finch. Ich war froh, daß sie ein Hobby hatte, aber nicht erfreut darüber, daß meine ganz speziellen Sünden in diesem Selbsthilfekasten aufgelistet waren. Aber wenigstens hatte sie kein Paßfoto von mir beigelegt, um den ganzen Nordosten zu warnen, daß er seine Töchter einsperren sollte.

Ich blieb bis kurz nach Weihnachten bei ihnen. Dazu gezwungen, mir endlose Programme über die Geburt Christi anzusehen und Hackfleischpastete mit Mrs. White zu essen, die so nervös war, daß sie einen unkontrollierbaren Schluckauf bekam.

»Jack, hol das Riechsalz«, befahl meine Mutter und hielt Mrs. White die Nase zu, bis sie blau anlief. Das Riechsalz half nicht, und Mrs. White mußte am Arm meines Vaters zur Bushaltestelle gebracht werden.

»Es ist alles deine Schuld«, schimpfte meine Mutter. »Und dazu noch am Heiligen Abend.« Dann ging sie zurück ins Wohnzimmer, um einen Schluck Portwein zu trinken und einen Blick auf die Weihnachtsgeschenke zu werfen. Sie konnte es kaum erwarten, ihre Geschenke öffnen zu dürfen, und dabei war es erst elf.

Wir beschlossen, »Beetle« zu spielen, um uns die Zeit zu vertreiben.

»Du hast geschummelt«, rief meine Mutter, als ich das letzte rote Bein an mein Insekt anlegte. »Einem Sünder darf man eben niemals trauen.«

»Also gut, dann spielen wir eben noch eine Runde.« Und das taten wir, bis es fünf Minuten vor zwölf war, zu welchem Zeitpunkt meine Mutter aufsprang und das Radio anschaltete, um den Big Ben zu hören. »Hol dein Glas«, rief sie und füllte es mit Limonade und einem winzigen Tropfen Portwein. »Frohe Weihnachten, der Herr sei gepriesen, was habe ich bekommen?« Und sie stürzte sich auf ihren Stapel unter dem Baum.

»Du hast den Engel abgerissen«, nörgelte ich. Sie stopfte ihn verkehrt herum an seinen Platz zurück, während sie mit der anderen Hand das Geschenkpapier aufriß.

»Das hier ist von Pastor Spratt«, sagte sie eifrig. Ich nickte und fragte mich, was um alles in der Welt diese Form haben und trotzdem durch den Zoll gelangen konnte.

»Oh, sieh nur!« rief sie.

Es war ein Elefantenfuß mit aufklappbarem Deckel. Sie zögerte einen Augenblick, bevor sie den Deckel aufmachte. Es war eine aus einem Elefantenfuß gemachte Dose der Verheißungen; zwei Lagen kleiner Schriftröllchen, eng gewickelt, alle mit einer Verheißung aus dem WORT. Meine Mutter hatte Tränen in den Augen, als sie das Ding vorsichtig auf die Anrichte stellte.

»Und was ist das hier, von Tante Maud?« fragte ich und deutete auf einen harten, langen Gegenstand. »Oh, wahrscheinlich ein Degenstock, du kennst sie ja.« Meine Mutter tippte sich an den Kopf. »Aber hauptsächlich bin ich hier dran interessiert, von deinem Vater.«

Es war flach und nicht sehr ordentlich eingepackt. Langsam wickelte sie es aus, und da war es, ein Katapult. Ich konnte es nicht fassen.

»Wieso schenkt Dad dir ein Katapult?«

»Weil ich ihn darum gebeten habe, ich brauche es, um die Katzen von Nebenan zu verscheuchen.« Und sie erzählte mir, daß sie alles versucht hatte, von Leckerbissen bis zu Drohungen. Und trotzdem pinkelten sie auf ihre

preisgekrönten Rosen. Von jetzt an würde sie mit ge-
trockneten Erbsen auf sie schießen. Ich schüttelte den
Kopf, ohne zu wissen, wie ich ihr sagen sollte, daß ich
ihr nur einen Pullover mitgebracht hatte...

Die nächsten beiden Tage bekam ich die beiden kaum
zu sehen; sie waren in der Kirche. Und mit der ersten
Post nach Weihnachten erhielt meine Mutter die
schreckliche Nachricht. Es handelte sich wieder einmal
um die Pension in Morecambe, oder vielmehr um ihre
Besitzerin, Mrs. Butler.

»Ganz entschieden eine Aufgabe für Pastor Finch«,
sagte meine Mutter und zog ihren Mantel an, um zur
Telefonzelle zu gehen. Sobald sie weg war, schnappte
ich mir den Brief. Wie es aussah, hatte sich Mrs. Butler,
deprimiert über die sinkende Zahl der Gäste und fru-
striert über das ständige Drängen des Gesundheits-
amts, dem Alkohol ergeben. Wichtiger war jedoch, daß
sie eine Stellung als Wirtschafterin in einem örtlichen
Altersheim angenommen hatte. Dort hatte sie sich mit
einem seltsamen charismatischen Mann eingelassen,
der früher der offizielle Exorzist des Bischofs von Ber-
muda gewesen war. Er war unter mysteriösen Umstän-
den wegen irgendeiner unsäglichen Verfehlung mit
der Frau des Kurators entlassen worden. Wieder in
England, und in der Sicherheit der vernarrten Arme
von Mrs. Butler, hatte er sie dazu überredet, ihn an den
senileren Patienten Voodoo praktizieren zu lassen. Sie
waren von einer Nachtschwester dabei erwischt worden.

Man kann sich die Gefühle meiner Mutter vorstellen;
die Gesellschaft für die Verlorenen war ein harter
Schlag gewesen, die Pension in Morecambe ein schreck-
licher Schock, aber das hier war der Tropfen, der das

Faß zum Überlaufen brachte. Ich starrte in die Flammen und wartete darauf, daß sie wieder nach Hause kam. Familien, richtige Familien, sind Stühle und Tische und die richtige Anzahl von Tassen, aber ich hatte keine Möglichkeit, mich einer anzuschließen, und keine Möglichkeit, meine eigene abzulegen; sie hatte einen Faden um meinen Knopf gebunden, an dem sie zupfen konnte, wann immer es ihr gefiel. Ich kannte eine Frau an einem anderen Ort. Vielleicht würde sie mich retten. Aber was, wenn sie schlief? Was, wenn sie neben mir schlafwandelte, ohne daß ich es wußte? Dann schlug die Hintertür, und meine Mutter kam auf einem Windstoß hereingefegt, den Knoten ihres Kopftuchs schief auf der Wange wie einen gemusterten Kropf. »Was für eine Schweinerei«, schimpfte sie und warf den Brief ins Feuer. »Wenn ich mich nicht beeile, verpasse ich noch meine Sendung. Gib mir meinen Kopfhörer.« Ich gab ihn ihr, und sie rückte das Mikrophon zurecht.

»Hier ist Licht der Heiden, ich rufe Manchester, Manchester, bitte kommen, hier ist Licht der Heiden.«